千金好本事

1

風文創 1241

青杏 著

目錄

序文

青杏

大家好，這是我的第一套繁體書，很高興能跟大家見面。

如大家所見，主情節是很常見的真假千金，這個題材盛行很多年，套路都寫遍了。原本我對此也沒興趣，直到有一天腦子裡冒出一個畫面：被調包的千金在鄉下過著悠閒日子，卻有歹人找上門，要對她不利，於是她當即收拾包袱，殺上門找主謀……故事便有了開篇。

很多真假千金文裡有不少委屈、偏心和誤會的情節，但我更愛歡快些的基調，因此女主角是胎穿的，並不執著於親生爹娘的親情，精神是自由的；再加上一點金手指，讓她擁有高強的武功，連肉身都自由了，沒有誰能讓她受委屈。

大家若能喜歡這樣的設定，接下來的閱讀應當能享受到不憋屈的痛快。廢話不多說，歡迎大家跟我一起進入女主角的奇幻旅程吧！

第一章

距離京城數百里外的濛北縣，此時正在舉行慶祝豐收的雨神節慶典。

趙懷淵搖著價值不菲的扇子，興致勃勃地東張西望。貼身侍從趙良緊緊跟隨在他身後，警惕地打量四周。

這裡是濛北縣最熱鬧的街市，此刻天色已晚，往常入夜便要關門的店鋪依然鋪門大敞，每家簷下都掛著兩個喜氣洋洋的紅燈籠。

某些店鋪貼著大紅紙，上書「雨神娘娘最愛某某」字樣，某某可以是胭脂、糕點、髮簪之類的衣食用品。若再觀察得仔細些，會發現這「某某」從來不重樣，若有一家店鋪貼了紅紙，其他賣同類貨品的店鋪便不會再貼。

趙懷淵發現了這一點，覺得新奇。雨神娘娘的名頭，不該是誰都能用嗎？怎麼有的店鋪用，有的店鋪不用，莫非裡頭有什麼講究？

除了開門迎客的熱鬧店鋪，店鋪外也有各式各樣的小攤販。往常店鋪門前不讓小攤販擺攤，今日卻是例外。小攤販賣的有各類吃食、小玩意兒，甚至還有雨神娘娘掛像，說是請回去，能保一年的豐收。

趙懷淵隨便找了個賣糖葫蘆的小攤販，買了兩串糖葫蘆，一串塞給趙良，一串自個兒拿著，也不吃，指了指附近店鋪的紅紙，笑咪咪地問話。

「這位小哥，我看不少店家都貼了紅紙，但怎麼有的貼，有的不貼？」

糖葫蘆小販是本地人，見趙懷淵買了糖葫蘆，還多給十文銅錢，便驕傲地開了口。

「這位公子，您是外地來的吧？想貼這種紅紙，得雨神娘娘答應才行，否則差役大人們要來訓斥的。」

趙懷淵聽著，更是稀奇。「雨神娘娘如何答應？去廟裡求籤？」

糖葫蘆小販笑道：「您這不是說笑嗎，廟裡的泥塑娘娘哪裡能回答？我說的可是活生生的雨神娘娘。」

見糖葫蘆小販忽然面露嚮往，燈籠昏暗的光下，眸子都亮了，趙懷淵更是被勾起好奇心，心想該不會有人在這裡裝神弄鬼吧？

趙懷淵正要再問，糖葫蘆小販好似看到了什麼，急忙道：「公子，您別問了，雨神娘娘來了，您自個兒看吧。」

趙懷淵順著糖葫蘆小販的目光，望向街市盡頭，只見數不清的花燈隨著一輛高大的花車緩緩而來，花車前後是身纏紅布的護衛，而花車隊伍後頭則是緊跟著的普通百姓。

趙良見狀，緊張地低聲道：「主子，這兒人多，恐傷了您，還是去人少的地方吧。」

趙懷淵湛亮的眸子盯住遠方。「看熱鬧自是要在熱鬧地方，去人少的地方能看什麼？」

趙良知道自家主子固執，但職責所在，只能再勸道：「主子，您身子金貴，萬一磕了碰了如何是好？我們走遠些，也能看到熱鬧的。」
趙懷淵聽煩了，轉過頭瞪他一眼。「要走你走，今晚不許你再說話。」
趙良見自家主子真生氣了，只好閉上嘴巴，更小心地盯緊四周，不讓任何人靠近一步。
趙懷淵沒管那麼多，耳邊是人們的歡呼聲，他盯著逐漸靠近的花車，滿心想看看是什麼人在裝神弄鬼。

花車靠近，人群如同海浪般往前推動，趙懷淵也逐漸看清楚了車頂上的人影。
這花車很大，底部足足有八個輪子，由兩頭黃牛來拉。車身有近一丈高，插滿了絹花，車頂護欄內站著一名妙齡女子並兩個四、五歲的男童與女童。
女子身姿曼妙，衣著單薄，似乎不覺得冷，在烈烈風中筆直地站立著，好似牢牢定在上頭。她梳著飛仙髻，面上化淡妝，五官精緻而面容沈靜，眼神淡漠地望向前方，彷彿真是個睥睨眾生的仙人。
趙懷淵定定看著，心中突然冒出一個念頭：這個裝神弄鬼的騙子有點好看……
花車很快經過趙懷淵面前，後頭的百姓們興奮地跟隨著，鋪子的夥計不看店了，路邊的小攤販也不擺攤，紛紛加入人群跟上。
糖葫蘆小販匆匆提醒趙懷淵。「快跟上，等會兒還有好看的呢。去晚了只能站在後頭，就看不清楚了。」

趙懷淵連忙跟上，趙良心頭發苦，趕緊去追，用自己的身軀替主子阻擋來自四面八方的推擠。

花車遊行到了城隍廟前，早有縣衙差役圈出一大片空地，將百姓們攔在外頭。空地上搭了一座高臺，臺上豎著七根木樁，呈螺旋形排列，最矮的在最外面，約有一丈。這些木樁一根比一根高，最中央的將近三丈。

趙懷淵仗著有些身手，擠到前頭，饒有興趣地打量，心中不斷猜測這是要做什麼？

這時，花車停在最矮的木樁旁，女子一腳踏上還不如她一腳大的木樁，維持這姿勢，回頭望了一眼。

眾人頓時歡呼。「雨神娘娘！」

女子似受此鼓舞，露出一絲淺笑，驀地邁出另一隻腳，橫跨到第二根更高的木樁上。

大家繼續歡呼鼓掌，女子停也不停，身姿如同輕盈的蝴蝶，蹁躚而起，白衣在夜色中如同一道輕煙，倏忽間便見她單腳立在最高的木樁上。

秋風習習，木樁微微晃動，在場的外地人紛紛揪住了心。這可是三丈高啊，女子身上又沒有繫繩索，若摔下來，不死也要殘廢。

女子似無所覺，手上一抖，兩條長長的白綾從袖中垂落，身子旋轉，白綾便隨之而飄舞飛旋，讓下方眾人一片驚呼和讚嘆。

這還沒完，白綾在她手中被玩出了花樣，忽長忽短地從寂靜夜空中劃過，明明是單腳站在木樁上，卻穩如平地。接著，她的腳尖忽然輕點木樁跳起，在一陣驚呼聲中，穩穩落在另一個略矮的木樁上。

女子踩著木樁，跳著繁複的舞步，明明身上衣裳只是簡單的白色，落在眾人眼中卻輕盈又絢爛。哪怕七年前開始年年看這豐收舞的本縣人，依然目不轉睛，不肯錯過一眼。

趙懷淵看過許多舞者，更參加過無數次宮宴，卻從未見過這樣讓他血脈賁張的舞蹈。跳舞的女子真如仙女一般，可她腳下不是綴滿鮮花的坦途，而是一著不慎便會踩空、落得粉身碎骨的陷阱。從她踩上木樁開始，他無時無刻不提著心，怕她失誤。明明在上面的人不是他，他卻緊張得額頭冒汗，又同時為那仙人般的曼妙舞姿而折服。

直到女子停住舞步，在最高木樁上彎腰鞠躬，眾人爆發出雷鳴般的掌聲，歡呼著雨神娘娘，趙懷淵才陡然回神。

哪怕這是個騙子，也是好看又膽大包天的騙子！

已經回到花車上的女子朝眾人揮手，花車繼續前行，出了縣城門。

眾人意猶未盡，但未再跟隨，知道今年的雨神節慶典已經結束了。

周遭的人群逐漸散去，趙良被人撞了一下又一下，苦著臉道：「主子，熱鬧都散了，咱們也走吧？」

趙懷淵滿腦子都是那蹁躚身影，發現方才賣糖葫蘆的小販就在前方，忙追上去，又買了兩串，問道：「那雨神娘娘是誰呀，可是有名的舞姬？」這樣的舞姿，這樣的膽魄，若不是從小練起，可做不到。

糖葫蘆小販笑道：「公子猜錯了，雨神娘娘是濛山村人，可不是什麼舞姬。」上下打量趙懷淵一番，低聲道：「小人好心提醒您一句，知縣大人和夫人都很喜歡雨神娘娘，您再迷戀她，還是不要打她主意為好。」

這位外地公子一看便是有錢人家的俊俏少爺，見到雨神娘娘這樣的美人，哪有不動心的？這幾年來，不是沒有打雨神娘娘主意的人，哪個能有好下場？

趙懷淵還未開口，趙良便皺眉，怒道：「我們公子什麼美人沒見過，怎麼可能迷戀這種女子！」

糖葫蘆小販不跟他爭辯，笑嘻嘻道：「是小人說錯了。公子可要再買幾串糖葫蘆？」

趙懷淵隨手又抽了幾串，示意趙良付錢。小販的話，他沒放在心上，他怎麼可能迷戀雨神娘娘，只是好奇究竟怎麼回事罷了，當即決定，明日就去濛山村看看。

糖葫蘆小販拿了趙良不情不願遞過來的錢，開開心心地離開。只剩一串糖葫蘆，決定就給自家閨女吃了。

片刻後，一個顯然也是外地人的男子攔住了糖葫蘆小販。

糖葫蘆小販頓時警惕地捂緊了錢袋子。濛北縣民風淳樸，幾乎沒什麼強盜，但外地人就說不定了。

男子倒也乖覺，和善地問：「這糖葫蘆一串多少錢？」

糖葫蘆小販想著自家閨女，有點捨不得賣，男子竟直接塞了一把銅錢給他，小聲道：「向你打聽一點事。」

糖葫蘆小販一聽，忙接住錢，笑吟吟道：「公子問就是，濛北縣沒有我不知道的事。」又不動聲色地打量對方一眼。

外地男子模樣普通，衣著比他稍好些，卻遠遠比不上方才的俊俏公子，但面上掛著和善的笑，看著不像壞人。

男子低聲道：「宴平三年八月，可有人撿到一個女嬰？」

「宴平三年……那不是都十七年前了？」糖葫蘆小販狐疑。「公子怎麼想問這麼久之前的事？」

男子嘆氣。「實在是家醜，可為了尋人，我不得不說了。我家老爺是外地富商，當年夫人途經此地時，跟老爺鬧脾氣，扔了剛出生的小妾女兒。如今老了，膝下沒個子女，這才派我來看看，能否把丟掉的女兒找回來。」

糖葫蘆小販知道大戶人家的正室和妾室之間總有齟齬，別說丟小妾的孩子了，賣小妾、殺小妾的都有。他握了握手裡的錢，心想那姑娘能回去當千金享福，也不是什麼壞事。

「這幾年，撿到女嬰的人家可不少，不過最出名的，就是雨神娘娘了。雨神娘娘今年好似是十七歲，宴平三年八月的生辰，與你說的正相合呢。」

男子心中一動。他已經找了小半年，今晚剛到濛北縣，一路走來便聽人提起雨神娘娘。他本是隨便聽聽，並未往心裡去，如今聽這小販的話，可不就對上了嗎？

之前他聽旁人說，雨神娘娘是抱養的，養父母將她抱回去後，第三年就生了個兒子。幾年前剛調來的知縣聽聞此事，請她去縣衙長住，結果只生過一個女兒後便八年沒動靜的知縣夫人也懷孕了，生下來的還是對龍鳳胎。

男子急忙打斷小販，激動地問：「她可是在濛溪邊被撿到的？」倘若連這個都對上，那就差不離了。

糖葫蘆小販驚訝道：「可不是嘛，聽說是順著濛溪漂下來時被撿到的呢。濛溪的水可深了，她卻恰好卡在岸邊水草裡，被她養父母救了。嘖嘖，她天生就該是雨神娘娘啊。」

男子聽了，心中一陣狂喜，又問：「雨神娘娘是什麼人？家住何處？」

糖葫蘆小販笑道：「全縣都知道，她是濛山村人，您去濛山村一問便知。」

他一頓，想說豐收舞剛結束，雨神娘娘可能還在城外，卻見男子瞬間走得沒影了，聳聳肩，也沒去追。反正濛山村又不遠，明日男子去了就能見到。

他就說雨神娘娘不一般，原來真是富家千金啊，雨神娘娘要回家享福去了，今後這豐收舞是看不著了啊。

此時，他腦子裡忽然閃過對方可能不是好人的念頭，然而想到過去那些仗著家裡有錢想強占雨神娘娘，卻被濛山村人打得鼻青臉腫，還被知縣關起來的人，就把這念頭趕跑了。

誰吃虧，雨神娘娘也吃不了虧啊！

另一邊，有輛牛車等在縣城門外的不遠處。

花車停好，沈晞先把孩子送下去，自己才下，向護衛的領隊道別，一手牽一個孩子，走向牛車。

沈大郎和錢翠芳連忙過來將兩個孩子抱上車，錢翠芳疼惜地看著沈晞道：「溪溪，累不累？娘說過，這麼危險的事還是算了，如今我們家也不缺銀子。」說著扯了下沈大郎。

沈大郎立即接話。「是啊，家裡不缺錢。」

「爹，娘，你們放心，我什麼時候失手過？」沈晞笑咪咪地回答，見錢翠芳還要勸，忙上前挽住她的胳膊，嬌滴滴地說：「娘，我好累了。等會兒到家，我想吃消夜，您幫我做碗麵吧。」又轉向沈大郎，催促道：「爹，我們快回去。再晚，天都要亮了。」

「好，爹娘不說了，咱們回家。」錢翠芳無奈，漂亮女兒撒起嬌來，她就毫無辦法了。

沈大郎亦是如此，他和錢翠芳都不是會說話的人，如今兒子在縣學讀書，功課很好，但性子也安靜。家裡只有沈晞活潑可愛，若是撒嬌，他也招架不住。

沈晞扶錢翠芳上了牛車，又變戲法似的摸出四顆麥芽糖，往沈大郎、錢翠芳和兩個小孩嘴裡各塞一顆。

沈大郎一愣，神情有些靦覥；錢翠芳笑著斜沈晞一眼，兩個小的則甜甜笑道：「謝謝溪溪姊，好甜！」

沈晞輕點他們的鼻子。「這是獎勵你們在花車上沒有亂動，你們做得很好哦。」

兩個孩子聽了，笑得更開心了。沈大郎和錢翠芳也對沈晞的貼心熨貼不已，一個趕車、一個幫沈晞看好兩個小孩，牛車便晃晃悠悠往濛山村而去。

沈晞吹著微涼的夜風，忽然發現，她已在這個世界待了整整十七年。

她是胎穿，剛有意識沒多久，就有人要丟了她。當時，她的聽覺、視覺尚未發育完全，只模糊知道她來自某個權貴之家，被調包了，這人正想把她扔進水裡淹死。

她不想剛穿來就死，但身為一個嬰兒，什麼都做不了，遂努力瞪大眼盯著那人，想為自己求得一線生機。

她聽說過，宰殺動物時如果有了眼神交流，就容易生出不忍。雖然眼前一片模糊，但她猜想，可能是她瞪大眼盯著人的樣子有些邪異，那人終究沒敢下手，弄了個破木桶將她放進去，順流漂下，讓她撿回了一條命。

當然，她撿的不只是一條命，還有一塊不小心被她亂揮舞的手拽下來的牌子，上面寫著「沈」，恰好跟她穿越前同姓。

巧的是，同樣姓沈的沈大郎和錢翠芳撿到了她，取了小名溪溪。夫妻倆能力有限，在她四歲前，家裡日子清苦，但他們對她一直很好，哪怕後來生了兒子，仍把她捧在手心。

她很感激他們，四歲時選上縣裡的雨神童子後，便年年扮演，拿回一兩銀子的報酬，改善家裡伙食。

七歲時，她在老山神廟救了一個身受重傷的老爺爺，老爺爺教了她不少武功，並在他臨死之前，把五十年內功全傳給她。

那一年，她十一歲，憑藉著一身功夫，自創了在木樁上跳的豐收舞，從而一舉拿下每年扮演雨神娘娘的機會。

這是她致富的開始。每年扮演雨神娘娘有五兩銀子報酬，又因為與以往不同的豐收舞，再加上時常在濛北縣走動，她成了縣城的「小網紅」，比以往的雨神娘娘更有名氣。

後來，她跟知縣一家有了交情，以雨神娘娘的名義替店鋪代言，但同類型只代言一家，名單貼在縣衙門口，還有知縣幫她維持秩序，一年給她的代言費近五十兩。

她跳了七年的豐收舞，十七歲的她該玩的都玩過了，忽然覺得有些無聊。

調包啊，這麼好的身世設定，卻因為她不知道親生父母在哪裡，而沒得玩。

她托腮嘆息，要是能有個好人告訴她親生父母在哪裡就好了，她真的好無聊啊。

因為生活太平淡，她甚至動過闖蕩江湖的念頭，但只是一閃而逝。

她救的老爺爺叫王不忘，自稱是江湖上有名的武功高手。跟著王不忘習武的三年裡，他嫌棄她的天賦普通，她不認為，雖然內功學不好，但外家武功學得很不錯啊。

王不忘對她的說詞嗤之以鼻，沒有好的內功基礎，再好的外家功夫也是白搭。

在他們相處的日子裡，王不忘總是在嫌棄她，但臨死前，還是將他畢生內力傳給她，笑著對她說，她有如此深厚的內力，可以橫著走了。

她對此不置可否，忘不了第一次見到王不忘時的慘狀：一隻手整個手肘之下都沒了，另一條腿的膝蓋下也全沒了，整個人骨瘦如柴，眼窩深陷，比骷髏好不了多少。這個場景一度成為她一整個月的噩夢素材。

如果連王不忘這樣的高手都混得這樣慘，她闖蕩武林的話，大概會死無全屍。她喜歡找樂子，但絕不想被人當成樂子。因此，習武的事，她也沒說，連她家的人都不知道她曾經救過一個老頭，還跟他學了三年武功，只當她日日不在家，是出去瘋玩。

小時候，她沒怎麼遮掩她的「早慧」，養父母便認為她是有宿慧的，給予她很大的自由。長大後，她曾堅定地說過先不考慮嫁人的事，他們就不再替她相看了。

第二章

牛車晃蕩一個時辰後，終於到了濛山村。

沈晞一家先把兩個孩子各自送回去，順便送上一兩銀子的報酬。

沈晞家位於濛溪邊，這也是當初沈大郎夫妻能及時撿到她的地利。薄木板圈成的小院子，花費不多，但能隔絕一些窺探的目光。小院東面是一塊小菜地，旁邊還養著兩隻母雞。

屋子中間是堂屋，西面的大房間是沈大郎夫妻的臥房，東面兩間分別是沈晞和她弟弟沈少陵住的。廚房、茅房、柴房等處則簡陋了些，分別位在屋子兩旁。

這間小院子跟濛山村其他人家沒什麼不同，但濛山村的人不知道，沈晞身上有二百多兩銀票，沈大郎夫妻也藏了一百兩。在這個全靠自給自足，一戶人家一年攢不下二兩銀子的小村，絕對是筆鉅款。

濛山村的人確實淳樸，敦親睦鄰，村民之間沒多少爭執，可是人心禁不起考驗，她自己是不怕，但不想給養父母惹麻煩，每次給錢時都提醒他們不要露富。不過，濛山村的小孩子知道她這裡有很多零嘴吃，畢竟她每年都當雨神娘娘呢，有這份小小的闊綽是應該的。

在濛北縣，她算個名人，加上每年替村裡小孩爭取扮演雨神童子的機會和報酬，因此她在濛山村的人緣還不錯。

回來之前，說是要錢翠芳做消夜，但到家之後，沈晞卻催他們去休息。雨神節的慶典可不只今天這樣，縣城的儀式雖結束了，可是各個村子還有自己的聚會。

明日濛山村開筵席，每家交上米麵菜肉，集眾之力辦幾桌席面，在村裡的祠堂熱鬧一番，沈大郎夫妻都要去幫忙。

沈晞自然不用去，每家出一、兩個人已經夠多，她去了只是添亂。

第二日，沈晞一覺睡到自然醒。

今天天氣不錯，她起來時，沈大郎夫妻早出門了，廚房的鍋裡溫著一條大紅薯和兩顆白煮蛋，她坐下來吃了，隨後站在院子裡發呆。

今天要做什麼呢？

沈晞掃視周遭一圈，目光落在角落的細竹竿上。那是她自己做的釣竿，用它釣了不少魚——魚游近後，被她用內力震暈再撈上來，怎麼不算是她釣的呢？

沈晞帶上釣竿出門，來到濛溪邊，又往上游走了一段路，在一處有淺灣的地方停下。這是她當年「擱淺」的地方，也是她時常釣魚之處。因為地形的關係，上流沖下來的東西有一部分會被捲過來，坐等魚兒自投羅網就行。

沈晞放下釣竿，坐在溪邊的石頭上托腮發呆。

周圍很安靜，讓突然響起的動靜顯得有些突兀，那是有東西猛地拍打水面的聲音。

沈晞抬眼遠眺，發現濛溪上游有東西順水流下，從奮力掙扎的模樣來看，應該是個人。人溺水時是沒辦法高喊的，只見那人在溪水中沈浮，每次浮出水面沒多少，又立即下沈，吸不進多少空氣不說，還容易嗆水。

沈晞站起身，估摸著此人無法順流而下到這處淺灣，遂往下游走，在那人經過時，驀地甩出魚竿——魚線在他身上纏了幾圈，讓順流而下的動作一滯，接著輕輕用力，將人扯到岸邊，拎著他的後衣領，將他扯上岸。

沈晞蹲下身，解開魚線，對著不停喘息的人問道：「還清醒嗎？」能呼吸，就用不著她急救了。

此人像是尚未反應過來，呆怔一下才抬起頭，纖長白皙的手撈開濕透的長髮，露出一張如玉般的面容。

沈晞愣住了。濛北縣雖是個小縣城，但也有美人，比如知縣夫人和知縣千金都長得很好看，說句自誇的，她也算是美人，卻是第一次看到這樣美得幾乎雌雄莫辨的臉。

這人的五官好似經過造物主的精心雕琢，少一分不夠精緻，多一分太假。承載他五官的皮膚又白又細嫩，此刻沾了水，更顯瑩潤，好似在發光。濕漉漉的雙眸中帶著些許茫然，彷彿是迷失在森林裡的幼鹿，瞬間擊中她內心最柔軟的部分。

沈晞覺得自己連聲音都軟下來幾分，溫和地說：「能自己起來嗎？」

美人依然怔怔地看著她，似乎未從死裡逃生的驚悸中回過神來，在沈晞伸手打算先扶他起來時，他眼中終於出現神采，又驚又喜。

「雨神娘娘?!」

沈晞並不意外對方知道她是誰，微微一笑。「是我。身上有沒有別的傷？」

她不動聲色地打量對方，美人性別為男，衣袍雖濕透也能看出價值不菲。濛山村附近除了她這個「小網紅」，便沒什麼可看、可玩的。他認得她，又一口跟知縣夫人相同的京城口音，多半是從京城來的有錢少爺，昨夜看了她的豐收舞，今日便來見她。

這樣的事，沈晞遇得多了，有的只是看看她，有禮地想娶她當正室或做妾，在她拒絕後也不糾纏；有的仗著自己有錢，想逼迫她，全被護短的濛山村人打跑了。

美人微怔，目光隨即落在自己濕漉漉又格外狼狽的身體上，尷尬地搖搖頭。「無事。」

因為對方是難得一見的大美人，沈晞非常有耐心，熱情地問：「要不要先去我家換下濕衣裳？」

美人剛要說話，一陣秋風吹過，他沒忍住，打了個噴嚏，到嘴的話就變了。「好吧，那便叨擾了。」

此人正是想親自會會雨神娘娘的趙懷淵。

今日一早，他在縣城內好好打探一番，終於弄清楚雨神娘娘不是騙子，只是選出來扮演雨神娘娘的普通女子。

而那些店家貼的紅紙，以及縣衙門口貼的名單，他都親自去看了，也問明白。從前的雨神娘娘沒搞這些，但七年前新上任的女子，自創了在木樁上跳的豐收舞，比以往的扮演者出名，才有了那些店家借用她名號賣東西的事。

他還問過，有了雨神娘娘的名頭，店裡的東西確實好賣多了，就像是京城裡的名姝，用的東西總能成為時興。

弄清楚之後，趙懷淵想拆穿騙子的目的自然沒了，照理說也沒了見沈晞一面的理由。但想到昨晚看到的豐收舞，還是按照自己的心意，帶著趙良找過來。

倒楣的是，他們走著走著迷路了，他在探路時掉進了濛溪。趙良立即跳下來救他，但濛溪不小，底下又有暗流，兩人很快便看不見彼此。

趙懷淵以為自己要死了，正後悔不該因好奇而跑來，就被救上岸。

趙良的水性和武功不錯，趙懷淵並不擔心，見雨神娘娘邀請他回她家，如今已是深秋，他全身濕透，冷得顫抖，只好先跟她去了。

沈晞在前面帶路，領著趙懷淵走了沒一會兒，便到了沈家。

家中無人，她仗著自己有武功，逕自帶著趙懷淵進沈少陵的房間。

她轉過身，掃了眼因寒冷而微微縮著肩背的美人。美人很高，應當有一百八十公分左右，而她的弟弟才十五歲，堪堪長到一百七十公分，衣服對他來說偏小了。但她養父更矮，他的衣服更不適合。

見雨神娘娘如此毫無避諱地打量自己，趙懷淵有些不自在。以往哪怕有大膽的貴女，也不會如此不加掩飾，又坦坦蕩蕩地盯著他看。

直到此刻，他才得以看清楚雨神娘娘的真容。今日她並未上妝，跟昨夜那光彩照人的樣子相比，樸素許多，卻也真實許多。

沈晞道：「家裡只有我弟弟的衣裳最大，你勉強能穿。」

趙懷淵這才反應過來，人家是在打量他的身材，鎮定道：「無妨，有得穿就行。」頓了頓，又道：「麻煩拿件新的，我會付錢。」

沈晞攤手。「我弟弟上學去了，新衣服自然一道帶上。這裡只有他的舊衣裳，還有破洞，你要不要？」

趙懷淵語塞了，他這輩子就沒有穿過有破洞的衣裳，他怎麼可能要?!

這樣想著，他又忍不住打了個噴嚏，驚恐地發現，倘若他再這樣凍著，怕是連鼻涕都要流出來了，這絕對不行。

他閉上眼睛，視死如歸地說：「要。」

沈晞回身去翻沈少陵存放舊衣的箱子，忍不住彎起嘴角。這位美人少爺還挺有意思，一點也不跋扈。

她拿出最上頭的衣裳，遞給他。

美人竟也遞來一錠銀子，足足有五兩。

沈晞見狀，眼底帶上幾分笑意，笑咪咪地說：「不用了。這舊衣不給你穿，過兩天也是會拿去墊雞窩。」

趙懷淵無言，他該感謝她口下留情，沒說要把這舊衣拿去墊狗窩嗎？

不等他回答，沈晞已走出去，貼心地關上房門。

趙懷淵盯著舊衣看了好幾眼，似乎能看出個洞來，但全身冰涼的感覺提醒了他，遂趕緊扯開腰帶換上。

這時，門上響起了敲擊聲，外頭傳來沈晞清亮的聲音。「小公子，我多嘴提醒一句，不要碰房間裡的其他東西哦。我弟弟長了個狗鼻子，誰動他東西都聞得出來。」

趙懷淵一愣，哪有人這樣說自己弟弟的？如此說來，她只說要拿給他穿的舊衣墊雞窩，都是客氣了。

「我不會亂動的。」趙懷淵悶聲悶氣地回道。

外頭便沒了聲音。

沈晞面上帶笑站在院子裡，回想美人公子的神情，笑意又大了些。剛才她那樣開玩笑，他也不生氣，可見是個脾氣很好的人，真難得。

沈晞正在院子裡等著，忽然聽見有腳步聲靠近，望向院門，發覺有人在她家院子外停下，隨即敲門。

這個時候，家家都在忙，這個人會是誰？

沈晞挑眉，走過去開門。

門口站著一名面容普通的男人，看著不過二十出頭，衣著比她略好些。她開門的時候，他便不動聲色地往屋裡看去，彷彿在找人，是那個美人的侍從？

男人憨厚地笑道：「請問妳就是雨神娘娘嗎？」

沈晞應下。「是我。你是？」

男人眼中閃過欣喜，又往院子裡望了一眼，不答反問。「妳家只有妳一個人？」

沈晞的神情頓時有些微妙，美人一眼便認出她，這人還要確認，兩人不太像是一起的。聽他的話，好似在找人，可這問話也太奇怪，似乎在確認她家裡只有一個人，好方便他做什麼壞事。

想到此處，沈晞露出純真無邪的笑容。「是呀，我爹娘去祠堂幫忙，家裡只有我在。」

男人名叫沈勇，他找來濛山村後，看到祠堂在忙，遂裝成想宴請雨神娘娘的富戶下人，隨便找了個很忙的村民，打聽沈晞的家在何處。那村民果然沒有多問，指路之後，就被叫走了，他便匆匆趕來此處。

沈勇親眼看見沈晞後，十分確定自己沒找錯人。一看沈晞，便知她是自家老爺和夫人的女兒，兩人好看的相貌全長在她臉上了。

聽說只有沈晞在家時，他興奮得手都在抖。來之前，他做了偽裝，殺掉她之後，立即卸下偽裝離開，就沒人能抓得住他。

因為太過興奮，沈勇沒注意到，沈晞像是故意引誘獵物動手的獵人一般，悄然後退一步，只等他踏入這個封閉的小院子。

院門一關，沒人能看到這裡頭發生了什麼。

沈勇一腳踏進院子，心裡開始放鬆，不過是個農女，殺掉能有多難，難的是找人而已。接著，他面上的憨厚瞬間消失，換上猙獰面容，右手握著一柄匕首，驀地朝沈晞刺來。

沈晞不想動手殺人，不能讓對方知道她有武功，故意驚叫一聲，腦中已想好怎樣的力道和角度，能讓他像是自己摔倒並昏過去，卻察覺到身後傳來細微的動靜。

她微微側頭，看到一只荷包飛過來，砸到男人的腦門上。

那位美得不像真人的美人緊隨而來，一腳踹在男人膝蓋上，俐落地一捏一折，搶下他手中的匕首，膝蓋狠狠擊中背部，將他整個人壓在地上。匕首橫在男人的脖頸處，稍稍用力，劃出了一道血線。

男人慘叫一聲，美人冷哼道：「大膽狂徒，竟敢在光天化日之下殺人！」

沈晞退後小半步，默默地看著眼前的一幕。

妄圖襲擊她的男人被壓著動彈不得，而看似弱不禁風的美人卻毫無包袱地壓在男人身上，一頭濕漉漉的青絲垂落，還在往下滴水。他已換上她弟弟的舊衣，確實不合身，短了好大一截，露出過分白皙的腳踝和手腕。

然而，即便穿著灰撲撲的粗布衣裳，姿勢也不優雅，也難掩美人由內而外的矜貴。

沈晞在心裡悄悄調整了對他的判斷，他家中應當不只是有錢而已。

她定了定神，將目光從他白晃晃的腳踝上移開，故作驚慌地說：「謝謝小公子相助，不然我今日便凶多吉少了。」

趙懷淵抬頭看她，面上笑容帶著輕揚的得意，一雙丹鳳眼熠熠生輝。「想在我面前傷人，他是在作夢！」

被壓著的男人邊掙扎邊叫喊。「放開老子！」

沈晞見美人一直壓著人有些辛苦，示意他再撐一下，隨後去廚房取來一條麻繩，與美人合力，把男人的四肢朝後綁成待宰豬的模樣。

趙懷淵這才揉了揉手腕，悄悄地喘勻氣息。按住一個人，可是要費不少力氣，雖說他前一刻在水裡掙扎，耗費太多力氣，但依然不願讓她看出他快力竭了。

他打量了下無法掙脫，嘴裡還被塞了塊破布，只能嗚嗚叫喚的男人，看向沈晞。

「妳可有傷著？」

沈晞搖頭。「沒有，多虧小公子來得及時。小公子身手真不錯，連這樣窮凶極惡的歹人都能輕易制住。」

趙懷淵心想，他得矜持些，不過是幾句誇讚的話而已，怎能如此心花怒放？

但……他是真高興啊！從小到大，誰都拿他跟他那個文武雙全的大姪子比，哪有人誇他身手好的？

趙懷淵壓不住上翹的嘴角，忍不住追問道：「我真有如此厲害？」

沈晞打量他死死壓制卻沒能壓住的求表揚神情，心中好笑。這美人看起來也有二十歲了，怎麼還跟個小孩一樣？

她對又美又可愛的人向來寬容，因此順著他的話，極為真誠地說：「當然了。今日你可是從殺人不眨眼的歹人手中救下一個無辜之人，怎麼不算厲害呢？」

這話讓趙懷淵受用得很，心跳快了幾分，臉上的笑容再也掩不住。

美人一笑，光彩奪目，簡陋的院子好似變得高級許多。

沈晞勉強收回目光，低頭看那個想殺她的人。

她人緣一向不錯，哪怕是得罪過的老爺跟少爺，都只是想抓她回去而已，怎麼會有人上來就下殺手？

於是，她故作困惑道：「我素來與人為善，怎麼會有人想殺我呢？麻煩公子幫忙搜他的身，看他身上有沒有什麼證物。」

趙懷淵忙斂了笑應下，蹲下搜了半天，只搜出一些銀子。

沈晞並不意外，在男人面前蹲下，對上他因他們搜不出東西而得意的神情，忽然一笑。

「你是從沈家來的吧？」

男人一愣，隨即震驚得瞳孔微微瞪大，不敢相信沈晞會猜出他的來歷。

當年她被丟掉時，才剛出生，怎麼可能記事！

沈晞看到男人的反應，確認了自己的猜測。除了她，沒人知道她現在到底有多興奮。

當年有人想殺掉身為嬰兒的她，只是她做出了努力，才僥倖活下來。如今可能是出了什麼變故，所以對方又派人來殺她了。

昨晚她才在想，有沒有好人能告訴她親生爹娘在哪，這不就來了嗎？

第三章

沈勇看著笑得意味深長的沈晞，好不容易才控制住自己的神情，辯解道：「老子不知道妳在說什麼。老子就是來串門子的，你們憑什麼抓老子？」

這話剛出口，他便被趙懷淵狠狠踩中背脊，慘叫一聲。

趙懷淵冷聲道：「哪來的狂徒，被抓了還不老實！」

沈勇怕痛，當即不吭聲了。沒想到殺一個小小的農女會出這樣的變故，實在晦氣。不是說家裡只有她一人嗎，這個頗有幾分拳腳功夫的男人是哪來的？

沈勇又陰冷地瞥趙懷淵一眼，心中更氣。這小白臉長得跟娘兒們似的，力氣居然頗大。這一瞥，卻讓沈勇生出了幾分熟悉感，小白臉的容貌似乎像他見過的人。皺眉一想，又覺得此人的聲音有幾分耳熟。

沈晞打量這個來自沈家的人，心中思索。他不會輕易招供，要讓他說出她家在哪裡，怕是有些難。但她對嚴刑逼供沒有經驗，也沒有興趣，或許……

她正在權衡，忽見被綁縛的男人神色劇變，驚呼道：「你、你是趙王。」

美人並不介意身分被揭穿，只蹙眉道：「你認得我？」

沈晞挑眉看向面前的美人，她沒刻意去探聽，但還是知道這個朝代的背景。

這裡是大梁，年號宴平，國姓趙。以國姓為封號的趙王，是宴平帝同父異母的弟弟，兩人差了快二十歲。宴平帝對這個弟弟很是寵愛，擁有潑天富貴的趙王，理所當然長成了不學無術的紈袴子弟。

更有意思的是，宴平帝的帝位，是從他皇兄、當時已是太子的大皇子手裡接過來的。先太子的死因，沒人能說清楚，而趙王恰好就是先太子同父同母的親弟弟。宴平帝對趙王如此寵溺，是捧殺呢，還是愧疚？

在沈晞默默想著是否可以利用趙王的身分時，沈勇已嚇得抖成一團。

沈勇萬萬沒想到，不過是殺個農女，竟然會被趙王撞見。雖然今日的趙王看起來比往常還要俊美，但他不會弄錯的，這模樣、這聲音，真的是趙王，頓時心如死灰，癱軟下來。

方才他還想著找機會逃走，若有這樣的大人物在，他怎麼逃得掉？

此時，門外響起一道響亮中又帶著些許倉皇的聲音。「主子，您可在附近？」

趙懷淵一喜。「是我的侍從。」匆忙將院門打開，往外喊道：「我在這裡！」

趙良看到自家主子，一顆惶惶不安的心總算安定下來。他跟主子被暗流分開之後，便一邊順水漂流、一邊觀察，看溪邊有沒有上岸的痕跡，方才總算讓他瞧見，趕緊追來。

老天保佑，幸好主子沒事！

他來到趙懷淵面前，撲通一聲跪下，惶恐道：「是小人護衛不力，請主子責罰。」

趙懷淵乾脆地拉起他。「沒空同你廢話。快，讓此人招供！」

趙良一臉茫然，發現院子裡有個模樣美麗的女子，還有個被五花大綁的男人，更懵了。

「主子，這是……」

方才趙懷淵見義勇為，此刻很是興奮，語氣有些自傲。「此人要行凶，被我制伏了。他叫出我的封號，多半是京城來的。你審審他，讓他把為何殺人、是誰主使都說出來。」

他又看向沈晞，安撫道：「放心，我的侍從對刑訊頗有一手，這人什麼都瞞不住。」

這正是瞌睡送枕頭！沈晞微笑。「那便麻煩你們了。」

趙良這才認出女子正是昨夜的雨神娘娘，也是他們今日來此地的目的，而且看樣子她已得知了他主子的身分，卻無惶恐，不像是普通農女。

見趙懷淵催促，趙良只得暫且放下疑惑，順手撿起沈勇帶來的匕首，蹲下身，對沈勇露出一個嚇人的笑容。

沈勇被這笑容驚得渾身一抖，聽到「刑訊」，更是差點嚇得尿褲子。他張嘴要嚎，卻被塞了一團從他衣服上割下的布，當即什麼都說不出來了。

趙懷淵側身擋住他們，對沈晞道：「讓他審吧，我們出去走走。」

刑訊難免血腥，他也不愛看，更不想嚇到她這樣美麗的女子。

沈晞點頭應下，見趙懷淵頭髮還濕著，順手拿了塊剛曬乾的棉布，跟他走出院子。

兩人到了濛溪邊。

趙懷淵膽子大，不久前差點淹死，這會兒仍敢走到岸邊，打量著溪水，好奇道：「此處水流湍急，果真能釣上魚？」

沈晞有些驚訝，他死裡逃生時還注意到她在做什麼，不禁笑道：「那邊有個淺灣，從上游來的魚有時會落入此地出不去。你可要擦乾頭髮？這兒有風，頭髮濕了容易著涼。」遞上棉布。

趙懷淵一愣，他忘了頭髮還沒乾，眼前幾乎算是陌生人的女子卻注意到了，還為他準備好棉布。

這是因為她知道了他是趙王，在討好他嗎？

想歸想，不願著涼流鼻涕的他接過棉布，往頭上一蓋，胡亂擦起來。

棉布上有一股陽光的味道，還有一絲若隱若現的女子體香，他悄然吸了一大口。

吸完後，他才覺得自己這舉動著實不妥，為了掩飾尷尬，輕咳一聲。

「方才妳應當聽到了那人的話，我確實是趙王趙懷淵，我是私下出遊，妳不必拘謹。對了，不知姑娘如何稱呼？」

完全不拘謹的沈晞看趙懷淵擦頭髮的樣子，忍不住笑，有點像搞不清狀況的小狗，一頭毛被他擦得亂七八糟。

她含笑回道：「我叫沈晞，東方未晞的晞。」考慮到今後很可能要借用趙王的名頭幫忙，便解釋道：「我是養父母從溪邊撿來的，隨身攜帶一塊寫著沈字的牌子。我想，或許我是來自沈姓人家，才問了那些話。」

趙懷淵停下擦頭髮的動作，露出略微泛紅的俊顏，詫異地問：「剛才那人要殺妳，妳怎會覺得他來自妳家？」

沈晞一本正經道：「我記事早，隱約記得有人要把我丟溪裡淹死，後來才改變主意。丟掉我的人似乎是我家的僕從，是為了調包。」

趙懷淵琢磨了下，忽然明白過來，這不是戲文裡常有的真假千金嗎？他還是第一次親眼見到這種事。

他扯下棉布捏在手中，一頭半乾長髮亂糟糟頂在頭上，卻不顯得狼狽，反而多了幾分凌亂而脆弱的美麗。

沈晞默默轉開目光，怕直勾勾看久了太不禮貌。

趙懷淵依然沒發現自己的樣子有什麼不妥，興奮道：「妳是說，有人頂替妳的身分，妳才流落此地？那個男人來自京城，又見過我，多半來自權貴之家，姓沈的官員有不少啊。」

沈在大梁是個大姓，街邊一面牆倒了，砸到的十個人裡能有兩個人姓沈，因此沈晞從來沒想過去找親生父母，根本找不到。

趙懷淵回憶一番，一時沒想到會是哪戶人家，遂也作罷，只道：「等等便知道了，趙良的手段可不俗。」

沈晞感激地說：「多虧有王爺和您的侍從在，否則我不知該如何是好。」

趙懷淵渾不在意地擺手。「我這條命是妳救的，這點小事不算什麼。」眼看一場有意思的好戲要上演，他不想錯過，遂道：「問出底細後，妳打算如何，可要去找親生父母？」

沈晞想，當然要啊，京城這樣大的舞臺，一定有更多、更有意思的事等著她，怎麼可能不抓住機會？

她微微一笑。「想害我的人，總不能什麼代價都不付呀。」

趙懷淵一怔，她此刻的笑容讓他想起了昨夜看到的雨神娘娘，神情鎮定篤信。他本以為她會為血緣親情或者榮華富貴之類的理由去京城，沒想到是如此。

他大為贊同道：「沒錯！什麼陰溝裡的老鼠敢躲在暗處害人，非揪出來不可。」頓了頓，又熱情地說：「妳打算何時走？我正好要回京城，妳可以隨我們去，路上好有個照應。」

此去京城數百里，她一個弱女子，又長得如此好看，不知會遇到多少危險。他還想看好戲呢，可得讓她安然到京城。

沈晞看他一眼，忽然明白過來。他這麼熱情，看來是真的很想坐貴賓席看真假千金這齣戲的進展，又身為宴平帝寵溺的趙王，男女大防對他來說不是問題，才邀她同行。

她也不在乎，身上有錢，不想成親就完全不用在意名聲，除了不好暴露她會武藝的事，其餘的想做便做。

沈晞思索片刻，道：「後日可好？我要跟家人朋友道別，還要去縣衙辦個路引。」

趙懷淵問：「路引可要我幫忙？」

沈晞笑笑。「多謝，不必了。我與知縣大人有些交情，他不會為難我的。」

這話說得很謙虛，實際上她跟知縣一家關係很好，辦路引就是打個招呼的事，當場便能辦下來。

趙懷淵這才想起關於雨神娘娘的諸多傳聞中，有一件事是她曾住在知縣家中，知縣夫人因此而懷孕生子，自然會對她格外不同。

他向來對這種怪力亂神之事十分不屑，今日見了沈晞，不覺得她是那種裝神弄鬼的人，不禁好奇道：「果真是因為妳，知縣夫人才生下了雙胞胎？」

沈晞搖頭。「只是巧合罷了。」

其實不能算是巧合，但真相卻是不好說給眼前人聽的。

當時，她住在知縣家，發現陳知縣是個非常注重養生的人，對於懷孕生子有著一套自己的理解，認為要養精蓄銳才容易懷上。這就算了，偏偏他為了所謂的養精蓄銳，三個月才跟知縣夫人同房一次，選的時間還不是她的受孕期，能懷個鬼啊。

所以，沈晞很隱晦地告訴知縣夫人，她爹娘天黑了沒事做就創造生命，才有了她弟弟。

知縣夫人大概早覺得丈夫所謂的養精蓄銳哪裡不對，被沈晞這麼一暗示，之後的兩個月，除了經期外的日子，一到晚上，陳知縣就別想跑書房睡了。已近中年的陳知縣，人都虛了，但知縣夫人也因此懷上雙胞胎。

從此，沈晞的名聲就傳開了，也成為知縣家的座上賓，時不時去小住幾日。

這時，遠處的趙良喊道：「主子，審出來了。」

趙懷淵眼神一亮，沒再細問知縣家的事，道：「我們去看看。」

他快步往院子趕，沈晞跟在他後頭。快走到院子時，他才想起自己走太快，沈晞哪裡跟得上，腳步一停，轉頭看去，卻見她在他身後兩步遠，嚇了一跳。

沈晞疑惑。「王爺，怎麼了？」

趙懷淵連忙擺手。「無事。」

他回想她昨日跳的豐收舞，能在那樣的木樁上跳舞，想來她的身體並不會很柔弱。又抓了抓手中的半濕棉布，忽然發覺，她好像也不像旁人那樣巴結諂媚，遞給他棉布，似乎只是順手為之。

看著沈晞不卑不亢的模樣，趙懷淵疑惑道：「知道我是趙王，妳一點都不怕嗎？」

沈晞極為困惑。「為什麼要怕？」你不知道自己長什麼樣子嗎，哪裡值得人害怕了？怕被你美死？

趙懷淵急了。「我可是鬥雞走狗、橫行霸道、欺男霸女的趙王！」

沈晞無言了，還真沒見過這樣急著自黑的，輕輕一笑。「我只相信自己看到的。」

這話一出，趙懷淵的心陡然像是被羽毛撩了下，整個人輕飄飄起來。

趙良見他們走到門口，探出頭一看，正對上沈晞的目光。

沈晞走進來，眼神越過趙良，落在男人身上。看不出任何傷痕，但他此刻委靡不振，顯然是吃了不少苦頭。

「主子，已經問出來了。」趙良稟道：「此人來自工部侍郎沈成胥府上，名叫沈勇。」又踢了沈勇一腳。「把剛才同我說的，再說一遍。」

沈勇開口時，趙良偷偷湊到趙懷淵身邊，小聲道：「主子，您臉上的妝全沒了。」

趙懷淵一愣，想到自己不加掩飾的真實面容，再想到方才沈晞的話，頓時明白過來。她是不是覺得他長成這般沒有男兒氣概的模樣，根本做不出他口中說的那些事？

趙懷淵壓下心中煩悶，打起精神去聽沈勇的話。

在趙良的盯視下，沈勇哪裡敢說假話，剛才說過一遍的事，此刻又老老實實說了一回。

他是工部侍郎沈成胥府裡的僕從，受他姨母衛琴的命令，來濛溪沿縣尋找宴平三年八月十一日之後被人領養的女嬰，殺掉她後便能回去覆命。他已找了小半年，排除許多被收養但年紀和月分不對的女嬰，才終於找到正主。

他要殺沈晞的理由很簡單，因為沈晞才是沈夫人的親生女兒。沈夫人從娘家帶來的丫鬟衛琴，當年趁亂將自己生的孩子與沈夫人生的調換，衛嬤嬤的女兒成了沈家千金沈寶音，而沈夫人的親女差點被淹死。

當年是如何調換的，沈勇也不清楚，是某一日聽到了衛琴的夢話，才得知這個驚天秘密，從而加入衛琴的殺人計劃。

為何當年放過了沈晞，如今卻要殺人？原來沈夫人在三年前病逝後，衛琴就一直作噩夢，飽受折磨。如今沈寶音守孝快滿三年，將要履行沈夫人病逝前訂下的親事，衛琴擔心沈夫人的親生女會找上門來，乾脆一不做二不休，叫外甥把人殺了，免得生出變故。

得知自己的身世，沈晞很滿意，多問了一句。「你來殺我之事，沈小姐可知情？」

沈勇遲疑，被趙良輕飄飄地掃了一眼，慌忙回答。「小人不知道。應該是不知情的，姨母不曾提過。」

沈晞對此不置可否，饒有興趣地道：「說說沈府的情況。」

沈勇被刑訊後就成了老實人，問什麼答什麼。「老爺是一府之主，夫人三年前病逝，老爺並未續弦，府中還有韓姨娘、朱姨娘兩個妾室。夫人生了大少爺沈元鴻、二小姐沈寶音，韓姨娘生了三小姐沈寶嵐。大少爺已娶妻，有一子一女，並未納妾。府中主子便是這些。」

沈府的人口還算簡單，沈晞邊聽邊記，又好奇地問：「跟沈寶音訂親的是何人？」

沈勇回道：「是韓王世子。」

沈晞終於露出更多興趣，身分高好啊，鬥起來才好玩。她聽說過韓王，是宴平帝同父異母的弟弟，名聲跟趙王差不了多少。但韓王世子是個例外，年紀不大，但容貌極為俊美，又很會打仗，從無敗績，百姓們私下聊天時會稱他為戰神。

她微笑道：「是戰神啊，這親事厲害。」

趙懷淵瞥沈晞一眼，見她提及他的大姪子時笑容滿面，心裡不太舒服。

她可是在高興，等她認祖歸宗後，這門好親事便能落在她頭上？不由嗤笑出聲。

「韓王世子雖文武雙全，但韓王府不見得是個好婆家。」

沈晞看向他，好奇道：「王爺為何這麼說？」

其實話說出口後，趙懷淵便後悔了，這話連他自己都能聽出酸味。因為只相差兩歲，他自小到大被拿來跟他的大姪子趙之廷比，聽到趙之廷的名字都覺得晦氣。

他故作自然地說：「韓王名聲比我還差，而且皇兄不喜韓王，他家連封地都沒有，窮得很！表……韓王妃出身矜貴，不好相處，誰當她兒媳，誰倒楣八輩子。」

沈晞噗哧一聲笑了。

趙懷淵一驚，以為被她聞出了酸味，強撐著道：「妳笑什麼？我哪裡說得不對嗎？」

趙良本想喝斥沈晞冒犯趙王，卻見自家主子並未介意，遂把話嚥回去。

沈晞眼角微彎，順著趙懷淵的話說：「我是笑沈寶音好慘，遇上這樣的婆家。」

趙懷淵聽明白沈晞話中意思，詫異道：「妳不想嫁給那個戰神嗎？」

沈晞一笑。「沒興趣。我想回沈府，只是因為在這裡待得有些無聊，順道報仇而已。」

趙懷淵從未想過，有一天他會被簡簡單單一句話哄好。京中適齡的貴女，哪個不想嫁給他大姪子？他表姊韓王妃千挑萬選，才選了沈寶音這個京城第一才女，孰料這才女竟是丫鬟之女調包的。

趙懷淵見過沈寶音幾次，對她印象不深，自然不討厭她。但能瞧見他的大姪子丟大臉，他可是高興得不得了。

他眉眼一彎，笑得開懷。「這就對了，韓王府這種破地方，千萬不能去。京城還是有好些青年才俊，到時候妳若有意，我幫妳牽線，定替妳找個絕好的婆家。」

沈晞無語。「我謝謝您。」堂堂王爺，怎麼還幹起了媒人的活？

趙良忍不住捂臉，他家主子吃喝玩樂是有一手，獨獨在女人之事上，還跟孩子似的。哪有他這樣的年輕男人幫一個妙齡少女說媒的，太荒唐了。

趙懷淵與沈晞約好了後日來濛山村接她，就先行離開。他本想一併帶走沈勇，但沈晞覺得綁個人進縣城太過顯眼，又不好交給知縣，便把人留下。

走之前，趙良奉命把沈勇綁得結結實實，不給他任何逃脫的機會。

沈晞發現沈勇的眼神變了，心頭好笑。沈勇在趙懷淵主僕手中，才有可能逃掉，如今由她親自看著，一點機會都不會有。

第四章

沈晞把沈勇關進柴房，等到午後養父母回來，說了今日發生的事和她的決定。

沈大郎沈默著不說話，錢翠芳握著沈晞的手，緊張地打量她有沒有受傷。

片刻後，錢翠芳才小聲道：「溪溪，娘不會攔妳。自小妳就不一般，娘親早知道妳是要過好日子的。」

沈晞糾正她。「不是的。娘跟爹對我很好，我去京城不是嫌棄你們，也不是嫌棄這個家。這裡是我長大的地方，永遠都是我的家。」

她說著這話，忽然茫然了一下。這裡是她的家，那她穿來前的那個世界呢？

其實她很清楚，她並未完全將這裡當成家，才能如此輕易地做出去京城的決定。

她笑得跟往常一樣狡黠，道：「我去京城看看，搞點銀子，以後還會回來的。」

錢翠芳被逗笑，眼眶還是紅了，輕拍沈晞的手背。「妳都替咱們家賺了多少銀子，哪裡還需要？」

沈晞笑咪咪地說：「銀子這種東西，多多益善嘛。說到銀子，我去京城可能會用到錢，我這裡的銀子便不再給你們了。你們記住，千萬不要露富，你們手頭的銀子足夠應急，若有什麼事，直接去找陳知縣，明日我去縣裡跟他們說一聲。我也把我親生父母家的住處寫下來，倘若陳知縣那邊也不便，你們直接來找我。

「另外，倘若你們有哪裡不舒服，或者一時有困難，儘管去找里長，我幫過他家許多，里長並非忘恩負義之人，他會照料你們的。少陵那裡，我會親自去跟他道別，他一向用功，你們不用多費心。」

沈大郎和錢翠芳聽沈晞安排得妥妥當當，眼睛都紅了，遠行的明明是她，結果安排好一切的還是她。他們一直知道沈晞帶著宿慧，才四歲，便能為家裡賺來銀子，之後更是帶著他們家過得越來越好。並非是他們撿到沈晞將她養大，而是他們有幸得到她的垂青。

回想過去一起生活的點點滴滴，錢翠芳終究忍不住哭出聲，扭頭跑進了自己的屋子。

沈大郎沒走，看著沈晞，侷促道：「妳娘她……就是太捨不得妳了。」

沈晞以笑容掩飾眼角的泛紅。「我知道，我也捨不得你們。是我自己的原因，我沒辦法永遠待在這裡。」

兩人正說著，錢翠芳又走出來，把幾張銀票塞進沈晞掌心，聲音裡還帶著哽咽。「我們家用不著這些。京城開銷大，溪溪先拿去用。」

沈晞不肯收下。「你們開銷是不大，還有少陵啊。他要讀書，花銷大著呢，筆墨紙硯都貴。我身上有二百多兩，夠用了，且一路還有王爺，肯定不會讓我花錢，您收回去吧。」

錢翠芳還要推讓，但力氣不如沈晞，嘴皮子也比不上她，最終只能將銀票收回去。

夫妻倆不放心趙懷淵跟她同行，甚至懷疑他是騙子，沈晞只好哄他們說，會帶他去見陳知縣。陳知縣曾是進士，肯定認得趙王的模樣，二人這才作罷。

他們又叮囑沈晞好些話，沈晞一一乖巧應下，便請他們盯好柴房，自己去了老山神廟。

老山神廟是沈晞與王不忘相遇的地方，也是她學武之處。王不忘在這裡住了三年，但隨著時光過去，他生活的痕跡已經消失了。

濛山村位在山腳，這個時代山上的野獸很多，偶爾會有猛獸下山，因此興建了山神廟，希望山神保佑，讓野獸不要再來害人。

老山神廟是很早蓋的，太過靠近深山，村裡人漸漸不敢去，另外選地方蓋了新廟，這裡就廢棄了。

當時，沈晞膽子大得很，四處閒逛發現了老山神廟，也因此遇到王不忘。學好武藝後，把附近的猛獸往深山裡趕，再沒有猛獸侵襲濛山村。

王不忘的墳墓就在老山神廟旁，孤零零的一座，墳頭只有沈晞上回帶來的酒罈。

沈晞認認真真向王不忘磕了三個頭，然後才從墳邊挖出一個油紙包。

這是王不忘臨死前交給她的，說她若是有機會去京城，便拆開來看；沒去就算了，隨他一起埋著吧。

既然她決定去京城，這油紙包也該拆了。

油紙包裡只有一封信，字跡有些潦草，斷句不少，看得出來王不忘是邊想邊寫，還時常停下來發呆或思索。

小丫頭，不知妳看到這封信時，是否變得省心些了？小小年紀，一個人就敢來這麼偏的地方，膽子忒大。不過今後倒是不必害怕，有老夫的五十年內力，誰能欺負得了妳？

這一生，老夫幫了很多人，也對不起很多人，最愧疚的，便是老夫的妻子和女兒。若妳去京城，看在老夫給了五十年內力的分上，幫老夫去看看她們過得如何可好？老夫的妻子叫岑鳳，她帶著老夫的女兒王岐毓，改嫁給一個名叫秦越的富商。老夫只知道秦越住在京城南城區，卻不知宅院在何處。是老夫懦弱，不敢去看她們，更不敢打聽。

小丫頭，妳去替老夫看一眼，倘若她們過得好，就不用打擾她們了；若過得不好，老夫只得厚顏麻煩妳接濟一二。妳且安心，妳打家劫舍的罪孽，都會落在老夫頭上。

妳是老夫遇過最聰明的孩子，若再年輕幾歲，手腳完好，老夫很願意收妳這個徒弟，妳定會青出於藍而勝於藍，遲早打敗老夫。老夫也知道妳這丫頭向來瀟灑，盼望這些許內力，能讓妳更多一分瀟灑的底氣吧。

小丫頭，隨妳心意而活，莫像老夫一樣留下遺憾。

信很短，沈晞來回看了好幾遍，記下名字和住處，就將信燒掉，然後坐在墳頭旁。

「老頭，我要走了，以後不能經常來請你喝酒，陪你說話了，你一個人安分點，不要詐屍哦。雖然我不信有投胎一說，但還是祝你下輩子投個好胎，當個有責任心的人，少把你該負的責任推給我這樣的外人。

「你的妻子跟女兒，我會找到的。你真是太小看我了，我用不著打家劫舍，每一筆銀子都是遵紀守法賺來的。」

沈晞說完，沈默好一會兒，最後低聲道：「謝謝你，師父。」

她起身下山，孤零零的墳頭很快恢復了寂靜。

另一邊，趙懷淵找出了自己的衣裳換上，倚靠在馬車裡發呆。

馬車是他們從京城一路駕來的，進入濛山村之前，發現路不好走，先停在僻靜之處，下車步行。幸好耽擱的工夫不長，馬車沒丟。

他忽然想起了離開濛山村後，趙良欲言又止說的話。

「主子，您就這麼帶著沈姑娘入京，讓太妃娘娘知道，她又該說您了。」

趙懷淵煩躁地翻了個身。他是八月十三跑出來的，特意選在中秋之前，原本打定主意要十月初六之後再回京，沒想到人算不如天算。

他不想留在京城過中秋。因為從他有記憶起，每一個中秋，他的母親都很悲傷。

他也不想過十月初六，因為他那未曾謀面的兄長便是死在這一晚。十月初六的前後幾日，他的母親總是在哭，還會叫他過去，看著他哭、抱著他哭。

他知道，母親看到的不是他，而是早已死去二十年的兄長。

母親和皇兄都曾說過，他跟兄長長得很像。

兄長去世的時候，他才一個月大，完全沒有關於兄長的印象。對他來說，兄長就是個陌生人，他能理解母親的悲痛，但沒辦法跟著她一起痛哭，悼念兄長。

他不止一次聽到旁人說他的兄長是多麼優秀，不用他們一遍遍提醒，他知道自己連給兄長提鞋都不配。

他遠遠比不上他的兄長，也遠遠比不上他的大姪子。無論是同輩人還是同齡人，他全比不過，他清楚得很。

然而，這一回他自厭的心情並未發酵太久，因為腦中忽然閃過沈晞那些聽起來很是真誠的誇讚。

她誇他身手好，誇他心善，誇他厲害。她還說，她不想嫁給他的大姪子。

趙懷淵驀地坐起來，心中的陰鬱瞬間消散，面上揚起笑容。

回去便回去，至少有一人曾真心覺得他好。哪怕她將來回了京城，會改變想法，那也無妨，反正他會記得。

趙懷淵摸出摺扇，啪的打開，愉悅地搖起來。

沈晞這樣好的姑娘，他一定要幫她找個哪裡都好的青年才俊，不能讓她被不可靠的爹禍害了。連自家的僕人都管不住，真是沒用的廢物。

第二日，沈晞蹭著里長家的牛車去縣城，在路上買了些好吃的，來到縣學校舍門口。

村裡離縣城不近，沈少陵便住在縣學，一旬回來一次。她有空就來縣學看看弟弟，再加上雨神娘娘的身分，門房早認得她了，不用她多說，請她坐會兒，自去叫人。

不一會兒，沈少陵隨著門房匆匆趕來。

沈大郎和錢翠芳的容貌並不出眾，但沈少陵汲取兩人所長，長得頗為清秀，個子在同齡的人中算是高䠷，再加上沈晞從小拉著他跑跳，並不瘦弱，有陽光少年的感覺。

沈少陵一眼便看見沈晞，面上泛起笑意，尚未開口，就被沈晞塞了滿手的吃食。

「姊，妳上回帶來的，我還沒吃完呢。」

沈晞道：「分給你的同窗和老師，嘴甜些。」

這句話，沈少陵的耳朵都快聽得長繭了，但他知道姊姊說得對。縣學裡不是沒有獨來獨往受欺負的學子，他會說話又大方，再加上有個出名的姊姊，在縣學裡混得如魚得水。

「知道了，姊姊說的話，我都記著的。」沈少陵有些吃力地提著一堆東西，覺得不可思議。沈晞不如他高壯，平日也沒見她幹農活，他覺得重的東西，她卻拿得輕輕鬆鬆。

沈晞上下打量沈少陵，見他神采奕奕，知道他在縣學過得很不錯，心想就要分開了，感慨地伸長手，摸了摸沈少陵的頭。

沈少陵提著重物，不方便亂動，只能莫名其妙地看著沈晞。「我頭上有東西？」

沈晞燦爛一笑。「有啊，姊姊給你的祝福。」

沈少陵審視著沈晞，蹙眉道：「家裡有什麼事嗎？」

沈晞戳了戳他的肩膀。「你果真長了個狗鼻子，什麼都聞得出來。」

沈少陵氣紅了臉。「姊！」怎麼老把他跟狗相提並論。

「好好，我說正經的。」沈晞連忙告饒。「昨日濛溪有人落水，我把你不要的舊衣服送給人家了。」

沈少陵滿臉不可思議。「就這樣？妳用得著擺出這種臉色嗎，我還以為家裡出事了。」

沈晞想，現在她的臉色不好看嗎？她以為要離開這裡時，她不會有太大的感覺。

她斂下心神，繼續道：「然後，我親生父母那邊的人找上門來了。」

沈少陵怔住，愣愣地看著沈晞。

沈晞道：「我明日就走。家裡的事，我都交代好了，你不必擔心，好好讀書便是。」

沈少陵還是半大少年，雖然看起來彷彿是大人模樣，但此刻聽到沈晞的話，忍了又忍，還是沒忍住，紅了眼眶，半晌才小聲問：「不能不走嗎？」

沈晞又摸摸沈少陵的腦袋，這回他乖巧地低頭，方便她摸，還柔順地蹭了蹭。

「少陵，你我一起長大，你應當清楚，我是個閒不住的人，我想去更寬廣的地方。即便這次不是我親生父母那邊來人，我也會離開。」她待在濛山村十七年，已經夠久了。

沈少陵沈默，他幾乎是沈晞帶大的，當然清楚他姊姊是什麼樣的人。從小到大，他最佩服的人便是她，哪怕沒有正經上過學，卻什麼都知道。她可以跟任何一個人交朋友，讓旁人都覺得她好；她可以輕鬆賺到他爹娘辛苦一輩子都賺不到的銀子，卻從不為錢財裹挾。

他從未見過任何一個像她這樣的女子，不，他就沒有見過任何一個人像她一樣。

「妳要去哪裡？永遠不回來了嗎？」沈少陵垂下目光，聲音低落。

他話音剛落，便被塞了滿嘴的桂花糕，香甜氣味填滿嘴裡，讓他一愣。

「京城。去多久不知道，但我會回來看你們的。」沈晞笑咪咪地看著被塞了一嘴糕點而顯得傻兮兮的沈少陵，心情變好了些，故意威脅道：「到時候發現你沒好好讀書，看我收不收拾你。」

小時候，沈少陵也調皮，沈晞可是不避諱，把他抓來按在腿上打屁股。四、五歲時便罷了，要是十來歲還這樣，臉可丟大了，所以沈少陵八歲以後就沒再犯過會被打屁股的錯。回想起被打屁股的恐懼和屈辱，沈少陵頓時繃緊了身體。「絕無可能！」

沈晞一笑，轉身離開。「我走啦，不耽誤你讀書。今日就算告別，明日不用來送。」

沈少陵捨不得沈晞，望著她的背影，只能嘴笨地叮囑。「妳去了京城小心些，京城裡的人可沒有我這樣好欺負！」

沈晞已走出數丈遠，聞言轉過身，用力揮手，大聲道：「知道啦，黑子！」

聽到這個許久不用的小名，沈少陵的臉都綠了，氣惱地轉身就走，卻差點被手中的吃食帶得趔趄，身後依稀傳來沈晞暢快的笑聲。

沈少陵面上的氣惱並未維持太久便散了。他剛出生時，皮膚很黑，才有了這小名，村裡取名都是這般隨意的。他的大名是他姊姊幫著取的，否則他可能很長一段時日都要叫沈黑子了，她要喊便喊吧。

他的神情逐漸變得堅定。明年有充歲貢入國子監的機會，他努力爭取，就可以去京城了。再不濟，兩年後他參加鄉試，若能考中，也能再去京城赴考。

打定主意後，沈少陵覺得手中的東西都不重了，此刻只有一個目標，便是好好讀書。

見過沈少陵之後，沈晞去了縣衙，依然是暢通無阻。

她先去找認識的文書，說明緣由，送上一些精緻吃食，對方自然不會刁難，很快出具了路引。

收好新鮮出爐的路引，沈晞去衙門後院見知縣夫人。

知縣夫人名叫褚菱，是侯爵家的庶女。沈晞對於大梁、對於京城的認識，多半來自她。

聽沈晞說完始末，褚菱感慨道：「不承想還有這樣的事。」又笑道：「我早覺得妳出身不凡，這不是應驗了？可見我的眼光還是準的。」

旁邊的嬤嬤和丫鬟聞言，一陣恭維，現場充滿歡聲笑語。

褚菱把沈晞當成親女兒，見沈晞有了好去處自然高興，壓下離別之情，不讓沈晞傷懷。

但她的女兒陳寄雨很不高興，雖過幾個月就要及笄，但在家人寵愛下，依然心性單純，見母親和其餘人笑，不滿道：「溪溪姊要走了，妳們怎麼還笑？」

褚菱笑著抬手隔空點了點陳寄雨。「溪溪這是有好出路呢，妳也該為她高興。」

若換個人，面對真假千金的處境，去了京城無疑會被嫌棄是農家出來的，上不得檯面。可她家溪溪不一樣，她看著長大的閨女，不知道有多好嗎？

雖說沈晞行事確實跟一般貴女不同，她卻喜歡得很，京城中自然也會有眼光獨到的好兒郎。沈晞缺的身分，如今剛好補上，今後的日子好著呢。

沈晞但笑不語，她明白褚菱的想法，沒必要跟一心向著她的親友爭辯。

陳寄雨依然不開心，繃著一張小臉。「可是，我見不到溪溪姊了啊。」

褚菱挑眉。「那倒未必。前幾日我去信給祖母，等她回信准了，妳便能去京城待嫁。」

陳寄雨大驚。「什麼？我才不去！」

褚菱嗔怒。「方才是誰說捨不得溪溪的？」

陳寄雨辯解道：「那是兩碼事。」

省親的時候，她也去過侯府。她娘親是庶女，侯府的老夫人不喜歡她母親，自然也不喜歡她，何必拿熱臉去貼冷屁股呢？

褚菱看著如花似玉的閨女，嘆道：「寄雨，妳快及笄了，娘親是想為妳找個好人家。」

沈晞聞言，躲在一旁不出聲。她都十七了，也沒一點想成親的念頭，褚菱不是沒提過幫她相看，她都回絕了。褚菱到底不是她親娘，她親娘都不急，只好作罷。

陳寄雨反駁。「縣裡又不是沒有好兒郎。」頓了頓，眼角餘光瞥見沈晞，眼睛一亮。「溪溪姊的弟弟不是在縣學讀書嗎？我們年紀也合適，剛剛好！」

沈晞語塞，沒想到事情還是繞到了她這裡。

褚菱本想斥責陳寄雨胡鬧，但轉念一想，她也見過沈少陵，模樣俊秀，進退有度，又是沈晞帶大的，人品自然不是問題。聽說學識也不錯，年紀輕輕已是秀才，過兩年再考個舉人，說不定還能中進士，前途光明。

她看向沈晞，殷切道：「溪溪，妳爹娘為妳弟弟相看了嗎？」

沈晞沒接話。才十五歲的小孩相看什麼，毛都沒長齊呢。這個時代成婚早，她管不了別人家，但她弟弟至少滿二十歲才能結婚，不然自己還是小孩，怎麼承擔起家庭的責任？

她咳了一聲。「還沒，這幾年正是他讀書的時候，我爹娘沒想過成親的事。」等等回去再提醒爹娘，晚點再替沈少陵說親。

褚菱也是大門大戶宅鬥出來的，即便隨丈夫外放，逍遙了十來年，還是聽出了沈晞的意思，也笑道：「男子十五歲，確實小了些，是該以學業為重。」又看向陳寄雨，溫聲岔開了話。「溪溪要走了，妳們可要私下說些體己話？」

陳寄雨果然忘了剛才想說的，連忙點頭，拉著沈晞出去了。

第五章

陳寄雨拉著沈晞回了閨房，抱著她的手臂不肯鬆開，淚眼婆娑，看起來可憐兮兮的。

「溪溪姊，妳怎麼能一聲不吭就要走？我捨不得妳。」

沈晞哄她。「過幾個月，妳不是也要去京城了嗎？我先替妳探探路。等妳來了，跟著我混，保準沒人欺負得了妳。我還能提前探探底，看看哪家好兒郎配得上妳。」

方才陳寄雨還說要自己找個好兒郎，如今聽沈晞調侃，羞紅了臉，卻未像面對她母親那樣，直接說不去。

沈晞在京城，她當然也想去，但她怕勢單力孤被人欺負。如今聽沈晞這樣說，便覺得放下了一顆心。

「那我們說好，溪溪姊要等我過去，不能忘了我。」陳寄雨鄭重道。

沈晞笑道：「騙妳是小狗。」

兩人正說著，一對五、六歲的兄妹跑進門，正是陳知縣家的雙胞胎兄妹。聽說沈晞要去京城了，急匆匆趕來。

妹妹陳寄雪一頭撞進沈晞懷裡，緊緊摟著她，奶聲奶氣道：「溪溪姊不要走。」

哥哥陳寄風在沈晞面前停下，小小的男孩學著他父親擺出老成臉色，可愛得很，一雙眼晴卻自以為不著痕跡地、豔羨地看著妹妹。

沈晞看得好笑，也一把將陳寄風摟進懷裡。「你們捨不得我走呀？」

陳寄雪大聲說：「捨不得！」

陳寄風頓了頓，小聲道：「捨不得……」

沈晞笑得眉眼彎彎，誰不喜歡被人喜歡、被人放在心上呢？

「還有我。」陳寄雨也湊過來，抱住沈晞的肩膀。

四人抱成一團，格外滑稽，房中的丫鬟和嬤嬤都忍不住笑了。

好一會兒，四人才各自坐好，沈晞對雙胞胎兄妹柔聲道：「聽說過兩年你們的父親會調回京城，到時候我們便能再見面。」

陳寄雪掰著手指問：「兩年是幾天啊？」

陳寄風板著臉回答。「七百多天。」

陳寄雪掰著手指算了又算，算不明白，放棄了，再次抱住沈晞撒嬌。「好吧。溪溪姊，我們兩年後再見。」

沈晞笑著應下。「好，一言為定。」

她又待了一會兒，便去向褚菱和陳知縣道別，隨後離開了縣衙。

距離跟里長說好的時辰還早，沈晞又在縣裡逛了逛。這個她看了十七年的地方，終究不是她的家。

坐牛車回到家中，沈晞說了關於沈少陵訂親的事，沈大郎和錢翠芳自是全部應下。

當初，他們甚至沒想過要讓沈少陵去上學。他們種了一輩子的地，且如今國泰民安，風調雨順，種地雖無法大富大貴，但能養活自己，自然沒想過別的出路。

還是沈晞賺到錢後，攢了些下來，將沈少陵送去村裡唯一的先生家開蒙。這位先生連秀才都沒考中，可好歹念過書，至少先讓沈少陵認字。

後來，錢越攢越多，沈晞就送沈少陵去縣上的書院讀書，讓更好的老師教。沈少陵也爭氣考上秀才，進了縣學，有朝廷發的糧米補貼，還給家裡免了稅。

沈大郎和錢翠芳沒想到自家能出一個有本事的讀書人，這全得益於沈晞的眼界和安排。她一講道理，兩人哪有不答應的，自是保證不會隨意幫沈少陵訂親。

晚上睡覺時，錢翠芳翻來覆去，忽然轉頭看著同樣沒睡著的沈大郎，面上似有些高興。「溪溪還惦記著少陵，她不會不回來。」

一向寡言的沈大郎拍了拍錢翠芳，錢翠芳的心情頓時好多了，又瞪著沈大郎囑咐。「咱們一定要聽溪溪的，她知道得多。讀書人的事，咱們不懂，溪溪說什麼，咱們就怎麼做。要是你那些親戚來說，全回絕了，不能害了少陵。不然溪溪不認咱們，我可要生氣的。」

沈大郎自是連連應下。

第二日一早，沈晞收拾好簡單的行李，拿條包袱巾一包，等趙懷淵上門。

錢翠芳看她只收拾了那麼點東西，不放心，想幫她重新整理，沈晞卻笑著阻攔。

「娘，我是去享福的，衣裳首飾不讓我親爹買呀？這些錢，咱們不能幫他們省。」

錢翠芳雖然覺得哪裡不對勁，但似乎有道理，便沒再多管。

趙懷淵來得很早，本以為還要等等沈晞，卻見她立即站起身，撈上包袱向他走來。

他察覺她的目光一直落在他臉上，不由咳了一聲，只問：「沈勇呢？」

沈晞確實有些詫異，今天的趙懷淵怎麼瞧著沒那麼美了？眉毛粗了些、亂了些，臉也沒那麼白，還多了幾顆小痣。雖說看起來還是英俊的，卻沒有前日看起來驚豔。

這是化妝扮醜？為什麼？

沈晞收回目光，沒有多問，去柴房將委靡不振的沈勇拖出來，讓他自己走。

沈大郎和錢翠芳是第一次看到趙懷淵，昨日沈晞騙他們說找陳知縣驗證後，信了他就是趙王，此刻顯得十分拘謹，甚至不敢請他路上照顧沈晞。

知縣對他們來說，已經是非常大的官，對王爺完全沒概念，只知道很大，非常大，僅比皇帝小一點。

沈晞不想讓養父母太緊張，沒再多說，告別離開，也沒讓他們送。

趙懷淵踹了沈勇一腳，要他老老實實往前走。馬車不好進村，停在外頭，讓趙良看著。

沈勇在前面跌跌撞撞走著，趙懷淵與沈晞在後頭。不少濛山村的人好奇地看過來，但趙懷淵的樣子太過富貴，沈晞又跟他有說有笑的，並非被強迫帶走，也不敢上前來打招呼。

趙懷淵問沈晞。「沈姑娘，妳從前可去過京城？」

沈晞回答。「我連濛北縣都沒有出過，不過倒是曾聽知縣夫人說過京城的事。」

趙懷淵笑道：「京城之繁華，光聽說是不夠的，得親眼去見見才行。到了京城，我帶妳遊玩一圈，哪裡有好吃的、好玩的，我都知道。」

沈晞點頭。「那我提前謝謝王爺了。」

她真是有點沒良心，現在已沒多少離別愁緒，反而開始期待京城之行了。不知道會有多少人跳出來為難她呢？她非常期待。

走到馬車旁，趙良駕車，沈勇被綁著坐在他旁邊，趙懷淵和沈晞非常自然地進了車廂。

趙良默默看著這一幕，回想起來。有一回他陪趙懷淵出城，路上遇到馬車壞了的貴女，當時又在下雨，對方想請趙懷淵捎帶一程，趙懷淵理都沒理，逕自讓他駕車走了。

今日趙懷淵居然直接讓人上車同坐，他本提議再雇一輛馬車和車夫，話還沒說完，就被瞪了，哪裡敢再吱聲。

他家主子隨興不羈就算了，沈姑娘身為女子怎麼也這樣，該不會想賴上他家主子吧？

趙良覺得自家主子對男女之事完全沒開竅，真要同坐一輛馬車到京城，根本說不清。

但轉念一想，他家主子有當朝皇帝寵著，哪怕沈晞真想算計他家主子也沒用，壞的只會是她自己的名聲。要是沈晞厲害，哄了他家主子娶她，就看皇帝和太妃怎麼說了。

趙良不再多想，安安分分駕車去了。

車廂內倒是其樂融融，趙懷淵好奇道：「沈姑娘，那支豐收舞妳練了多久？不怕嗎？」

路途無聊，沈晞也願意跟他聊聊，隨意道：「練了小半年吧。怕的話，我便不自創這支舞了。」

那支舞真好看，趙懷淵回憶起來，仍覺不可思議，可惜今後怕是再也見不到了。

「沈姑娘膽子真大，佩服。」趙懷淵感慨一句，忽然發現沈晞不太看他，跟上回見面時不時盯著他的臉的樣子相差太大，他又不是會忍的性子，遂道：「沈姑娘，我雖然是王爺，但妳救過我的命，我們就是朋友了，在我面前不必如此拘謹。」

沈晞有些疑惑，她看起來很拘謹嗎？

趙懷淵見狀，追問道：「上次見面，妳看我許多次，這次就不看我了。」

沈晞尷尬，這叫她怎麼說呢？

趙懷淵誤會了沈晞的沈默，當即拍胸脯保證。「我說話算數，拿妳當朋友，就不會在妳面前擺王爺的架子。妳莫如此拘謹，這樣我不自在。」

沈晞只好緩聲開口。「倒也不是……今日的王爺，看起來沒有上次耀眼。」

趙懷淵愣住。這是什麼形容？難道他不遮掩容貌時，她不覺得他看起來毫無男子氣概？

「妳更喜歡我之前的模樣？」

沈晞委婉道：「愛美之心，人皆有之嘛。」

趙懷淵茫然了。「妳不覺得我的容貌宛若女子，毫無男子氣概嗎？」

沈晞瞧見他面上的茫然，知道他為此煩惱，認真道：「男子氣概是看樣貌嗎？難道不是看性情、人品、學識之類的？容貌是天生的，長得好是老天眷顧，別人求都求不來。」

趙懷淵自小到大都為樣貌煩惱，一是因為身邊年紀大的人說他長得像兄長，二是因為他長得像女子，小時候被人嘲笑過。所以他遮掩容貌，希望看起來能不那麼像他兄長，也能不那麼像女子。

但沈晞告訴他，他的樣貌「美」，她喜歡。

趙懷淵悄悄紅了耳朵。沈晞這個朋友，他交定了！她不但欣賞他的容貌，還欣賞他的為人，面對他時又坦率自然。這樣跟他契合的朋友，他一定要好好護住。

他從暗格裡取出一些糕點零食，放在小几上，熱情地說：「來來，這些是我昨日才買的，味道不錯，妳不要跟我客氣。」

沈晞瞥了趙懷淵一眼，既然他都這麼說了，她便不客氣。她對他有救命之恩，吃他一點零食不過分。

接著，趙懷淵熱情地為沈晞介紹京城的風土人情，漫長的路途變得不再那麼難熬。

從濛北縣到京城，總共有六百多里，馬車白天前行，晚上休息，因為路況不佳，一天最多能走一百五十里。幸好不趕路，慢慢走了五、六日，終於到達京城。

沈晞掀開簾子看向外頭，京城的城牆又高又大，巍峨地矗立在前方，整座城市彷彿看不到邊際。寬闊的城門並未全部打開，只有兩側小門開著，然而小門也有兩、三丈寬，進出的人車多卻不亂，黑壓壓的一片。

入城的人和貨物分成兩條隊伍，若只有人入城，沒拿著明晃晃的兵器，就不會查；貨物需要交稅，所以慢許多。

有個被綁的人非常顯眼，看守城門的守衛軍中，一名旗手衛遠遠便看到駕車的趙良。

趙王身邊最得力的侍從，普通百姓可能不認得，守衛京城的旗手衛怎麼可能認不得？況且趙王在中秋前離京，宴平帝還因為擔心，派人出去找過，卻被趕回來，守衛軍中消息靈通的都知道。

因此，遠遠看到趙良駕著馬車入城，車轅上還綁著個男人，旗手衛當即提醒手下不要多問，直接放行，又拉了個手下站崗，派人悄悄跟著馬車，親自跑去皇宮通報。

馬車就這麼暢通無阻入了城，沈晞悄悄從縫隙看出去，發覺兩邊的衛兵看似站得筆挺，其實都在偷看這輛馬車，不禁感慨，趙王在京中果真有面子，連車上綁著人也不過問。

趙懷淵知道沈成胥的家在何處，令趙良駕車過去。

一路上，他發覺沈晞對沈家並無多少期待，遂心安理得看起了這個新朋友的熱鬧。

他當然要在場，不然沈成胥欺負沈晞怎麼辦？

沈成胥是工部侍郎，正三品大員，而真假千金可不是什麼光彩的事，更何況假千金已有了好親事，沈晞若單獨前往，很可能不被承認。說不定沈成胥為攀附韓王府，更狠一點，悄悄把親生女兒給殺了，誰又能為沈晞鳴冤？

因此，他必須在場把戲看完……不是，是為沈晞保駕護航！

沈晞讓趙良將馬車停在離沈府有些距離的位置，下了車，遠遠打量著挺低調的府門。

趙懷淵擔心。「沈姑娘，妳該不會想單獨去吧？」

沈晞笑道：「先讓我試試。」

趙懷淵本想說她自己去怕是有危險，但隨即反應過來，她說的是「先」。

沈晞道：「還要麻煩王爺在此地稍等。」

趙懷淵燦爛一笑。「我肯定不走，妳先去試試。」

等沈晞走遠，趙良把一塊破布塞進沈勇嘴裡，免得他發出聲音。

他小聲問趙懷淵。「沈姑娘獨自前去，真的不會有事嗎？」

此刻趙懷淵心情很好，笑著解釋。「沈成胥連個家生子私自出門小半年都管不住，沈姑娘單獨前去，說不定連府門都進不了。倘若我跟著她，肯定能進門，但那多沒意思。」

他頓了頓，想起沈晞走之前那個狡黠的眼神，覺得心潮澎湃。沈府門房可千萬別放沈晞進去，那就有熱鬧看了。

他禁不住感慨道：「她可真聰明。」

趙良能跟在趙懷淵身邊這麼久，自然不是蠢人，聽趙懷淵這麼一說，便明白了。

他家主子不跟沈晞同去，就是為了讓沈府將沈晞拒之門外。這是沈晞自己的意思，她要的不是悄無聲息地進門，而是被拒絕後「迫於無奈」，「不得不」將事情鬧大。

好重的心機！但他家主子竟然覺得她只是聰明，還頗為欣賞？果真是被蠱惑了。

沈晞揹著包袱，一副風塵僕僕的模樣來到沈府門口，扣了扣旁邊的小門。

一個年輕的門房開門出來，沈晞客氣地說：「這位大哥，我來自瀼北縣，是你家老爺的親生女兒，麻煩你去通報一聲。」

門房愕然地看著沈晞，覺得天下之大真是無奇不有，居然有人跑來官門認親的。他本想把人趕走，但注意到沈晞的容貌，心中一驚，怎麼真的有點像自家老爺和已逝的夫人？

他想起來，前些日子二小姐院裡的衛嬤嬤給了他不少銀子，說是若有奇怪的人上門，先去告訴她。

當時他還摸不著頭腦，今日忽然明白過來，想到自家老爺的性子、二小姐在家中的地位，以及二小姐的未婚夫，當即做出決定，冷著臉道：「等著。」

他關上門，飛快跑去找衛嬤嬤。

衛嬤嬤聽完事情經過，損毀的半張臉露出驚駭模樣，看著猶如惡鬼，聲音尖利。

「把她趕走！她怎麼敢來侍郎府上招搖撞騙?!」

門房拿多少錢辦多少事，不願意多摻和，應下後便回去了。府內的陰私與他無關，他只是碰到一個想富貴想瘋了的鄉下女人胡亂認親，把人趕走而已，誰也挑不出錯來。

門房再開門時，換上凶巴巴的模樣，厲聲道：「什麼親生女兒，胡說八道！趕緊滾，否則帶妳見官去！」

沈晞絲毫沒被他的凶神惡煞嚇到，語氣平靜地多問一句。「真的嗎？不讓我進去？」

門房被沈晞的平靜唬了一下，隨即大聲道：「進什麼進，臭要飯的也敢來侍郎府打秋風，快滾！」

「是你們不讓我安安靜靜地進去哦。」沈晞說完，露出一絲微笑，轉身走了。

門房見狀，背脊有點發涼。他罵她，她笑什麼，該不會是個瘋子吧？

另一邊，衛嬷嬷已經快發瘋了，慌張地來回踱步，想起這幾年作的噩夢。

噩夢中，當年被她手軟放過的女嬰找上門來，她多年謀劃一朝敗露，她和她的親生女兒被趕出沈府，凍死在冰天雪地裡。

衛嬷嬷驚得哆嗦，口中喃喃道：「沈勇這個沒用的東西，怎會讓她找上門來？不行，她不能活著，她必須死！」當即從後門出了府，打算想辦法把人除掉。

然而，等她緊趕慢趕來到前門，卻發現府門口空空蕩蕩，什麼人都沒有。

第六章

沈晞跟沈家的門房說完話，果斷回到馬車上，讓趙懷淵帶她去找些閒漢。

趙懷淵時常招搖過市，京城哪邊的閒漢多，他清楚得很，興奮地帶沈晞去。

沈晞本還等著趙懷淵問她的打算，結果他不問，便省了口舌功夫。

趙懷淵帶著沈晞來到平安街。這是一條老街，街道上都是店鋪，兩邊滿是小攤販，叫賣聲、討價還價聲交織成一片，十分熱鬧。

趙懷淵四下看了看，盯上幾個面目普通的男人，他們顯然是一夥的，正在尋找肥羊，示意趙良把人找來。

趙良上前抓住其中一人的肩膀，在對方一驚，想要反抗時，低聲說明來意。

那人聽說是他們拍馬也攀不上的趙王爺有事要他們去辦，又看到趙懷淵那張熟悉的臉，哪有不聽的，當即對四下打了個手勢，看他被抓而退開的同伴忙圍攏過來，一行五人悄然向馬車靠近。

車廂內，沈晞正在詢問趙懷淵雇人的行情。

趙懷淵家中富貴，為了喜好可以一擲千金，但長久來往於市井間，也對物價行情十分熟悉，遂道：「這要看妳讓他們做什麼。」

沈晞說：「敲鑼打鼓，喊幾句話罷了。」

趙懷淵心中振奮，她果然是要演一齣好戲。「一人給個一兩便夠了。」

沈晞想，不愧是京城，價錢就是比濛北縣高。他們那兒雇閒漢做這種事，兩、三百文就夠了。

幸好她帶夠了銀子，而且今後還能從她親爹那裡搞到錢。這一路，她蹭趙懷淵的吃喝，他完全不在意，她也不提，但請閒漢的事是要自己出錢的。

沈晞從包袱裡摸出二兩銀子，轉頭卻發覺趙懷淵已把荷包打開，看到她的動作而頓了頓，不由失笑。

「多謝王爺，這些銀子我有的。」

趙懷淵想起在濛北縣探聽到店鋪以她名號賣貨之事，料想她手中有一筆錢，遂收回手，笑道：「也是。本王只是恰巧當一回公正的判官，其餘事與本王無關。」

他要送錢給沈晞還不簡單嗎？他的命可是她救的。反正今日的事也瞞不過皇兄，讓皇兄破財好了，皇兄的錢可比他多。

沈晞沒讓趙懷淵出面，自己跳下車，與閒漢中的領頭說了要他們做的事，預付了訂金。閒漢們瞥馬車一眼，沒有多問，收下銀子，飛奔回去取來兩面小巧的鑼。

然後，一人押著沈勇，二人敲鑼開道，二人站在沈晞左右，一行人往沈府所在街巷走去，趙懷淵坐在馬車裡遠遠地跟著。

今日當值，沈成胥眉頭不停抽動，總覺得有不好的預感。近日朝中清閒，應當無事；那家中呢？兒女不必他操心，兩個妾室也很乖巧。

沈成胥坐下，喝了口茶，這是兒子孝敬他的君山雲霧，入口留香，他很喜歡。但以往能讓他沈下心的品茗無法令他安穩下來，遂放下茶起身，與手下書吏說一聲，提前下值。

衙門離他的府邸有些遠，他坐上家中馬車，命車夫回府。

眼看快到沈府，沈成胥忽然聽見外頭動靜不小，正閉目養神的他不耐地蹙了蹙眉，掀開簾子向外看去，發現一行人敲鑼走在路上，正在高聲喊話。

沈成胥本沒在意，直到聽清楚他們在喊的內容。

「堂堂工部侍郎竟不認親女，甚至縱容惡奴殺女！」

「來一來，看一看！侍郎府上真假千金互換，究竟是道德的淪喪，還是人性的扭曲？」

工部有左右侍郎，目前左侍郎從缺，只有一個右侍郎，正是他！

沈成胥沒想到自己會被牽扯其中，這輩子最重名聲，這樣的話令他怒火直冒。他府裡怎麼可能出這樣的事，是誰敢如此誣衊朝廷命官？

沈成胥憤然下車，匆匆趕到那行人面前，斥道：「誰令爾等來侮辱朝廷命官？」

一行人停下腳步，領頭的男子不吭聲也不慌亂，他們後頭可是有趙王撐腰呢，怕什麼？側身讓沈晞上前。

沈成胥氣得胸口起伏，看見走至他面前的女子，頓時微怔。

眼前的女子不過十六、七歲的模樣，衣著樸素卻難掩玲瓏身姿，身形高䠷，皮膚白皙嬌嫩，五官精緻美麗，正大大方方地望著他。

而令他愣怔的是，她的容貌似有些熟悉，有幾分像是他逝去的夫人。

沈晞上下打量沈成胥一番，他看上去四十出頭，儀表堂堂，身形挺拔，是個中年美大叔，便知道是她的親生父親了。

她揚唇一笑，嬌滴滴道：「爹，我總算找到您了。」

沈成胥一驚，不覺退後一步，眼前的女子除了有一部分像他夫人，另一部分竟是像他，心中湧上驚濤駭浪。

但他好歹是三品官，官場沈浮多年，當即道：「先隨我回府。」沈晞讓人一邊敲鑼、一邊喊話，附近圍了不少人，他丟不起臉，想趕緊回去處理。

沈晞乖巧地應下。「好啊，爹。」這模樣就像把事情鬧大的人不是她一樣。

沈成胥暫時還沒有想到這一層，略感寬慰，連忙扭頭往自家走。

沈晞示意閒漢們跟上。沒進沈府，這些人可不能走，萬一還用得上呢？瞥了停在遠處的馬車一眼，確定趙懷淵會跟上，才放了心。

她不怕獨自面對沈府，他們想殺她、想關她都沒用，但這樣她便不能光明正大出門了，這可不行。

所以，趙懷淵的在場非常有必要。

到了沈府門口，沈晞跟閒漢結帳，讓他們回去，又多給了一錢銀子，買下那個小鑼，藏進包袱裡。這小鑼不過兩個巴掌大，聲音卻不小，她很喜歡，今後說不定用得著。

沈成胥一邊走、一邊在心中思索，此女真是他的親生女兒？若真假千金互換是真，那假千金毫無疑問是寶音，此女模樣跟他的夫人太像了。

沈寶音是他嬌寵大的女兒，眼看就要跟韓王世子完婚，怎麼這當口出了這種事？

過去十幾年，他一直以沈寶音為榮。沈寶音的模樣在京中貴女間並不出挑，但端莊溫婉，是出名的才女，因此才被韓王妃看上。哪怕訂親後他的夫人去世，韓王妃也毫無微詞，等她守孝到如今。

倘若沈寶音不是他的親女兒，那這門親事如何是好？

沈成胥的眉頭越皺越緊。韓王不成器，但韓王世子前途不可限量，他早把他當成了好女婿。若韓王府得知沈家的變故，這門親事吹了不說，只怕還會被韓王府記恨。

這一、兩年，工部尚書要致仕，倘若他是韓王府的姻親，這位置多半就是他的了。這關頭，這門親事絕不可以出意外！

沈成胥想著訂親至今得到的好處，以及未來會有的利益，心中閃過一個可怕的念頭。

他根本不必追究是真是假，只當冒認便好。他的寶音那麼優秀，怎麼能是假的呢？她必須是他的親生女兒！

雖說心中仍有些不忍，但沈成胥已有了決斷。戲文中的事，怎麼就恰好發生在他家了？定是對方貪圖富貴，前來冒認。回府之後，隨意敷衍幾句，趕出去便好。如果對方不依不饒，就不要怪他心狠了！

沈府門房聽到外頭動靜，趕緊開門，看見跟在後頭的沈晞以及一大群人，腳步頓了頓，隨即假裝若無其事地恭迎沈成胥回府。

沈成胥哪會注意到門房的這點不自然，回頭示意沈晞跟上，這才瞧清楚，被綁著堵住嘴的人，似是沈家的僕從。

「這怎麼回事？」他心中一驚，隨即道：「進府再說。」

與此同時，門房打算關門，趙懷淵忽然拿扇子一攔，笑咪咪地說：「本王也來瞧瞧。」門房震驚地看著不知從哪裡蹦出來的趙懷淵，結結巴巴地說：「王爺，您怎麼……」

趙懷淵沒耐心等門房說完，拿扇子在他胸膛上一戳，示意他讓出一條道，擠了進去，趙良也默不作聲地跟上。

門房回過神來，有些心慌，正想大聲提醒自家老爺，卻被趙良陰狠地掃了一眼。

門房當即噤聲。他見過趙懷淵，也知道隨侍在趙懷淵身邊的趙良是什麼來路。人家原先可是詔獄的人，被宴平帝欽點保護趙王，那身血腥氣還沒散幾年呢，他吃了熊心豹子膽才敢招惹。

趙懷淵和趙良就這麼大搖大擺又悄無聲息地跟進去，沈成胥心事重重，竟完全沒發覺。

沈晞沒回頭，卻聽得清清楚楚，不覺露出一絲笑來，趙王果真是想在至尊席位看戲呢。

沈成胥在岔路口停下腳步，想速戰速決，回頭道：「妳有何證據證明妳是我的……趙、趙王殿下?!」

他的話未說完，一抬眼就看到趙懷淵那麼大個人正悠閒地跟在後頭，頓時心驚肉跳，連聲音都變調了，簡直跟宮裡的公公一樣。

沈成胥反應極快地繞過沈晞，來到趙懷淵跟前，長揖道：「下官見過王爺。不知王爺蒞臨，有失遠迎。」

他腦子裡混亂不已，趙王什麼時候進來的，為何門房不曾通報？還悄無聲息地跟在後頭，趙王想做什麼啊？

趙懷淵啪的打開扇子，悠然道：「你忙你的，我就看看。」

沈成胥皺了皺眉。看什麼啊，這裡是他家，不是讓人隨便進出的地方！

但他自然不敢說出心裡話，趙王的蠻橫和宴平帝對趙王的寵溺都是出了名的，再有理也不敢硬氣，只能陪笑道：「下官不忙，王爺若有興致，下官願陪王爺看看。」

趙懷淵嘖了一聲。「你不是挺忙的嗎？親生女兒還在那兒呢，不先處理此事？」

沈成胥心裡暗驚。壞了，趙王全聽到了！連忙道：「這多半是冒認，不急、不急的。」

沈晞聞言，毫無意外地笑了笑。

趙懷淵啪的合上扇子，驚得沈成胥抖了抖。

趙懷淵揚聲道：「敢拿話誆本王？好啊，沈侍郎，你膽子大得很嘛！今日你敢當著本王的面說謊，明日你便敢欺君！」

這麼大一頂帽子扣下來，沈成胥嚇得膝蓋一軟，撲通一聲跪了。「下官不敢！」

趙懷淵看沈晞一眼，見她並未因親生父親被欺辱而不悅，安心地繼續道：「不敢？我看你的狗膽大得很啊。不讓本王在此看著，是想悄無聲息地處理掉你的親生女兒，好讓你的假女兒高枕無憂？」

「不，下官絕不會如此。」沈成胥沒想到趙懷淵一句話戳中他的心思，慌忙否認。

按理說，他是朝廷命官，不該如此懼怕這樣一個無實權的閒散王爺。可問題在於，趙王雖無實權，但皇帝有啊，還無條件寵溺他。

不久前，有個監察御史硬氣地彈劾趙王，直接被剝了官服，趕出太和殿，永不敘用。

一年前，吏部尚書的車駕與趙懷淵的遇上，底下人還出言不遜，趙懷淵身邊的人便把吏部尚書打了一頓。吏部尚書告到宴平帝那裡，結果趙王屁事沒有，他被革職，回家種田了。

種種事情不勝枚舉，誰碰趙王誰倒楣。

沈成胥還沒做夠官，指望著明年當上工部尚書呢，得罪趙王可比得罪韓王府恐怖多了，連忙道：「下官這便詢問。」哪怕能糊弄趙王，也糊弄不了他旁邊出身詔獄的趙統領啊。

家務事請趙王迴避這類話，他是不敢說的，趙懷淵顯然是想盯著他，只是不知趙懷淵為何如此，總不可能是看上了自稱是他親生女兒的姑娘吧？

趙王在京城中素有跋扈之名，但多是跟人打架爭鬥，倒不曾聽說對女色有什麼喜好。

沈成胥定了定神，望向沈晞。「妳如何確定自己是我的女兒？」

沈晞不答反問。「爹，您不先問問我的名字嗎？」

沈成胥看了趙懷淵一眼，才道：「妳叫什麼？」

沈晞笑著說：「沈晞，東方未晞的晞。因為養父母是在濛溪邊撿到我的，小名便叫溪溪。」說著，取出存放了十七年的牌子。「這是當年我被人丟掉時，順手扯下的東西，應當是沈府之物吧？」

沈成胥接過牌子一看，這牌子已掉漆，十分陳舊，花紋樣式確實是沈府的舊牌子。

他目光複雜地打量沈晞，有這牌子，再加上當年他夫人生沈寶音時，確實出了意外，不在京城。她又長得如此像他和夫人，極有可能真是他的女兒。

沈晞把沈勇嘴裡的破布拿掉。「將先前同我們說的話，再跟我爹說一遍。」

沈勇想逃，但完全逃不掉，本想在沈成胥面前改口，見趙懷淵還在，而且沈成胥又如此怕趙王，哪裡敢再搞什麼花樣，只好老老實實、一字不漏地重說了一遍。

沈成胥聽完沈勇的話，氣得差點連趙懷淵在的事都忘了。怎麼會有如此膽大的賤奴，膽敢這般算計主家?!哪怕他不歡迎親生女兒的到來，依然為惡奴欺主之事憤怒。

十七年前，他的夫人生產時，確實只有衛琴在場。他記得他夫人提過一句，當初為了替她接生，衛琴自己的孩子沒了，但他並未放在心上。如今才知，不是沒了，而是被衛琴調包，他的親生女兒還被扔了。

可生氣是一時的，他恨調包的衛琴，恨膽敢私下跑出去殺人還被逮住的沈勇，甚至恨大張旗鼓上門的沈晞，卻不恨捧在手心嬌養了十七年的沈寶音。

哪怕沒有血緣，沈寶音也是他花費心思教養出來，且即將嫁入王侯之家的貴女。哪怕有血緣，沈晞也不過是在鄉下長大，毫無教養的無知村婦。

血緣是重要，但對沈成胥來說，朝夕相處的親情、即將到手的官位和尊貴姻親更重要。

他能認下親女，可韓王府那邊願意讓才女換成村婦不成？

他早聽聞趙王和韓王世子不睦，今日之事若不再鬧大，趙王說不定願意在沈寶音成親之前隱瞞。哪怕成親後趙王依然會說出此事來嘲笑韓王世子，但那時婚事已成，而且他相信，沈寶音有本事哄好韓王世子和韓王妃。雖有風險，但並非不能一試。

沈成胥還記得，當初韓王妃派人來下定時，他收到那麼多聲恭喜，如今眼見女兒守孝快結束，婚事要成了，偏偏出了這種事，哪裡捨得就此放棄？哪怕風險很大，哪怕趙王在一旁盯著，他也不願什麼都不做就認了。

他驀地看向縮在一旁的管家沈安，厲聲道：「還不快去將那賤奴帶過來！給我看好了，不要讓她有機會自盡！」

沈晞嘴角一勾，哎喲，這是要殺人滅口了？沈勇只說事情是衛琴吩咐的，那沈寶音知不知道呢？只要衛琴「自盡」，拿不到衛琴的口供，那她的「真千金」身分便始終存疑，而沈寶音就是全然無辜了呀。

趙懷淵自然也聽懂了沈成胥對管家的暗示，想替這位膽大包天的沈侍郎鼓個掌。

他這麼想，也這麼做了，在沈成胥驚疑不定地看過來時，不懷好意地笑道：「趙良，你去幫幫這位管家，把人全鬚全尾地帶過來。」

當他死的啊？誰也別想在他眼皮底下殺人！

聽到趙懷淵的話，沈成胥明白自己的想法是不成了，心裡暗恨，嘴上還要客氣。「那煩勞趙統領了。」

趙良隨管家沈安離開去抓人，沈成胥一會兒看看趙王，一會兒看看沈晞，終究還是大著膽子問道：「王爺，您可是與我的女兒相識？」

趙懷淵說：「今日本王只是來做個見證。」

沈成胥聽了，依然不知趙王與沈晞是何關係。聽說趙王哪裡熱鬧便往哪裡去，哪怕趙王不認得沈晞，只是來瞧個熱鬧，也是可能的。

但趙懷淵這話就是懶得回答的意思，沈成胥不敢再多問，也不敢當著趙懷淵的面問沈晞，只能等送走趙懷淵之後，再慢慢問她。

事到如今，他不再掙扎，有這般容貌的沈晞，肯定是他和他夫人的親生女兒，今後至少會在府內待些時日。

至於趙懷淵看上他親生女兒這種好事，他是想也不敢想的。雖說他的親生女兒長得好，但畢竟來自鄉下，粗鄙無知。趙懷淵見慣了美色，哪裡會被這樣的女子吸引？

今日家醜外揚是躲不過去了，只求趙懷淵看熱鬧看得高興，能替沈府隱瞞一二。

第七章

不一會兒，趙良一行人回來了，除了衛琴是被抓來的，後頭還跟著幾名女子。

沈晞細細打量，其中兩個女子著錦衣，一白一黃，從站位、年紀和氣質來判斷，白衣的應當是二小姐沈寶音，黃衣的是三小姐沈寶嵐。另外兩個著青衣的是丫鬟。

沈寶音容貌稍遜，即便此刻秀眉輕蹙，仍擋不住她身上溫婉的氣質。沈寶嵐看起來要小上兩、三歲，正是活潑的時候，目光靈活地在眾人身上打轉，並不見多少焦慮，唯有好奇。

趙良將衛琴丟到趙懷淵面前。「主子，人帶來了。」

趙懷淵看看身形臃腫的衛琴，瞧見她面上的燙傷疤痕後，微微蹙眉，抬了抬下巴。

「給本王做什麼，讓沈侍郎審啊。」

趙良便把滿臉恐慌的衛琴拖到沈成胥面前。

衛琴心慌到連跪都跪不住。

方才她去府門前，想找到來人，結果連個人影都沒有，只好回府，始終無法安心。

那人是被趕跑了嗎？還會來嗎？

就在她深陷惶恐時，前院突然來人，在管家的指認下，一個不認識的男人一把抓住她，要將她拖到前院。

她驚得哇哇亂叫，沈寶嵐又恰好來找沈寶音，兩位小姐聽到動靜跟出來，問管家發生什麼事，管家也不說，她便知道糟了。

她想讓沈寶音回去，不要看到接下來的場面，但剛張嘴就被人拿布堵住，連個眼神都給不了。

被拖到沈成胥面前時，衛琴心中已經有了決斷，無論如何都要守護住她的女兒！然而，當她抬頭看到沈成胥身邊那個與夫人有幾分相似的女子時，嚇得差點尿褲子。

她早夢到夫人的女兒會回來尋仇，果然來了！可恨沈勇不爭氣，連個弱女子都殺不掉，還讓對方找上門。

沈成胥看著毀容的衛琴，嫌惡地皺了皺眉。他自然認得她，她原先是他夫人的娘家丫鬟，陪嫁來了沈家，一直是他夫人的心腹。在他夫人去世後，衛琴本是去當了沈寶音的管事嬤嬤，有一天不知為何燙傷了臉，看在往日情分上，沒有趕出府，只降為粗使婆子，在沈寶音的院中做些粗活。

「父親，為何要綁了衛嬤嬤？」

一道帶著些許不安的溫婉聲音響起，正是沈寶音，似是十分不解，蹙眉望著沈成胥。

沈成胥本想勸沈寶音離開，不願讓她看到接下來的事，然而趙懷淵在一旁盯著，只好硬著心腸道：「寶音，妳在一旁聽著，不要插嘴。」

沈成胥從未用過如此嚴厲的語氣對沈寶音說話，沈寶音抿緊唇，默默退到一旁。

沈寶嵐的目光在幾人身上轉過，最後落在沈晞身上，與沈成胥夫妻很相像的面容令她忍不住驚訝地眨了眨眼，心中生出些許猜測，隨著沈寶音退開。

沈成胥不再看沈寶音，望向衛琴，厲聲道：「沈勇已將妳的罪行和盤托出，當年妳是如何調包的，又為何要這麼做，還不快快招來！」

衛琴嘴裡的破布被取出，當即大呼冤枉。「沈勇誣陷奴婢，老爺可要為奴婢作主！奴婢在沈家二十年，忠心耿耿，沒有做任何對不起沈家的事！」

「妳還敢狡辯！」沈成胥指著沈晞道：「妳看她，她才是我與夫人的親生女兒，妳這賤奴卻用妳的女兒以假亂真。再不說實話，板子伺候！」

此刻，趙良正把玩著一把匕首，鋒利的匕首在他掌心間翻飛，看得人冷汗直冒，他卻很稀鬆平常的樣子，還故意站在衛琴能看見的位置，在衛琴瞥過去時露齒一笑，白花花的牙在陽光下閃著危險的光。

衛琴驚得縮了縮脖子，一旁的沈勇也看到了趙良的舉動，生怕他姨母不肯招，連累他又要受刑，急忙勸道：「姨母，您何必再嘴硬呢？夫人的女兒與老爺和夫人那麼相像，如何狡辯都沒用，白受些皮肉之苦，終究還是要說的。」

衛琴看著吃裡扒外的親外甥，氣得一頭撞過去。若非他沒用，事情何至於此？

沈勇哎喲叫痛，趙良上前將沈勇拖開，又把衛琴的手腳全捆上，免得她再有多餘舉動。

沈成胥正想叫人來上刑，說不定衛琴受不住刑便死了呢，卻見沈晞動了。

沈晞慢慢走到衛琴跟前蹲下，望著衛琴的雙眼，微微一笑。「衛嬤嬤，我母親死也不瞑目吧？」

對上這張相似的面容，衛嬤嬤慌得想後退，卻動彈不得，只能任由沈晞繼續輕聲細語。

「我母親去世後這幾年，妳每日都睡不好吧？我母親可是夜夜入妳的夢，好教妳日日不得安生？」

沈晞的雙眸如黑葡萄似的，此刻定定看著衛琴，讓衛琴莫名多了幾分陰森之感，那些關於噩夢的記憶瞬間全被喚醒。

在她的噩夢中，沈夫人什麼樣的死相都有，每一種都十分嚇人，而她自己也是。她總是夢到自己和女兒被趕出沈府，被沈夫人的鬼魂殺死，才會突然叫沈勇去找人，下手除掉。

她太害怕了！沈夫人臨死前時怨毒的眼神，她至今仍記得清清楚楚，時時會在夢中見到，與此刻沈晞望著她的眼神如此相似。

「不是！我沒有做錯！」衛琴忽然尖聲大喊，損毀的面龐扭曲如惡鬼，好似回到那一年，那個冷冰冰的雨夜，接著絕望地嘶吼。「憑什麼她生產時有穩婆照顧，我卻要一個人孤零零等死？就憑她是夫人，我是下人嗎？」

隨後，她得意地大笑起來。「所以我趁她生產昏迷，把彼此的孩子調換了。她生下孩子後，連一面都沒見過，根本不知道她抱在懷裡輕聲細語哄著的，是我的女兒。」

至於沈夫人的女兒，她本是想扔到水裡淹死，但剛出生不久的孩子，那雙烏黑的眼睛卻如此嚇人，直勾勾地盯著她，盯著她作惡的手。她不敢了，匆匆把孩子裝進破桶，丟入濛溪，任由孩子自生自滅。濛溪又長又湍急，破桶隨時可能翻覆。

早日如此，當初她就該掐死那個女嬰！

看著衛琴癲狂的模樣，沈成胥驚懼地後退一小步，隨即被她的話氣得雙目通紅。

「夫人是主，妳是僕，妳怎敢生出這種惡毒心思！」沈成胥氣到幾乎失語，只想殺掉衛琴洩憤。

沈晞很滿意自己的成果。衛琴既能因為夢話被沈勇聽到而事跡敗露，那噩夢多半已將她折磨得快發瘋，果然拿話一激，衛琴就崩潰了。

她站起身，看向沈成胥。「父親，當年衛嬤嬤是如何有了調換的機會？」

沈成胥本不想回答，瞥見趙懷淵也目不轉睛地盯著他，只好憋著氣回道：「妳母親出自崇州商賈之家，家中妾室當道，日子不易，是她阿姊護著她長大。妳出生那一年，她阿姊病重，她不顧自己有了身孕，執意要去探望。她阿姊久病不癒，最終撒手人寰。她與娘家不睦，在她阿姊下葬後，便大著肚子回京，哪知去途平穩，歸途卻遭了劫道。」

想到當年事，沈成胥鐵青了臉。「妳母親說，他們一行人被衝散，衛琴護著她躲到一處農家，當夜她便發動了，險些難產，是衛琴冒雨請來村中唯一的穩婆救了她。當時衛琴也懷著身孕，晚她一些發動，穩婆分身乏術，孩子因此沒保住。妳母親十分感念衛琴的忠心，此後不知給了她多少賞賜，不承想她竟是如此惡奴。」

沈寶音容貌稍遜，且跟沈成胥夫妻都不像，沈成胥也曾疑惑過為何會如此，未想到還有這樣的內情。衛琴怎麼敢啊，如果他的親生女兒沒被調包，那他就會有一個容貌、品性、才情皆完美無缺的女兒了。

此刻，沈成胥恨不得生啖衛琴的肉，若非她的卑劣心思，他不會面臨如此糟糕的局面。

聽完沈成胥的解釋，沈晞大致清楚了自己的身世，心滿意足。

她不怎麼誠心地替衛琴惋惜，如果當年衛琴再狠心一些，不就沒今日之事了嗎？

崩潰的衛琴在沈成胥說話間逐漸平靜下來，恰好聽到他最後一句話，眼神有些複雜，但隨即被恐懼和怨恨蓋過。

那一夜，她孤零零地躺在舊草蓆上，努力想生下腹中的孩子，哭著祈求穩婆來看看她，但穩婆的手被沈夫人死死抓住。

她痛得咬破嘴巴，可沈夫人卻連條活路都不給她，她的忠心又有什麼用？當她千辛萬苦生下沈寶音那刻，對沈夫人忠心耿耿的丫鬟便死了，活下來的她，只想替自己的女兒掙得一條青雲路。

這輩子，她已做夠了下人，她的女兒絕不能再如她這般，她要她的女兒成為誰也不能折辱的貴女！

衛琴並不後悔調包一事，眼看自己的女兒長得如此出色，還與韓王世子訂了親，夢裡都能笑出聲來。

只是，她不該一時得意忘形，在沈夫人病重時說出真相，沈夫人臨死時那怨毒的眼神和死狀，真是嚇壞了她。

衛琴癱軟在地，在她發洩出積壓多年的怨氣時，事情就成了定局。而且，哪怕她不承認，任誰看到沈晞的容貌，都會明白一切。

但事情尚未到最糟糕的地步。

她可以死，但女兒不能被她牽連。沈成胥很疼愛沈寶音，沈寶音那麼好，那麼乖巧，哪怕是當作養女養在沈成胥名下，也比當個下人好千百倍。

衛琴貪婪地看了沈寶音一眼，這是她懷胎十月生下的女兒啊，能看到女兒過了十七年的好日子，她也該滿足了。

衛琴說的，沈成胥說的，已經拼湊出一個完整的故事，再加上沈晞那張結合了沈成胥和沈夫人優點的臉，她的真千金身分已經無疑。

沈晞的目光落在衛琴臉上，燙傷疤痕橫亙，猙獰可怕。衛琴約莫是發覺沈寶音逐漸長開後，跟她越來越像，便自己弄傷了臉，免得被人看出來。不然，一個在沈府待了多年的忠僕，當年又對沈夫人有恩，養尊處優，為什麼能把臉燙傷一大塊？

沈晞又看向一旁震驚而無措地抹眼淚的沈寶音，漫不經心地想，或許旁人永遠不可能知道沈寶音知不知道這一切了。以衛琴對沈寶音的母愛，哪怕沈寶音早有所察覺，她也絕無可能供出沈寶音。

趙懷淵看戲看得津津有味，當初邀請沈晞回京果然沒錯，這不是就近看了一場大戲？他故作驚訝道：「沒想到還有這樣的事，本王真是大開眼界。沈侍郎，接下來你要如何處置？血脈混淆可是大事啊。」

沈寶音聞言，面色又蒼白了幾分，身形似搖搖欲墜，含淚看向沈成胥，卻未出聲求情。

沈寶音越是如此，沈成胥越是心生憐惜。雖說沈寶音身上流著衛琴這賤奴的血，可沈寶音是他寵大的，一時難以決斷。

此時，衛琴忽然站起身，蹦跳著撞向旁邊的廊柱，打算求死。

沈晞沒有出手，因為趙良已反應過來，一把扯住衛琴身上的繩子，將她扯得往後倒下，又用先前塞住沈勇嘴巴的破布堵住她的嘴。

趙良笑得猙獰，他在詔獄見多了熬不過刑訊想自盡的，但沒人能從他手裡死掉。

他攔下人之後，退回到趙懷淵身邊，面容平靜，與普通的侍從無異。

趙懷淵嘖了一聲。「畏罪自盡？是為了保護誰？」

衛琴瞳孔震顫，渾身哆嗦起來。

趙良道：「主子，小人願意為您分憂。」

沈成胥很清楚趙良的本事，心中一跳，當即出聲。「今日多謝王爺相助，接下來的事，下官定會妥善處理。天色不早，不敢再叨擾王爺了。」

趙懷淵沒理會沈成胥的話，他要是願意，可以當任何人的話是放屁，啪的打開摺扇，笑咪咪地開了口。

「沒什麼叨擾不叨擾的，本王有的是空閒。」

他話音剛落，一名面白無鬚的中年男子跑進來，後頭跟著誠惶誠恐的沈府門房。

中年男子見到趙懷淵，高聲道：「殿下，老奴總算見著您了。皇上在宮裡等您許久，著急得很，您快隨老奴去吧。」

沈成胥一驚，先有趙王，再來是宴平帝身邊最得力的太監何壽，今日不請自來的大人物怎麼一個接一個？

趙懷淵看向何壽，有些不悅，但皇兄找他，總不好耽擱，遂懨懨地對沈成胥道：「過兩日本王再來，沈侍郎可要好好處理此事，什麼人該是什麼身分，莫弄錯了。」

總算能送走這尊大神，沈成胥鬆了口氣，連忙擺出恭敬的表情，親自送趙懷淵和何壽。

趙懷淵偷偷對沈晞一笑，大搖大擺地離開。他不好讓旁人察覺他對沈晞的親近，但也不能完全不關注沈府的事，不然沈成胥暗地害了沈晞怎麼辦？

送走趙懷淵後，沈成胥才長舒一口氣，回來見沈晞。

孰料，不等他開口，剛剛跟著趙懷淵出府的趙良又折回來。
沈成胥心中一顫，連忙迎上去，客氣道：「不知趙統領還有什麼吩咐？」
趙良道：「我是來替王爺提醒沈大人一聲，倘若您的親生女兒暴斃，不管是何原因，您都該盡一盡父親未盡的職責，陪她一起去。」
沈成胥隨即愣在原地。
趙良說完了威脅，拱拱手，轉身便走。他來這一趟實在過了些，這下旁人真要覺得他家主子對沈晞有別的心思了。他家主子認為方才那威脅太過模糊，怕沈成胥不放在心上，才讓他再來說一次。如此直白，沈成胥總不可能不放在心上。
沈晞聽了趙懷淵讓趙良轉述的威脅，心中暗笑，看來趙懷淵是真怕她一個毫無根基之人被害了啊。
想到來京城的一路上，趙懷淵大方又心細，感覺老天待她太好了些，送來王不忘這金手指不算，還給了一個這麼可靠的靠山。
她不管趙王的名聲如何，反正她看到的趙懷淵聰明又赤忱，是她最願意結交的那種人，而且他還長得那樣好看。
沈晞很快收回心思，趙懷淵先離開了，但這場真假千金的戲碼還沒有完呢。
沈成胥在看到趙懷淵之前，確實生過滅口維持現狀的念頭，此刻倍感心虛，向沈晞問道：「晞兒，妳與趙王殿下真的沒有交情？」

沈晞想藉助趙王的名頭讓沈成胥有所顧忌，但也不想就此被歸為趙王一派，這樣會缺少很多樂趣。

她來京城，不就是衝著好玩嗎？要是每個人都因為她跟趙王關係好，對她敬而遠之，還有什麼可玩的？

這一點，她跟趙懷淵應該算是有共識。方才他在場時，並未言明他跟她相識，以她對他的淺薄了解，他絕不是怕她纏上他，而是怕他的名聲影響她。

前幾日在濛北縣時，他還說要幫她找個好婆家呢，自然不能讓她的名聲有瑕疵。不過，她這個在鄉下待了十七年的真千金，也不可能有什麼特別好聽的名聲。

於是，她詫異道：「我怎麼會跟趙王有交情？之前的十七年，我都在濛北縣，見過最大的官便是知縣大人。」說著，瞥了被綁縛著的沈勇一眼。

沈勇被看得一哆嗦，飛快垂下目光，完全不敢吱聲。從濛北縣到京城，他見到趙王是如何與沈晞談笑風生，偏偏此刻兩人表現得毫不相識，他哪裡敢多嘴。

沈勇回憶起被趙良折磨的短短一刻鐘，第一次知道了什麼叫生不如死。

他緊緊閉上嘴巴，只當自己是死了。

第八章

沈勇不說，其餘人便無法確定趙王和沈晞的關係。沈成胥雖得到沈晞的否認，卻不敢輕易相信。趙王都為了她威脅要他的命了，還說沒有關係，誰能信啊？

轉念間，沈成胥忽然想到另一種可能，登時驚出一身冷汗。

沈寶音跟韓王世子訂了親，但嫡二小姐的身分本該是沈晞的，且趙王跟韓王世子一向不合……莫非，趙王是想要他認下這個鄉下來的親生女兒，然後用她替換沈寶音，以此來羞辱韓王世子？否則，趙王何必對這等與他完全無關的小事如此上心？方才趙王並未多看沈晞，顯然不是看上了她。

沈成胥背脊冒汗，沒想到有朝一日會捲入趙王和韓王世子的鬥法之中。

無論趙王還是韓王世子，都是他得罪不起的，沈府是要大禍臨門了！

沈成胥想明白其中關節後，先前心心念念利用姻親往上爬的盤算全拋諸腦後。如今連官位都要不保了，想什麼以後。

沈成胥顫抖著擦去額頭的冷汗，卻見協理大兒媳執掌中饋的韓姨娘姍姍來遲，看到面前的陣仗，像是毫無所覺般，驚訝出聲。

「老爺，這是怎麼了？」

見沈成胥滿頭汗，韓姨娘趕緊掏出散發淡淡花香的帕子，溫柔地替他拭去汗水，柔聲寬慰道：「老爺，身體要緊，有什麼事慢慢琢磨便是。」

沈成胥因這樣的溫聲細語而冷靜下來。韓姨娘說得沒錯，事已至此，只得慢慢想辦法。

他想起趙懷淵臨走前的那些話，沈晞是萬萬動不得的，他敢傷沈晞一根毫毛，無法無天的趙王就敢闖進沈府來揍他，皇帝還不會管。

用沈晞替代沈寶音嫁給韓王世子，也是萬萬使不得。韓王妃一收到消息，恐怕就會暴怒，結不成親，反倒結了仇。

至於讓沈寶音嫁給韓王世子，更是不成，趙懷淵一定會從中作梗。

沈成胥思來想去，發覺無遮無掩地讓沈晞成為沈家嫡二小姐，已是最好的選擇。而且，他還得另想些辦法，好讓趙懷淵的謀劃落空，免得把韓王府得罪死了。

趙懷淵若想藉沈晞羞辱韓王世子，便不會讓今日之事外傳，只待婚期到了，把沈晞送上花轎，哪怕走不到拜堂這一步，也夠世人恥笑韓王世子了。然而，之前沈晞沿街敲鑼，那這事傳出去，就不能怪他了吧？他可沒有跟趙王作對的意思，都是看熱鬧的百姓將真假千金之事傳到韓王府的。

打定主意後，沈成胥吩咐韓姨娘。「晞兒是我與夫人的親生女兒，妳把桂園收拾出來給她住。衛嬤嬤和沈勇先關押起來。」

他看向沈晞，勉強露出一個慈父微笑。「晞兒，妳先住下，父親會給妳一個交代。」

接著，他強迫自己不去看沈寶音，又交代韓姨娘。「這些時日，讓寶音好好待在春歇院，不許走出院門一步。」

沈寶音茫然無措，抖著嗓音道：「父親……」

當著沈晞的面，沈成胥不好說什麼寬慰的話。沈寶音是無辜的，但只能先委屈她了。

聽到沈成胥的話，衛琴雖被堵住了嘴，依然試圖嗚嗚嗚出聲，大概是想把所有罪責歸到自己頭上，為沈寶音求情。

韓姨娘趕緊吩咐人把衛琴和沈勇帶下去，又令人立即去收拾桂園，隨後讓沈寶音的貼身丫鬟帶她回春歇院，最後才走到沈晞面前，一臉親熱。

「晞兒，我是妳父親的妾室韓姨娘，收拾桂園需要些工夫，先去我院裡歇歇吧。」

韓姨娘井井有條地將事情安排好，沈成胥放了心，自去書房盤算之後的事。

沈晞沒有任何異議，她不介意沈成胥此刻的輕拿輕放，也不介意沈成胥丟下她這個剛認的女兒，更不介意沈寶音還好好地回自己的院子。

來日方長，她有的是時間慢慢玩。

伸手不打笑臉人，沈晞也對韓姨娘善意一笑，順著對方的安排走。唯獨有人想幫她拿包袱時，她拒絕了。隨身物品，她還是更習慣自己拿。

路上，沈晞不經意地看看韓姨娘身邊的嬤嬤，在嬤嬤察覺前收回目光。

方才對峙時，這位嬤嬤偷偷來過，想必是韓姨娘派來打探情況的。遇上真假千金這種尷尬事，韓姨娘並未及時出現，直到事情落定，才裝作一無所知的模樣現身，避開風波。

到了韓姨娘住的夏駐居後，沈晞又見到了便宜老爹的另一位妾室朱姨娘。

如今沈成胥院中就兩個妾室。他的三個兒女，兩個是正室生的，一個是韓姨娘生的，朱姨娘無子女。

沈晞坐下後，沈成胥的大兒媳婦，也就是她嫡兄的妻子楊佩蘭，也帶著七歲的嫡子和三歲多的嫡女來了，夏駐居瞬間熱鬧起來。

與此同時，趙懷淵在何壽的催促下入了皇宮。

他剛進太和殿側殿，就聽裡頭傳來宴平帝冷冰冰的聲音。「還曉得回來！」

趙懷淵當即換上燦爛笑臉，揚聲道：「這不是想皇兄了嗎？」

側殿不大，檀木桌後坐著當今大梁最尊貴的人。如今宴平帝尚未滿四十歲，正是年富力強的時候，模樣與趙懷淵有些相似，頗有幾分俊美，不過坐了皇位二十年，神情已是不怒自威，令人不敢直視。

趙懷淵迎著宴平帝頗具威勢的目光，快步走近，笑咪咪道：「我離開的這一個月，皇兄可有好好吃飯，好好睡覺？」瞥瞥桌上堆成小山的奏摺，嘖了聲。「奏摺天天都有，看不完的，皇兄要多保重身體啊。」

幾句不怎麼正經的關懷，令宴平帝面上的冰雪消融，點了點趙懷淵，笑罵道：「真心疼皇兄，怎麼一聲不響便離京？說什麼想朕了，怎麼不見你進城就來，還要朕請你。」

趙懷淵故作正經地作揖。「臣這是知道皇上日夜操勞，哪裡好意思來打攪您，等何公公來宣，才敢入宮。」

宴平帝聞言，指了指左手邊自成一小堆的奏摺。「真要心疼朕，少替朕惹事！一個月不在，還有這麼多參你的奏摺。」

趙懷淵一臉無所謂，甚至還很得意。「他們這是嫉妒，嫉妒我有皇兄疼。」

宴平帝露出了笑容，招招手，示意趙懷淵走近些。

何壽見狀，忙去搬了把凳子放在桌旁，又悄無聲息地退開。倘若那些監察御史知曉趙王私下是如何跟宴平帝相處的，只怕參他的奏摺還要翻倍。這些摺子全被按下，可是宴平帝仁慈了，除了說得特別難聽的監察御史被拔了官位，其他人還好好當著他們的官。

這些監察御史也實在過分了些，趙王不曾欺男霸女，是那些不長眼的東西非要招惹他，動動手反擊怎麼了？趙王可是宴平帝的親弟弟，本就該是旁人避著。

趙懷淵熟練地腳一勾，將凳子拉過來坐下，伸手去拿桌上的葡萄吃。

宴平帝把盤子往他那邊推了推，才道：「朕聽何壽說，你去了工部侍郎府？他怎麼招惹你了？」

趙懷淵一聽這個就來勁，葡萄也不吃了，坐直身體，湊近宴平帝，興匆匆道：「皇兄，我這趟出京遇到好玩的事了。」接著講起如何遇見沈晞，帶她一起上京，最後在沈府鬧了一通的經過。

宴平帝見趙懷淵提起沈晞時眉飛色舞，試探道：「你如此喜歡她，便納了吧。你也老大不小了，皇兄在你這個年紀，早已有了皇后，你身邊卻連個貼心人都沒有。」

趙懷淵瞪圓了眼，連連擺手。「那可不成。我拿她當朋友呢，我答應過她，要替她找個好婆家的。」

宴平帝搖頭嘆息，他家小五還是孩子呢。雖不知那女子心性如何，但既是小五看中的朋友，想必差不了，遂岔開了話。

「她救了你，朕應當給些賞賜才是。」

趙懷淵立即點頭。「皇兄說得是。不過旁人不知她救過我，皇兄還是不要直接賞她了。不如把賞賜換成銀票，我偷偷送去給她。」

宴平帝好笑道：「你們在搞什麼？」

趙懷淵一臉坦然。「皇兄，你又不是不知我名聲在外，倘若讓她與我扯上關係，她還怎麼找好婆家？」

宴平帝冷下臉。「是她要你隱瞞的？」

趙懷淵連忙擺手。「皇兄想到哪兒去了，是我自己要這麼做的。您別管了，趕緊把銀票給我，我還要回去看看她爹有沒有欺負她。」

宴平帝看著趙懷淵大大咧咧在他眼下攤開的掌心，氣得拿奏摺在上面拍了下。「有你這麼討賞的嗎？」

趙懷淵誇張地哎喲一聲，卻聽宴平帝吩咐何壽去準備「賞賜」，當即露齒一笑。「果然還是皇兄最疼我，皇兄可要好好保重身子，疼我到一百歲。」

宴平帝又想笑、又想罵，見趙懷淵笑咪咪地告退，提了一句。「你的生辰禮，朕送到趙王府了，回去好好看看，不滿意來找朕。」

趙懷淵吊兒郎當地應道：「臣遵旨，臣一定一樣樣檢查。」

他的生辰是九月初六，但他不許趙良提，也沒跟沈晞提過。生辰有什麼好過的，在他記憶中，他所有的生辰都被他母親過成了兄長的追悼日，不過也罷。

趙懷淵慢吞吞溜達到宮門口時，何壽備好銀票追上來，他掃了眼，發現才五千兩，頓時不高興了。

「本王的命，只值這點銀子？」

不等何壽出聲，他又點頭道：「也罷。懷璧其罪，這些銀子夠沈晞用了。」衝何壽擺擺手。「我走了啊。何公公，好好勸我皇兄注意身體，多歇著。」

何壽應下，回去伺候宴平帝了。

趙懷淵討到賞的好心情也到此為止，因為他剛走出去，便迎上趙王府的長史。

長史低頭，恭敬道：「殿下，娘娘聽說您回京了，盼您快些回府。」

趙懷淵面上的笑容垮下來，停頓一下，隨即面無表情道：「回王府。」

上了馬車，他摸摸懷中的五千兩銀票。明明是死物，卻好似是他身邊唯一的溫暖。

太和殿偏殿內，何壽進來後，低聲道：「太妃娘娘派人接走了殿下。」

宴平帝看著手中的奏摺，半晌才道：「找人查查沈成胥。」

何壽應是，悄無聲息地退下。

偏殿內只剩下翻閱奏摺的沙沙聲。

侍郎府中，沈晞還不知道自己即將發一大筆橫財，正在記下沈府眾人的姓名、樣貌和大致的性情。

韓姨娘模樣清秀，八面玲瓏，對誰都笑吟吟的樣子。言談間看得出來，後院的事是她和沈成胥的大兒媳一起作主。

韓姨娘的女兒三小姐沈寶嵐，跟韓姨娘應當是同一類人，對沈晞這個突然冒出來的鄉下親姊非常客氣，語氣甜美，好似不諳世事。

不過，就衝沈寶嵐對她表現得毫無異樣，沈晞就不會覺得她單純。

真正單純的小姑娘，沈晞不是沒有見過，陳知縣家的大女兒陳寄雨跟沈寶嵐的年紀差不多，那性情才是渾然天成的天真。

朱姨娘也算清秀，三十來歲未曾生育，但因為沈成胥後院的女人很少，從她的衣著打扮和言行來看，日子過得不差。

沈晞心想，她這個便宜爹在當世人眼裡，大概要算是不近女色的典範了。後院的人相對簡單，子女也少，而且姨娘都不是些年輕的。

沈晞的親大哥沈元鴻當值不在家，他是吏部的主事，正六品小官，但官小職位重，頗有前途。目前只有一個正妻楊佩蘭，性情溫柔，不太愛說話。

而沈元鴻的一對兒女，女兒才三歲多，兒子七歲，已經讀書了，此刻老老實實站在他母親身後，偶爾瞧沈晞兩眼。

看了一圈，沈晞有些失望，沈府沒什麼特別難纏的人，在這裡怕是找不到多少樂趣。

初次見面，沈晞只簡單說了對她很好的養父母和弟弟，韓姨娘也簡單說了些沈府的事，寬慰她，讓她安心，說她父親會妥善安排好一切。

桂園很快便收拾好了，沈晞也聽完想知道的消息，不再閒聊，帶上韓姨娘臨時分給她的兩個丫鬟去了桂園。

兩個丫鬟一個叫紅楓，一個叫綠柳，原本在韓姨娘身邊伺候，暫時先撥給沈晞，說是之後再幫她找合心意的丫鬟。

紅楓和綠柳隨了主人，看起來機靈，對沈晞也無任何不敬。

桂園自然是以桂樹為名，說是「園」，其實是真正的桂園旁的一處小院子，環境不錯，只是位置稍偏，家什略舊，但被褥那些都是新換的。

沈晞簡單吃了晚飯，洗澡後換上韓姨娘沒穿過的新寢衣，對她來說有些短，但睡衣嘛，短了也能將就穿。

當晚，韓姨娘找人來替沈晞量身，要幫她準備新衣。因為府中女眷的身量都不高，沒有適合沈晞的現成衣裳，明日讓她先穿自己帶來的舊衣。

到京城的第一夜，沈晞帶著期待睡下。

等她在沈府安頓好了，就去尋找王不忘的妻女。而在那之外的時間，不知會有多少有趣的事找上門呢？

沈府的人似乎是指望不上了，但京城這樣大，只要她多出去走走，總能碰到一些沒事找事的人吧？

第二天一早起來，沈晞便從紅楓嘴裡得知了兩個消息。

第一，昨夜衛琴竟想辦法自盡了，早上被發現的時候，屍首早涼了；第二，沈成胥傳話來，既然她已認祖歸宗，她母親去世前，她不曾侍奉在側。為了盡孝，那便守個孝吧。

此時，桂園門口已多了兩個粗使婆子看守，不讓沈晞隨意出門了。

沈晞差點笑出聲，昨天她才覺得沈府會過於風平浪靜，沒想到第二天就有事了。

用孝道壓她，哪怕趙懷淵也說不出什麼來。又沒害她，只是讓她替母親守三年孝而已。沈晞猜測，沈成胥知道她的身分已無法隱瞞，為了不放她這個鄉下女兒出門丟人，乾脆找藉口把她關起來。

她的目光落在一旁的包袱上。昨夜她並未收拾好，包袱還鼓鼓囊囊的，攤開的一角裡，隱約能看到圓潤的金屬弧線。

這下，可好玩了。

第九章

沈成胥聽下人回報，沈晞得知要守孝之後，沒說什麼，乖乖地待在院中，便放了心。

他弄清楚了，之前沈晞敲鑼把事情鬧大，是因為門房不讓她進去，才出此下策。

昨日他叫她先回府，她不也乖乖答應了嗎？若非趙王橫插一腳，他早已將事情悄然壓下，不至於還要費心籌謀。

想到韓王世子這麼好的女婿就這樣沒了，沈成胥忍不住扼腕。可他沒辦法啊，趙王插手，他能設法自保，已是最好的結果。

首先，偷偷將他家真假千金的事宣揚出去，待韓王府聽說了，前來責問，他也只能忍下。雖說依然是得罪了韓王府，但沒得罪得那麼徹底。

其次，將沈晞暫且以守孝的名義看管起來。一是找人教她禮儀和見識，將來不至於太丟他的人；二是以此為由，躲開趙王的謀算。既要守孝，怎麼能跟韓王府議親，三年內韓王府必定會另尋對象，不就拖過去了？

至此，沈成胥心安了一半，但品著往常喜愛的君山雲霧，卻嚐出了百般苦澀。

無論趙王府還是韓王府，兩邊都得罪了，好在得罪得不算太狠。接下來，就看兩邊如何反應了。

幸好沈晞這邊，他可以少操些心，也該去看看沈寶音了。

沈成胥去看沈寶音時，她雙眼都哭腫了，面容蒼白憔悴。

一見到沈成胥，沈寶音委屈又無措地輕聲喊道：「父親……」

沈成胥嘆息一聲，目光複雜地看著這個嬌養大的女兒，沈聲道：「寶音，昨日的情形，妳也看到了。趙王在場，父親沒有辦法。」

沈寶音聞言，眸光中露出淺淺期待。「父親還願意將寶音當作女兒嗎？」

沈成胥凝視已亭亭玉立的少女，嘆息一聲。「衛嬤嬤畏罪自盡，這事便到此為止。」

沈寶音的眼淚奪眶而出，低低泣道：「女兒……女兒不知該如何感謝父親。」

沈成胥沈默片刻，才繼續道：「可是，今後妳的身分只能是沈家養女了。」

沈寶音似是毫無芥蒂，一臉柔順和感激。「能繼續當父親的女兒，寶音已經很慶幸。晞兒姊姊吃了那麼多年的苦，理應正名，沈家嫡女的身分本就是她的。」

見沈寶音依然如此體貼懂事，沈成胥著實欣慰。雖說真假千金一事教他上火，好歹兩個女兒都很省心。

他又寬慰沈寶音幾句，叮囑她近些時日還是待在家中為好，便匆匆離開了。

沈寶音目送沈成胥離去，讓貼身丫鬟退下，獨自坐在梳妝檯前，緩緩擦去眼角的淚，目光微垂，面容平靜。

昨日，父親要她待在院子裡，不要出去，但韓姨娘看出父親對她尚有親情，未派人嚴加看管，因此她昨夜偷偷去見了衛嬤嬤。

沈寶音緩緩抬眸，看著鏡中那張不夠出眾的容貌。

母親去世後的某一天，她從鏡中看到了衛嬤嬤，兩人的臉離得那樣近，因此露出了幾分令她驚怕的相似來。

那一日，衛嬤嬤跟她說了深埋十五年的秘密。

起初她並不相信，可鏡中的兩人越看越像，她難以說服自己。那也是她第一次對衛嬤嬤哭，懼怕地問，倘若被人看出她們長得像，該如何是好？

第二日，衛嬤嬤便因臉燙傷而毀了容，只能在院中當個粗使婆子，再沒人能看出她和衛嬤嬤容貌上的相像。

她第二次對衛嬤嬤哭，是衛嬤嬤來跟她說，她說夢話說漏了嘴，她的外甥得知了當年的事，還不怎麼確定地說，那時她弄丟了沈府的牌子，不知是否在女嬰身上。

於是，沈寶音也開始擔心那個女嬰還活著，遲早有一天會找來。她與衛嬤嬤的容貌如此相似，那麼當年那個女嬰呢？只怕根本不需要多少人證物證，只憑一張臉，就能作為證據。

她哭著對衛嬤嬤說，她好害怕，怕那個女嬰還活著，怕她一朝墜落。

第二日，衛嬤嬤派了沈勇出去打聽當年那女嬰的下落。之後的日子，她總是提著心，但沒消息或許就是最好的消息。

昨夜是她第三次對衛嬤嬤哭，都是為了她，衛嬤嬤才落得如今下場。她不忍衛嬤嬤受苦，願求父親饒衛嬤嬤一命，她隨衛嬤嬤出府當個普普通通的百姓。

衛嬤嬤斥責了她，那是衛嬤嬤第一次對她說話那麼重，又要她安心。

她便知道，自己確實可以安心了。

今日一早，聽說衛嬤嬤自盡了，用的還是她昨夜替衛嬤嬤解開的繩索。

事到如今，她的身分沒了，人人豔羨的親事也沒了，但至少沒有淪為奴僕。衛嬤嬤的丈夫早死，如今衛嬤嬤也死了，旁人會逐漸忘記她曾是衛嬤嬤的女兒。

養女便養女，仍然頂著侍郎女兒的名頭就足夠了。當初韓王妃看中她，也不是因為她的家世，而是她的才情和名聲。只要她是侍郎府的養女，今後選個寒門才俊，應當不難。倘若她再花費些心思，也未必搆不上身分地位高些的。

從小她便知道自己要什麼，剛得知真正的身世時，也曾驚恐彷徨。但幾年過去，她並非毫無準備，此事也未到最糟糕的境地，至少養父還當她是女兒。

沈寶音望著鏡中的自己，想到沈晞那張哪怕衣著寒酸也遮掩不住的美麗面龐，不甘地咬住下唇，隨即輕輕吐氣，放鬆下來。

沈晞比她多了那張臉和家世，但十七年養尊處優澆灌出的儀態和才情，才是更重要的。

她確實只是下人之女，可她有才女之名。沈晞是養父的親生女兒，但旁人只會嘲笑沈晞出自鄉野，粗鄙不堪。

將來，她定會嫁得比沈晞好。

這一日，被沈寶音惦記的沈晞表現得很乖巧，唯一提出的要求是送幾本話本來，她要找點事情做。

紅楓訝異沈晞居然識字，面上卻什麼都沒顯露，自去尋沈寶嵐借話本。

沈晞拿到話本，發現是些才子佳人的本子。反正是打發時間，遂津津有味地看起來。

下午，她睡了很長的午覺，醒來時剛好吃晚飯。說是守孝，倒沒有要求她茹素，有肉有菜，味道很不錯。

沈晞吃飽喝足，在院子裡溜達幾圈，又回去睡覺了。

紅楓和綠柳見狀，不禁想著，這位怎麼這樣能睡？

天色漸晚，各處點起了燈籠，沈府逐漸安靜下來。

因前一夜沈晞說不習慣有人守夜，紅楓和綠柳便回去睡了。

沈晞睡飽醒來時，差不多是半夜，大多數的人已進入夢鄉。

她伸了個懶腰，從包袱裡取出先前從閒漢手中買的小鑼。

讓她守孝？可以啊。但她「家鄉」的習俗跟京城不同，總要讓他們感受一下差異嘛。

沈晞拿了鑼，大搖大擺地走出房間。紅楓和綠柳在自己房裡睡覺，沒人知道她起來了。

院門口的兩個粗使婆子見沈晞安分得很，晚上將桂園的院門一閂，一個回去睡，一個靠在院門旁睡著了。

沈晞腳步很輕，打開院門時沒吵醒婆子，走出桂園，往夏駐居行去。

一路上，除了懶散巡夜的小廝，並無旁人。沈晞輕輕鬆鬆躲過，到了夏駐居外。

夏駐居離沈成胥的書房不遠，沈成胥晚上通常在此處或書房休息，這還是那日與韓姨娘等人聊天時得知的。

沈晞站定，清了清嗓子，鏘的敲下第一聲鑼，隨後嚶嚶嚶哭泣起來。

「母親，您怎麼這麼早就去了，女兒還沒來得及見您一眼，女兒好想您啊！」

她身體很好，聲音響亮，偏又帶著幽怨和哭腔，在寂靜的夜裡突然響起，能把睡得不夠沈的人嚇得一個激靈醒過來。

接著，沈晞再敲了一聲，鑼聲響亮，繼續嚶嚶道：「母親啊！倘若您在天有靈，便回來看女兒一眼吧！」

她敲一下，就唸一句，沒等她唸幾句，整個侍郎府都快被吵醒了。離侍郎府近的人家，也隱約聽到了鑼聲。

沈成胥沈著臉披衣起身，匆匆跑出來，喝斥道：「沈晞，大半夜的，妳做什麼?!」

沈晞望向沈成胥，乖巧回答。「這是我家鄉的習俗，為母親守孝要哭孝，半夜得敲足九九八十一道鑼。父親，我還有七十三道，您等等，馬上就好了。」

沈晞話音剛落，又重重敲鑼，鏘的一聲，震得沈成胥骨頭抖了抖。

任誰大半夜被吵醒都會發怒，沈成胥蹙眉斥道：「京城沒這樣的習俗，快回去睡覺！」

沈晞神情乖順，但語氣很堅定。「不行，這是女兒對母親的悼念，若連半夜起來給母親哭孝也做不到，枉為人子。」說著，不理會沈成胥的冷臉，繼續邊敲鑼邊嚶嚶哭泣。

沈晞鬧出的動靜這樣大，除了沈成胥之外，府中的主子跟下人也來了。

韓姨娘與沈成胥同床，慢一步出來，見沈成胥氣得胸口起伏不定，連忙上前安撫。但在沈晞的鑼聲中，她安撫的聲音顯得斷斷續續，聽不真切。

周圍的下人面面相覷，沒有主子的命令，也不能對沈晞做什麼。

於是，一群衣衫不整的人圍著一身白衣、面色紅潤的沈晞，茫然地聽她邊哭邊敲鑼。

枉為人子這頂大帽子壓下來，以孝道逼沈晞閉門不出的沈成胥，一時竟說不出什麼來。

在一道道鑼聲中，他不禁心生困惑，他這個女兒之前明明挺乖巧的，如今怎會這般鬧騰？難道真的如此孝順？

九九八十一道鑼聲在眾人的瞠目下，終於結束。但因持續得久，哪怕沈晞已停手，眾人耳邊似還能聽到「鏘——鏘——」的鑼聲。

沈晞吃飽睡足，精神奕奕，彷彿還有些意猶未盡，衝臉色難看的沈成胥道：「父親，今日的哭孝結束了，女兒先回去，您也早些安歇，明日還要上值呢。」說完，轉身走了。

沈成胥氣得怒斥。「豈有此理！」

這兩日他因真假千金的事，睡得不好，今晚才睡著不久就被吵醒，腦子裡嗡嗡作響，反應也慢了不少。

下人們一個個惶恐地低下頭。

沈成胥揮退下人，被韓姨娘攙著回到房中後，不禁遷怒。「妳安排的下人怎麼回事，居然放晞兒大半夜出來胡鬧。」

韓姨娘心道，她不過是按照沈成胥的吩咐安排罷了，怎麼又成了她的不是？沈晞不是她生的，那麼胡鬧，能怪她嗎？

然而，她卻自責道：「是妾身的不是。可晞兒剛回來，妾也不知如何管教才妥當……」

沈成胥腦子裡還有鑼聲，氣憤道：「派人看好，明日絕不可再放晞兒出來。」

韓姨娘猶豫。「若晞兒強闖呢？」

沈成胥煩得很。「兩個粗使婆子還怕按不住一個小丫頭？」

韓姨娘得了準話，道：「妾知曉了，明日再多派兩個婆子看住桂園。」

沈成胥這才作罷，躺回床上，先前好不容易出現的睡意早已消失，一閉上眼睛，腦子裡就滿是鏘鏘的鑼聲，輾轉反側許久，待天快亮了才勉強睡著。

除了必須早起當值，臉色臭得很的沈成胥之外，這日沈府的主子們全起晚了，臉色也不好看。

其中自然不包括沈晞。她面色紅潤有光澤，心情好、精神好，哪怕頂著紅楓、綠柳和幾個婆子的幽怨眼神，依然能自得其樂地看話本，邊嗑瓜子邊想，這才只是個開始啊。

因為沈成胥的吩咐，韓姨娘不得不去見見沈晞，提點一二。

她不是空手來的，帶著婆子跟丫鬟，捧著不少花瓶、矮几等物，以及一些布疋、首飾，說是臨時收拾出來的桂園太寒酸，命下人們趕緊佈置起來。

沈晞注意到，韓姨娘和她身邊最得力的嬤嬤眉來眼去。嬤嬤說是幫忙佈置，卻這裡翻翻、那裡看看，顯然是在找東西。

沈晞只當沒看見，故作詫異地對韓姨娘道：「父親不是讓我守孝嗎？守孝卻將房間佈置得如此奢靡，我覺得太不孝了。」

聽到「奢靡」二字，再看看那些積壓在庫房裡的普通用品，韓姨娘眼皮子一跳，連忙笑道：「是老爺的意思。想必夫人在天有靈，也不想見妳吃苦。」

沈晞搖頭。「這算什麼苦？為母親盡孝，再苦都值得的。」

韓姨娘想，之前也沒覺得沈晞如此固執，真就那麼孝順從未見過面的夫人？

她看了嬤嬤一眼，後者皺眉搖頭，顯然沒找到。

韓姨娘覺得古怪，房子就這麼大，那鑼雖小，但能藏到哪裡，找這麼久還找不出來？

她受了沈成胥的叮囑，勸沈晞道：「盡孝是應該的，只是一時一地的風俗不同，京城這邊可不興半夜哭孝。妳的孝心，夫人一定看在眼裡，如此便夠了。倘若妳覺得不夠，不如抄些佛經燒給夫人。」

沈晞道：「那不行，我們那邊沒人信佛，不誠心地抄佛經，不如不抄，還是哭孝最有誠意。韓姨娘放心，我不會半途而廢的，定會哭上三年整，一天也不會少。」

韓姨娘聞言，臉都綠了，真讓沈晞哭上三年，整個沈府還要不要過日子了？

昨日沈成胥並未強行阻止沈晞，韓姨娘便看出他有所顧忌，至少不願意直接撕破臉。畢竟是虧欠了十七年的親生女兒，又是為了孝心才如此，不好斥責。

說不動沈晞，又找不到鑼，韓姨娘只能悻悻離開，離開前悄悄吩咐新派來的婆子，今晚絕不許睡覺，一定要攔著沈晞，不讓她出桂園。

韓姨娘走後，沈晞悠然自得地吃東西、看話本、睡午覺，沒把婆子們那警惕的目光放在心上。

到了晚上，沈晞早早入睡，紅楓和綠柳不肯聽她的，非要有一個守夜，她便隨她們去。

夜半時分，沈晞睡飽醒來，見守夜的紅楓待在外間，腦袋一點一點的，眼睛已經閉上。

沈晞跳上房梁，取下先前藏的小鑼，從窗戶溜出房間，爬上院中的桂花樹，翻出院子。

她一個鄉下來的，會爬樹很合理吧？

隨後，她聽音辨位，輕鬆躲開巡邏的小廝，再次站在夏駐居附近，鏘的敲下第一聲鑼。

本以為今夜可以睡個好覺的沈成胥隨著那道鑼聲顫抖著醒來，有一瞬間以為自己在作夢，第二聲鑼響隨即打破了他的僥倖。

躺在他身邊的韓姨娘也沒睡安穩，一下便醒了，聽著外頭的鑼響和哭喊，狠狠皺眉。這些不中用的下人，不是讓她們不要睡，好好看著沈晞嗎？怎麼又讓她出來了。

韓姨娘自責地道：「老爺，是妾身沒管好下人，竟連妾身的話都不肯好好聽。」這話的意思是，該說的她都說了，是下人沒看好人。

昨夜沈成胥沒睡好，今夜剛睡下沒多久又被吵醒，心情極糟，沒搭理韓姨娘的話，半晌後在一聲聲震得他耳朵疼的鑼聲中起了床，大步走出門。

不少下人也被吵醒，圍在一旁。前一晚連自家老爺都沒能勸服二小姐，今夜自然沒人上前阻攔。

沈成胥頂著黑眼圈，苦口婆心道：「晞兒，父親知道妳的孝心，但半夜哭孝，一家人都睡不好。」

沈晞暫停敲鑼，望著沈成胥，泫然欲泣。「在父親眼中，女兒對母親的孝心還不如您一日的安睡嗎？」

守孝之事是他先開的頭，他還要臉，此刻自然無言以對，只能憤憤地想，府裡的下人怎麼如此沒用，連個人都看不住。

沈晞見沈成胥不吭聲了，繼續敲鑼，敲夠八十一道，才心滿意足地離去。

沈成胥沒動，其餘被吵醒的下人也不敢動。

半晌後，沈成胥才怒聲道：「把桂園的下人叫來！」

早已聽到動靜趕至的婆子們跪下，惶恐地說：「老爺，奴婢們真的沒睡啊，不知二小姐是如何出來的。」

沈成胥不信，怒斥道：「她一個弱女子還能飛不成？」

婆子們啞巴吃黃連，有苦說不出。她們確實沒睡，盯緊了院門，根本沒見到二小姐，可她偏偏就出現在夏駐居，這不是見鬼了嗎？

第二日，紅楓和綠柳看著沈晞的目光又多了幾分幽怨，還試探她是如何出去的。

沈晞笑而不語。

第十章

這一日，沈晞終於見到了她的親大哥。

沈元鴻繼承了父母的良好相貌，模樣英俊，只是神情看上去有些淡漠。

此刻，他眼下也帶著些許青黑，見到沈晞時，因她與父母如此相似的容貌，微微一愣。

不過，愣神只是片刻，他隨即皺起眉頭，審視著沈晞，聲音沈冷。

「晞兒，妳可是對父親要妳守孝有何不滿？」

沈晞心道，這不是廢話嗎，不然哪個神奇的地方會有半夜哭孝的習俗？

這個時代，孝道確實重要，但並非那麼嚴苛。在外苦了十七年的女兒，剛回來就要為死去三年的母親再守孝三年，等孝期過了都二十歲，是大齡剩女了，哪家會這麼折騰親女兒？

就沈晞來說，她來自現代，沒有守孝的想法。就算真要守孝，也是為養育她長大的人，而不是為一個從未見過面的人。

因此，明知沈成胥是故意闢著她，如此折騰起來，也毫無包袱。

面對沈元鴻的質問，沈晞滿臉委屈。「哥哥，你怎麼會這樣想我？若是不滿，我怎會半夜起來為母親哭孝？」

沈元鴻語塞。妳半夜哭孝吵得所有人沒辦法睡，不就是因為不滿嗎？

他揉了揉眉心，想到妻子說他這親妹妹柔順好說話，不禁懷疑是不是妻子對「柔順」二字有什麼誤解。

大半個月前，他才出孝，如今正是要表現的時候。倘若夜夜睡不好，如何辦好差事？

沈元鴻勸道：「晞兒，父親要妳守孝是為妳好，莫要置氣。」

沈晞心道，這話他自己信嗎？但依然用力點頭。「我知道父親是為我好，我定會好好守孝的。」

沈元鴻無言。

短短幾句交鋒，他已發覺這個親妹的難纏。在繼續糾纏和放棄之間，他選擇了後者。家裡鬧騰，他便去衙裡睡，父親總能解決此事。

沈元鴻走後，沈寶嵐來了。她是韓姨娘的親生女兒，住在夏駐居附近，因此也是夜夜被吵醒，臉色很是憔悴。

沈寶嵐的路數跟別人不一樣，仗著年紀小，見到沈晞就直接哭。「姊姊，我每日睡不好，都變醜了。可不可以不要夜夜敲鑼啊？」

沈晞義正詞嚴。「妳的美醜難道比我對母親的孝心重要？」只要她捏緊「孝道」這頂大帽子，便能立於不敗之地。

沈寶嵐年紀還小，但也到了議親的年紀，不可能留下她不尊嫡母的話柄，連忙道：「不是的，我沒有這個意思。」

沈晞的神色變得柔和，寬慰道：「不是就好。忍一忍，只有一千多天，很快就結束。」

沈寶嵐頓時覺得天要塌了，才兩日她就難受死了，居然還要一千多天……

沈寶嵐失魂落魄地離開桂園後，立刻去找韓姨娘哭訴。

可韓姨娘哪有什麼辦法，讓沈晞守孝是沈成胥的意思，他隱約提過，這是為了不得罪韓王府，自然無法勸沈成胥別讓沈晞守孝了。

沈寶嵐走後，桂園又平靜下來，沈晞繼續吃吃喝喝睡睡，照舊半夜醒來。她發覺，今夜紅楓在不遠處瞪大眼睛盯著她，乍看頗有幾分鬼片的感覺。

沈晞悄然運轉內力，隔空將紅楓震昏，隨後爬樹出了桂園。

桂園沒有加派婆子，但外頭巡邏的小廝多了些。沈晞避開他們，再次來到夏駐居附近，開始了今日的哭孝。

沈成胥被鬧醒，麻木地走出去，麻木地看沈晞哭孝完離開，才派人叫來桂園的下人，問是怎麼回事。

被人叫醒的紅楓請罪，說她睡著了，沒能看住二小姐。門口的婆子們賭咒發誓，說沒見到沈晞從院門出入，巡邏的小廝也說不知沈晞是怎麼離開的。

沈成胥覺得真是見了鬼，這麼多人怎麼會看不住一個弱女子？

直到有個小廝說，桂園的圍牆上似有翻越痕跡，二小姐可能是爬園內的桂樹翻出來的。

沈成胥有些不可置信，怎麼會有女子爬樹？但轉念一想，沈晞是在鄉下長大的，能爬樹確實不稀奇。

第二日，沈成胥叫人把那棵樹砍了。

然而，本以為能睡個好覺的沈成胥，當夜依然被鑼聲吵醒。

連日睡不好，他的脾氣暴躁許多，不可思議道：「她究竟怎麼出來的?!」

等沈晞再次滿意地回去，沈成胥才得知，這小祖宗可能是直接翻牆出來的。

桂園那近一丈高的圍牆，她直接翻出來了！

沈成胥乍聽覺得不可思議，想想卻覺得十分合理。會爬樹，翻個牆怎麼了？

韓姨娘見沈成胥暴躁的模樣，摸著自己的黑眼圈，心道既然不肯把人綁了，不如換個不得罪韓王府的法子，別讓沈晞守孝了。再這樣折騰下去，整個侍郎府的人要折壽好幾年。

但她沒說出口，哪怕沈成胥真聽了她的話，也會埋怨她。反正她白日能補眠，可沈成胥得當值，就看他還能撐幾日了。

之後幾天，沈成胥親自過問桂園的看守情況，不給沈晞白日睡覺的機會，晚上把她臥房的門窗全鎖了，派小廝蹲在桂園圍牆下守著。

然而沒用，沈晞總是能準時出現在夏駐居外敲鑼。

這天是沈成胥的休沐日，連續七日睡不好的他，精神萎靡不振，同僚甚至調侃他，讓他晚上節制些，他是有苦說不出。

鑼聲沒怎麼影響左鄰右舍，但時日久了，也會有人來問。原本這事煩擾不了沈成胥，偏偏他的鄰居是吏部侍郎，他能不能升遷還要看吏部，哪裡敢得罪人家，這幾日頗受煎熬。

他心想，趙王這麼久不曾出現，說不定已經不再想著藉此為難韓王府。這些時日，韓王府想必也得知了他府裡的變故，但未派人前來，不知是什麼意思。

連日睡不好讓沈成胥的頭隱隱作疼，想正事也想不明白，甚至惡向膽邊生。倘若趙王不管了，他乾脆綁了沈晞，省得她夜夜作怪。

但老天好似故意跟沈成胥作對，在他這麼想之後，門房匆匆跑來，說是趙王來了。

沈成胥跑出去迎接。

趙懷淵沒注意沈成胥的憔悴模樣，這些日子他被迫待在趙王府，今日才抽空出門，便連忙來找沈晞。

沈府的鬧劇，趙良早跟趙懷淵說了，他笑得不行，覺得沈晞不愧是他看中的朋友，果真是個妙人。不過，這不能長久，倘若他不來震懾沈成胥，這人不知會做出什麼應對。

「聽說沈大人讓你親生女兒守孝？」趙懷淵一來，便開門見山道：「你覺得，沈夫人想看到自己的女兒拖三年不能嫁嗎？」

沈成胥心道，他果然猜得沒錯，趙王是盯著韓王府跟他們家的親事呢。

他連忙作揖。「王爺說得極是，是下官想岔了。今日開始，晞兒不用再守孝了。」在心裡替自己找補，這是趙王逼他的，不是他受不了，才放沈晞出桂園。
見沈成胥如此爽快，趙懷淵有些詫異，但發現對方的黑眼圈後，頓時悟了。
沈晞厲害啊，全侍郎府都攔不住她半夜敲鑼。他一發話，沈成胥就想藉這個臺階下。
趙懷淵登時起了捉弄的心思，沈吟道：「倒也不必這麼著急，為母守孝是應該的，不如再讓她守個二十日吧。」
沈成胥臉色刷白，再來二十日，他人都要歿了！
為了小命著想，沈成胥當即道：「昨夜我夫人託夢給我，她不願阻了晞兒的姻緣。」話落，突然想到，真不是他那早已死去的夫人在幫忙？不然在屋內看管沈晞的下人，怎麼總會無緣無故睡著？
這一刻，沈成胥脊背一涼，更堅定地說：「今日晞兒便不用守孝了。」
當沈成胥親自到桂園找沈晞，說她母親在天之靈定感受到她的孝心，今日起她不用再守孝時，沈晞還有些意猶未盡。
跟著沈成胥過來的趙懷淵往裡面看了一眼，只見沈晞躺在院中的躺椅上，躺椅旁邊還放著一張小茶几，茶几上有零嘴拼盤，她一手拿著書、一手往嘴裡塞糕點。
趙懷淵眼尖，注意到沈晞手中的書名叫《寡婦之春》，不禁挑了挑眉。
在沈晞越過沈成胥看向他時，他對她眨了眨眼。

沈晞將書放好，起身來到沈成胥和趙懷淵面前，恭恭敬敬道：「父親，王爺。」好像剛剛躺著看書的人不是她。

沈成胥只當沒看到沈晞方才的失禮行為，如今他早明白她半夜敲鑼並非真孝順，是在跟他抗爭，而且故意打著孝道的名頭，讓他無話可說。

至於被趙王看到這事……畢竟沈晞來自鄉野，不能要求太多，想必趙王見了不僅不會怪罪，反而覺得她越鄉野越好。

此刻既已決定將沈晞放出桂園，今後便不必再忍受半夜的鑼聲。這會兒沈成胥心情很好，面上也堆了笑。

「晞兒，快謝謝王爺，他一向公正，還記著妳的事。」沈成胥道，目光落在院中的樹樁上，突然很想問問沈晞，她究竟如何躲開下人，來到夏駐居外敲鑼，難道真有她母親幫助？

沈晞從善如流地看向趙懷淵。「多謝王爺，我父親會記得您的恩情的。」

沈成胥驟然回神，尷尬笑道：「是下官的不是，還要煩勞王爺惦記。王爺事忙，下官不敢再叨擾您。」這便是委婉的送客了。

趙懷淵假裝沒聽出來，自然地走進桂園。「本王閒得很。這院子不錯，這樹好好的，怎麼砍了？」

沈晞低著頭不吭聲，沈成胥只好說道：「這棵樹長太大了，怕把院子弄壞。」

趙懷淵明白沈成胥這是胡扯，看樹樁便知這樹剛砍不久，應是在沈晞半夜敲鑼那幾天砍的。他決定等會兒問問沈晞，不過得先想辦法跟沈晞單獨相處，遂對趙良使了個眼色。

趙良雖不能確切知道自家主子的意思，但知主子來此是為了沈姑娘，出了聲。

「沈大人，沈姑娘的事，你可公正處理了？那兩個謀殺未成的下人呢？」

沈成胥忙道：「衛琴已自盡，沈勇還在關押。下官已決定為晞兒正名，她才是沈家真正的女兒。至於寶音……」看看沈晞，還是說了。「她是無辜的，並不知衛琴與沈勇的謀劃。我與她有十七年的父女情，實在割捨不下，便收她當養女。」

這些事，若非趙良問起，沈成胥根本沒向沈晞提過。

沈晞並不意外，她也是更把養父母當父母，親情本就是相處出來的。

趙懷淵聞言，看了沈晞一下，見她似乎不在意，想起來京城之前她說的話。她不求沈家的親情與富貴，不過是旁人招惹到她頭上，她不肯吃虧罷了。

但他還是忍不住心生憐惜。千里迢迢來尋親的親生女兒，差點被假女兒的母親派人殺了。結果，她的親生父親非但沒有驅逐假女兒，還把親生的關起來，換成哪個人會不委屈？

趙懷淵冷聲道：「沈大人的假女兒真是占盡了便宜啊。假冒十七年的貴女，被揭穿後依然能當貴女。沈大人的父女情真妙，光給假女兒，親生女兒反倒什麼都得不到。」

沈成胥被說得面色青白，額頭冒出冷汗。趙王這麼說，顯然不是替沈晞打抱不平，是他故意將沈晞以守孝之名關起來壞趙王的事，趙王因此敲打他啊。

想到如今外頭已開始盛傳沈府真假千金的事，趙王的謀劃不可能再成，沈成胥只能硬著頭皮道：「王爺提點得是，今後下官會補償晞兒。過去十七年她缺少的，今後都會有。」

趙懷淵擺擺手。「本王可不信這些虛的。這十七年，你為假女兒花了多少錢，便折了銀子給親生女兒吧。」

沈成胥傻了。果然，忤逆趙王的意思，趙王不會輕易放過他，這便開始折騰了，但花點錢總比被弄得丟了官位好。

「是。下官算好了，會補給晞兒的。」

趙懷淵點頭。「那現在算吧，本王在這裡等。」

沈成胥無言了。「是。」

趙懷淵又道：「這裡的桂樹不錯，讓沈二小姐陪我走走，沈大人自去算吧。趙良，你跟沈大人去，順便再審審沈勇，看他還有沒有隱瞞其他事。」

趙良應下，陰森地對沈成胥笑了。「沈大人，走吧。」

沈成胥看看滿臉無辜的沈晞，很不放心，懷疑趙懷淵想私下跟她說些什麼，說不定和韓王世子有關。但這會兒他不走不行，只得一步三回頭地離開了。

趙懷淵出了院子，往真正的桂園行去，沈晞默默跟上。

紅楓和綠柳猶豫一下，也想跟過去，但趙懷淵回頭，面色一冷。「妳們要監視本王？」兩個丫鬟立時嚇得連說不敢，連忙退回去。

沈晞跟趙懷淵走入園中，向他道謝。「多謝王爺送銀子給我。」

附近沒有別人，趙懷淵放下端著的架子，從懷中掏出一把銀票，笑咪咪地說：「敲打妳父親只是順便，這才是今日我來尋妳的目的。」

沈晞疑惑地接過，簡單一數，整整五千兩，詫異道：「這是……」

趙懷淵眉飛色舞地說：「這是我替妳向皇兄討來的賞。妳救了我一命，這些是應得的。只是不好讓旁人得知妳與我的關係，遂讓皇兄折了銀票給我。」

沈晞摸著這意外之財，再看趙懷淵那得意的小模樣，不由失笑。「那多謝王爺了，我也很喜歡銀票。」

她與趙懷淵一起進城的事，能瞞得過旁人，可瞞不過宴平帝。如今趙懷淵明晃晃地表現對她的重視，宴平帝不管真寵愛趙懷淵還是假寵愛，表面上都不會對她做什麼。

沈晞摸著銀票，心裡也有些欣喜，誰不喜歡錢？趙懷淵的行事風格，真的挺對她的味。

當初她救了他，後來他也從沈勇手中救下她，本該扯平了，沒想到他一直記著。

她從中抽出一千兩，遞給趙懷淵。「抽成。」

趙懷淵一怔，笑道：「這樣彷彿我們是聯手從皇兄那裡騙錢。」將那些銀票推回去。「不用了，這是我幫妳討的賞，是妳該得的。」

沈晞抬眼看他。「真不要？」那她就不推讓了。

趙懷淵微仰頭，驕矜道：「妳這是看不起誰，本王還會缺這點銀子？」

沈晞聽了，便把銀票收回去。

趙懷淵沒收銀票，但沈晞這舉動讓他受用得很。從來都是他給別人錢，還沒有別人給他的——皇兄除外。這種被人惦記的感覺很不錯。

趙懷淵笑得很是歡喜，想起一事，道：「上回我走得匆忙，今日便把沈勇帶走，免得他洩漏了妳我的交情。」

沈晞確實不想讓別人知道她跟趙懷淵的交情，那樣就不好玩了。但見他全是為她考慮，她的小心思便顯得有些拙劣。

她猶豫片刻，道：「王爺，其實我並不介意被旁人得知你我的交情。我很願意與王爺交朋友，不怕被旁人說嘴。」

趙懷淵聽得一愣。

他回京後，在趙王府待了七天，簡直跟坐牢沒區別。母親斥責他任性妄為，擅自離家，罵他不體諒她為母之心。

他沒有反駁，接受了所有指責，他確實只顧自己開心，只想離開趙王府那座牢籠。

唯有想到沈晞這個曾誇獎過他的朋友，他才能得到些許慰藉，找到機會便來了沈府。

沒想到，沈晞給他的豈止是些許慰藉，她的話簡直令他心花怒放。

趙懷淵笑著擺手。「那不成，跟我扯上關係，妳要如何找到好夫君？我們是朋友，不過旁人很是齷齪，還當我們有什麼首尾。」說著，拍了下手。「對了，有個辦法能讓旁人不敢欺負妳，也不會壞妳的名聲。」

沈晞望著他，覺得他想到的辦法恐怕不是什麼好主意。

趙懷淵興致勃勃地說：「只要我說對妳一見鍾情，在追求妳，旁人便不敢欺負妳。而妳只要當著所有人的面，冷漠地拒絕我就好。若要取信於旁人，妳拒絕的時候，再打我一巴掌。」

越說越興奮。「倘若妳將來遇見想嫁的男人，同我說一聲，我就『移情別戀』，妳喜歡的男人也不用怕得罪我。」

沈晞無言了。「倒也不用為朋友做到這地步。」

趙懷淵道：「別跟我客氣。遇到一個聊得來的朋友可不容易，讓我什麼都不做，眼看著妳受人欺負，我做不到。」

沈晞道：「有沒有一種可能，想欺負我的人，自己也討不了好？」

趙懷淵一怔，想起了沈成胥的黑眼圈，湊近了沈晞，好奇道：「妳讓沈成胥一家吃了癟，究竟是如何做到的？」

沈晞有所保留地說：「王爺應該還記得第一次見到我時，我跳的豐收舞吧？」

趙懷淵點頭，那支豐收舞，他這輩子都忘不了。

沈晞接著道：「我從小在鄉下長大，身體很好，不怕登高，爬樹、爬牆不是問題。看管我的下人熬不住的時候，我便偷偷爬樹出去。我父親把樹砍掉之後，我就翻牆。」

趙懷淵想起了沈成胥那明顯的黑眼圈，笑得停不下來。「還是妳有一套，沈成胥想關住妳，作夢啊。」

沈晞望著趙懷淵輕笑。「我還借了你的勢。倘若你沒來主持公道，我父親早綁了我，容不得我三番兩次胡鬧。」

趙懷淵毫不在意地說：「妳儘管借便是。我的提議，妳看如何？」

見趙懷淵極有興致的模樣，沈晞雖然十分感動，仍是拒絕他。「真的不必了。」

沒必要把事情弄得這麼複雜。以她的性格，將來是誰帶累誰的名聲還不好說。

見沈晞態度堅決，趙懷淵只能失望地說：「那好吧。」眨眨眼看沈晞，似乎欲言又止。

沈晞順著他的意，問道：「怎麼了？」

趙懷淵嘆道：「如此一來，將來我們便說不上幾句話了。」

他說的那個方法也有私心，那樣他就可以光明正大湊到沈晞身邊。這年頭，能找到一個不卑不亢、跟他十分契合的朋友，不容易啊。

沈晞說：「那還不簡單？待父親願意放我出去，我們約個時間在外頭『偶遇』便是。」

趙懷淵眼睛一亮。「說得極是。對了，幾日後榮和長公主要辦百花宴，妳去不去？」

沈晞笑了，有熱鬧可湊，她怎麼可能不去。「倘若能去，我一定去。」

趙懷淵道：「榮和長公主最喜歡替人作媒，不用請帖，京中四品以上官員家的未婚子女都能去。屆時妳也可以在裡頭好好挑一挑，若有看得上眼的，儘管跟我說，我幫妳牽線。」

說著，還衝沈晞促狹地眨了眨眼。

我謝謝您啊趙大媒人。沈晞沒再白費力氣解釋，反正看不看得上由她決定。

趙懷淵轉而問道：「可需要我幫妳找個嬤嬤，教妳一些禮儀？」表情變得嫌棄。「別看那些所謂的貴族子弟人模狗樣的，實則一個個嘴毒得很。倘若妳跟他們有一些不一樣，他們便能孤立妳，實在無趣得很。」

他是趙王，宴平帝寵愛他，自然沒人敢在明面上孤立他，但他很清楚，那些人私下裡有多看不起他。他不在乎，卻不想讓沈晞也受那種屈辱。

沈晞燦爛一笑。「不必。焉知是他們孤立我，而不是我孤立他們？」

趙懷淵一怔，覺得沈晞這個笑容篤定又帶著些許不羈，好像有一根羽毛搔過他心裡。

他的心臟怦怦跳快了幾分，半晌才道：「沒錯，是我們孤立他們！」

他的眼光真是太好了，沈晞就該是他的朋友！

第十一章

這時候已是桂花花季的末期，但空氣中依然有濃郁的桂花香。

在沁人心脾的香氣中，趙懷淵說了些關於榮和長公主的事給沈晞聽，讓她有所準備。

趙懷淵身形頎長，到底是皇家子弟，不喜歡規矩，但舉手投足間依然滿是富貴澆灌出來的姿儀，微低頭望著沈晞，平白多了幾分繾綣。

沈晞也略仰頭看著他。看著人說話，對她來說是基本的禮貌，但在旁人看來，便是郎情妾意，女方才強忍著羞澀與男方對視。

當沈成胥與趙良歸來，透過桂樹隱約看到的，便是這一幕。

趙良見怪不怪，主子老說把沈姑娘當朋友，可主子這幾日老惦記著沈姑娘，怕她吃不好、睡不好，怕她受委屈的模樣，哪像是朋友啊？

沈成胥則心神震動。趙王被沈晞的美貌吸引了？還是說，他的女兒那麼有本事，在短短的時間內蠱惑了趙王？

理智上，他覺得見慣美人的趙王看不上他女兒，又充滿希冀。倘若趙王真看上了沈晞，哪怕當不了側妃，當個妾室呢，他家便是蓋上了趙王的章，旁人都要給他幾分薄面。

沈成胥正想入非非，趙懷淵發現了他們，快步走來，手一攤。「銀票呢？」

沈成胥啪的從美夢中清醒。這不耐煩的語氣、面上不加掩飾的輕蔑，足以令他夢碎。倘若趙王真對他女兒有意，怎會對他如此？趙王只是想折騰他罷了。說不定，趙王親近他女兒，是為了蠱惑她，讓她做些什麼壞事。

沈成胥未及開口，一旁的趙良道：「回主子，方才小人幫沈大人算時，沈大人說，沈夫人去世後便將嫁妝交給沈寶音處置，並未過問，唯有衛琴與沈寶音知道有多少。」

當年，沈夫人從娘家帶來的丫鬟僅有衛琴與衛畫，情分不一樣，自是委以重任。衛畫病逝後，衛琴一家獨大。沈夫人來自商賈之家，從小不受寵，若非長姊護著，早就連骨頭渣子也不剩了。當年她陪嫁的嫁妝不多，可是經過多年經營，有多少還不好說。

趙良知道自家主子對女子嫁妝並無常識，因此在跟沈成胥計算沈寶音從小到大公中的花銷時，擅自決定連陪嫁也一併算了。沈成胥與他爭辯，當年沈夫人的陪嫁折算不會超過一百兩，他懶得理會，折不出四千兩，他就不走了。

聽到趙良的話，趙懷淵挑眉。對哦，他差點忘記沈夫人的陪嫁了。

沈晞眨眼，這是要將沈成胥扒下一層皮啊，不過她喜歡這作風，不愧是趙懷淵的侍從，厲害。

在沈成胥垮著臉的幽怨目光下，趙良平靜稟道：「小人想著，既然衛琴已死，沈寶音怕是算不清楚，乾脆請沈大人一併折算。沈夫人的嫁妝四千兩，十七年來沈府公中為沈寶音花銷三千兩，合計七千兩。沈大人說他沒那麼多現銀，以四千兩銀票和數間鋪子相抵。」

他說著，將沈成胥給他的銀票和地契遞給趙懷淵。

沈成胥本是想拿庫中珍玩相抵，但趙良想到自家主子為沈晞討的賞全折成了銀票，不要弄不清真假的珍玩，直接要了鋪子跟地契，這樣方便。

趙懷淵很信任趙良，看著沈成胥的面色，知這些只有多沒有少的，接過來遞給沈晞。

「沈二小姐，拿去吧，這是妳該得的補償。」

沈晞接過，客客氣氣地笑道：「多謝王爺，也謝謝父親。」

她將這疊紙拿好，還沒有成了巨富的感覺。一萬二千兩，放在她前世那個年代，相當於千萬了，說是暴富也不為過。她早跟她養父母說了，在京城賺錢快，但沒想到有這麼快。

趙懷淵又看向沈成胥。「沈大人，本王見沈二小姐聰慧有主見，這些補償她能妥善處理，不用沈大人操心了。」示意沈成胥少打這些東西的主意，他盯著呢。

沈成胥哪裡敢陽奉陰違，也不看看趙王身邊的趙統領原先是做什麼的，京城大大小小的官吏，誰身上沒點問題？他可不想落到趙良原先的同僚手裡。

「是，下官明白。這些給了晞兒便是晞兒的，她自己作主，下官絕不插手。」

趙懷淵這才滿意了。來此的目的全都達成，他也該走了，再久留，沈成胥要懷疑他了，這些官場中人眼睛精得很。

趙懷淵打開摺扇，瀟灑地搧了搧，表情張揚不羈。「這熱鬧本王看夠了，沈大人自便吧。」

又吩咐趙良把沈勇帶走。

沈成胥半個不字也不敢提，恭恭敬敬地低頭送他離開。

趙懷淵乘機向沈晞揮了揮手，做了個百花宴見的口形。

沈晞也笑著揮手。她不過是在濛溪邊順手撈了個人上來，沒想到會給她帶來那麼大的便利。可見一定要做好事，不知什麼時候老天就送份大禮呢。

沈成胥送趙懷淵離開，沈晞則打算逛逛沈府。

紅楓和綠柳見狀，連忙跟上。沈晞沒在意，溜溜達達把整個沈府逛了個遍，每個下人看到她，都彷彿聽到了綿綿不絕的鑼聲，慌慌張張地向她行禮，沒一個敢看輕她。

不只沈成胥想著是不是沈夫人在天之靈幫了她，其餘下人傳得更神乎其神。下人之間交流更多，而且他們才是真正的守夜之人，太清楚沈晞每夜準時溜出桂園敲鑼有多不可能。

因此，沈晞身上多了些玄幻色彩，這些往常在外面對普通百姓趾高氣揚的僕從完全不敢對這個剛從民間認回來的二小姐有任何不敬，個個老實得很。沒看老爺都拿二小姐沒辦法嗎？哪怕他們也惋惜沈寶音，也不會有人傻得衝到沈晞面前搞事。

最後，沈晞順順利利逛到了廚房，指著一個瘦瘦弱弱的燒火丫鬟對紅楓說：「我要調她到我身邊來，妳去找管家，把她的身契拿來給我。」

沈晞不是大門不出二門不邁的嬌小姐，體力好得很，連走一小時不停。紅楓和綠柳哪走過那麼久的路，快累癱了，一時間反應不過來，在沈晞不悅地又說了一遍後，紅楓才急忙應下，跑去找管家沈安。

被點名的燒火丫鬟傻了，呆怔起身，很無措地望著沈晞，不知要說些什麼。

沈晞和顏悅色道：「妳叫什麼名字？」

丫鬟非常瘦弱，看起來才十歲出頭，平常困在廚房，說過話的人最大的就是管廚房的嬤嬤。她不認識沈晞，但知道府裡有人問話，她不能不答，結巴地說：「我叫小翠。」

沈晞笑道：「跟我養母有一字同名，可見我們有緣。小翠，我是剛認回來的二小姐，妳可願意當我的貼身丫鬟？」

小翠愣了一會兒，才紅著臉道：「我……我願意！」

她今年十三歲，是被父母賣掉的，不是京城中人，在這裡無親無故。她沒見過像二小姐這樣天仙的人兒，而且天仙還對著她笑得這樣溫柔。她自小被爹娘打罵長大，六歲被爹娘賣給人牙子，輾轉來到沈府當燒火丫鬟，沒人對她這樣輕聲細語過。

綠柳看不慣小翠沒規矩地自稱我，但七日來見識了沈晞的詭異之處，哪裡敢插嘴？如今見沈晞要自己找貼身丫鬟，鬆了口氣，巴不得趕緊離開。她與紅楓是韓姨娘撥給沈晞的，沈晞不可能信任她們，不如回韓姨娘那裡呢。

沈晞很滿意自己隨手挑的貼身丫鬟。以後她想搞事，身邊總不能跟著別人的眼線，廚房最底層的燒火丫鬟不會是府中任何人的親信，不然怎麼還做著最低等的活計？

當然，等把人調到身邊後，她還會細細觀察，也不可能讓對方知道她會武的事。她需要的就是個她吩咐幹麼就幹麼，完全不會過問的丫鬟。

不一會兒，沈安匆匆趕來，帶上小翠的身契，直接交給沈晞，小心地問道：「小翠只是個燒火丫鬟，不熟悉府中規矩，可要教上幾日再送去給您？」

沈晞笑道：「再不懂規矩，還能有我不懂？」

沈安語塞，不敢多說了。

他本以為這位二小姐從民間進了沈府這種高門，總會有些不自在，沒想到她完全沒有，甚至還大大方方地承認自己不懂規矩，而且不以此為恥。

想到她畢竟是能連續七天夜裡跑到夏駐居外敲鑼的狠角色，沈安完全沒了脾氣。反正老爺都鬥不過二小姐，還在趙王的逼迫下給了二小姐那麼一大筆補償，他老實聽訓便是。

一向在主子面前有幾分薄面的沈安低下頭，恭敬道：「您是侍郎府的二小姐，您的規矩便是規矩。」

沈晞心想，她倒也沒有這樣霸氣，拿上小翠的身契，領著小翠要走，走前又想起一事，問沈安。「我要出門，馬車可是找你要？」

沈安覺得這位二小姐厲害極了，老爺剛結束她的「守孝」，就要出門，一天也不耽擱。

「小人會為您準備好。您可要跟老爺說一聲？」

沈晞不反對。「可以。」

很快地，沈晞領著簡單洗淨臉和手的小翠出門，路上遇到沈成胥。

沈成胥看著這個女兒，眼神複雜，實在不放心她帶著不懂規矩的小丫鬟攜鉅款出門。

「晞兒，妳初來京城，人生地不熟，不如讓韓姨娘陪妳。」

沈晞拿出剛從沈成胥那裡得來、還熱呼呼的一疊紙，故作猶豫道：「這樣好嗎？女兒是想去瞧瞧父親補償給女兒的鋪子，韓姨娘看到了，不會難過吧？」

沈府沒有主母，府中中饋有一部分歸韓姨娘管，沈晞猜想有些鋪子是韓姨娘打理的，結果一天不見就到了她手裡，還讓韓姨娘陪著她去看，這不是折磨韓姨娘嘛。

韓姨娘沒招惹過她，她這麼個好人，可不忍心見韓姨娘受折磨呢。

沈成胥的目光不覺隨著沈晞拿在手上隨意揮動的紙而顫動，感覺連續幾日睡不好而隱隱作痛的腦袋更疼了些。今日趙王真是從他身上扒了層皮，而且他這女兒完全不是他以為的可以隨意拿捏，給出去的東西根本拿不回來。

沈成胥滿臉痛苦地捂住胸口，這個親生女兒真是來討債的。

他揮揮手，一臉「隨便妳我不管了」的表情，讓沈晞出門折騰。她身上那麼多銀票已經不是他的了，丟了跟他有關係嗎？

沈安準備的馬車上，只有一個車夫，沈晞上車後逕自道：「去南城區。」

沈晞對手上的鋪子不感興趣，她又不想做生意，如果韓姨娘或者她大哥大嫂想買，她很願意賣了換成銀子。

她打算去打聽王不忘家人的下落。是王不忘給了她肆意妄為的本錢，她既能自由行動，便算是安頓下來，該去打聽打聽了。

沈晞時不時掀簾望出去，發現馬車似乎是橫穿了整個京城。侍郎府在城北，算是京城較為富庶的地方，而城南就是平民區了。

沈晞也不知要去南城區的哪裡，恰好她手中有一間鋪子位在南城區的福祿街上，問了車夫，得知這是南城區最富庶的街區之一，便去了那裡。

沈晞讓小翠待在馬車上不要動，獨自走進這條街。因為新衣服尚未做好，她穿的還是自己的舊衣服，融入普通百姓，無人會注意她。

她時不時買些小東西，跟小攤販或者店家攀談一番，等她回到馬車，手上已有了一大堆小吃。

小翠剛被沈晞提拔，還有些恍恍惚惚，但確實如沈晞所料聽話。沈晞讓她待在馬車上，便老老實實待著，直到沈晞回來，才眼光發亮地看著沈晞手中一大堆吃的，卻不開口。

沈晞好笑地摸了摸她的頭。「吃吧。」

小翠仰頭看沈晞，眼睛亮晶晶的，期期艾艾道：「我、我可以吃嗎？」

沈晞笑道：「倘若跟著我不能吃香喝辣，怎麼好意思帶妳出來？這些都是買給妳的。」

小翠連連點頭。「小姐說得對！小姐真好！」

沈晞把幾樣熱的吃食推過去。「快吃吧，涼了便不好吃了。」

小翠點頭，哼哧哼哧吃起來，嘴巴鼓鼓的好像松鼠，沈晞在一旁津津有味地看著。

她剛才問了一圈，沒人聽說過秦越的名字。

王不忘給她的名字是真的，但以他的年紀，他妻子改嫁至少是二、三十年前的事，那時候還富著的秦越，這會兒說不定早已查無此人。

京城很大，又沒有電子數據，要在茫茫人海中找到一個如今可能沒落的家庭，簡直比登天還難。

沈晞讓車夫駕車去城北的平安街。巧的是，她手中有一間在平安街的鋪子。

上次趙懷淵帶她來過，馬車到後，她往外探看，沒看到先前幫她敲鑼的幾個熟人。

那些閒漢多半是做偷雞摸狗的生意，她的道德水準沒那麼高，不忌諱跟他們打交道。

沈晞收回目光，發現吃了一路的小翠還嘴巴鼓鼓地吃著，一刻都沒停下來過，趕緊按住小翠的手。

「吃撐了肚子會難受。」

小翠怔怔看著沈晞，眼裡寫滿了困惑，大概是不知道吃撐了是什麼感覺。

沈晞嘆息。「我保證，妳今後日日能吃飽。」

小翠相信沈晞，自她有記憶到現在，從沒有像今日這樣，可以敞開了肚皮，隨便吃東西。在她眼中，沈晞不但是美到令她不敢直視的仙女，更是這輩子她唯一要聽命的主子。

她用手背擦擦嘴巴，搖搖頭。「小姐，我不吃了。」
沈晞遞帕子給她。「把嘴巴擦乾淨，在車裡等我。」
小翠小心翼翼地接過，連連點頭。

沈晞跳下馬車，很快鑽入人群中。
得益於那五十年的內力，她有著極其敏銳的感覺，一般人不可能悄無聲息地靠近她。
她往前走了走，忽然看到一個熟悉的模樣，上前一步拍對方的肩。
那人的手都伸到別人腰間了，吃了一驚，慌忙縮回手，扭頭瞪向拍他的人。
他一臉凶相，但看清楚來人時一愣，當即變成諂媚的笑。「沈小姐！」
此人正是先前趙懷淵幫她找的閒漢中的領頭，名叫王五。
兩人來到偏僻處，沈晞道：「王小哥，找人是什麼價錢？」
王五一聽生意上門，趕緊道：「要看這人是誰，好不好找。」
沈晞道：「二、三十年前的一位富商，住在南城區。」
王五蹙眉。「這麼久之前的，多半難找。」
沈晞知道他說的是實話，也是在為要高價做鋪墊。她剛拿到補償，有錢得很，倒是不介意對方的小心思，取出五兩銀錠遞過去。
「這是訂金，先找找看。那富商叫秦越，妻子岑氏，事成後我有重謝。」自不可能說出所有訊息，留一部分讓她驗證。

王五笑得見牙不見眼，接過銀子後，連聲道：「小姐放心，小人自小在京城長大，就沒有小人找不到的人。就算把京城翻個底朝天，也要替您把人找出來。」

沈晞道：「五日後我再來，你查到多少，便告訴我多少。」說完就走了。

王五看著沈晞離開，想到近些時日的事。那天為沈晞敲鑼時，他便知道她是侍郎府的真千金，後來此事在市井間也鬧得沸沸揚揚。不過，她與他打交道時那種熟稔的模樣，讓他知道她不好糊弄，且還有趙王為她撐腰，他只會盡心盡力辦事，哪能敷衍。

他有預感，搭上沈晞，今後有的是湯喝，他可得把這差事辦好了。

因為是以看店鋪為由出門，且已經「看過」兩間店鋪，沈晞便讓車夫回去了。

這一趟出門，沒幹多少事，但路途遙遠，等沈晞回到家中，天色已經不早。她剛進桂園，外頭就傳來不少人聲。

來人是韓姨娘，面上帶著親切的笑容，領著僕婦們搬著箱籠進來。

韓姨娘拉著沈晞的手，親熱地說：「二小姐，要做的衣裳多，到了今日才趕出來，可要都試試？」打開箱籠，是一套套精緻的衣裳鞋襪。

沈晞很清楚，是因為她今日被放出來，這些衣裳才趕出來，否則只怕一直趕不出來了。

她也不介意，只道：「韓姨娘辦事想必是妥帖的，晚些時候再試好了。」

韓姨娘不勉強她，熱情地跟她聊了會兒，好像前幾日沈晞並未半夜敲鑼擾人清夢一般，最後才說：「明日韓王府邀我們府裡的女眷過去，老爺的意思是，妳若不想去，也隨妳。」

韓王府？是要退婚嗎？這種熱鬧，她怎麼可能不去！

沈晞有些倦怠的神情當即變得興致昂揚，笑容甜美。「既是韓王府相邀，不去豈不是失禮？我會去的，韓姨娘放心。」

韓姨娘只是聽沈成胥的吩咐來試探沈晞，哪有什麼放心不放心的，又扯了幾句，就告辭離開，回去找沈成胥。

聽完韓姨娘的轉述，沈成胥表情有些凝重。

沈晞為何對韓王府如此熱衷，她不怕自己什麼規矩都不懂，在韓王府丟了臉面？難道真是趙王偷偷對她說了什麼，令她生出攀附韓王世子的心？

第十二章

第二日，沈晞換上一套淺藍色的新衣，非常合身。小翠在一旁直誇好看，她自己也覺得不錯，誰不愛穿新衣服呢？

去當值之前，沈成胥來了一趟，叮囑沈晞在韓王府要少說少做，多看看。

沈晞揚唇一笑。「爹放心，女兒一定不會辱沒侍郎府的。」

不知為何，沈成胥聽得膽戰心驚，摸著一頭的冷汗去當值了。

待到午後，沈晞與沈府女眷會合，終於再次見到了沈寶音。

沈寶音的模樣並不出眾，然而在經歷劇變後，清減許多，面上似帶著化不開的輕愁，看上去我見猶憐，倒多了幾分姿色。

見到沈晞，沈寶音主動上前，恭敬道：「二姊姊。」

二人是同日生辰，但沈晞是正牌千金，自然是沈寶音認小。

沈晞是喜歡找樂子，卻不是無事生非之人，在不確定沈寶音的意圖之前，暫且不會給沈寶音難堪，不過也不會太熱情，只輕輕應了一聲，並未多語。

沈寶音似有些欲言又止，但韓姨娘在催了，便沒再說什麼。

一行人上了兩輛馬車。韓姨娘帶著沈寶嵐與沈晞同乘，楊佩蘭與沈寶音、朱姨娘一輛。

上車後，沈寶嵐便嘰嘰喳喳地聊開了，說起好用的胭脂、好看的話本，沈晞偶爾應上一、兩聲。

沈晞發覺，沈寶嵐看似咋咋呼呼的性格，實際上人並不蠢。第一次見面時，沈寶嵐與沈寶音同來，應當關係不錯。今日沈寶嵐與沈寶音相處依然自然，而面對她時，也像是拿她當親姊看待。

沈晞覺得，沈寶嵐挺有前途。多年的親姊妹突然變了，沈寶嵐既不是落井下石，也並未因姊妹情而完全站在那一邊，可見應當是一株兩不得罪的牆頭草。

到了韓王府，沈晞下馬車後發覺她們位在側門。再看其他人的模樣，皆是尋常表情。韓王畢竟是宴平帝的弟弟，侍郎女兒嫁給韓王世子絕對是高嫁，想必之前侍郎府女眷受邀而來，都是走側門的。

沈晞沒說什麼，心中默默期待起來。

得知侍郎府的變故後，本就是低娶的韓王府會覺得受到了羞辱嗎？哪怕真假千金的事不是侍郎府故意的，但高門不講道理不是常態？今日她們會受到怎樣的刁難呢？她太期待了！

韓王府很大，處處雕梁畫棟，而且這種富貴是張揚的，好像要告訴每一個來此的人，這裡是多麼尊貴。

一行人走了許久，才來到一處閬苑外，領頭的嬤嬤笑吟吟道：「娘娘說，想先見見寶音小姐，煩勞諸位在此稍候。」

沈寶音睫毛輕顫，默默跟著嬤嬤進去。

其餘女眷的面色不太好看，偌大的韓王府，就沒有給人休息的地方嗎？這是要為難她們。但韓王府的下人虎視眈眈地盯著，不好擺出難看的臉色。

如今已是九月下旬，今日又是陰天，她們站在風口處，風颳過身體，忍不住哆嗦。

沈晞瞧見韓王府下人面上輕蔑的神情，眉頭一挑，未說什麼，逕自走到一旁的長廊。這裡一點風都沒有，十分舒適。

韓姨娘驚詫地看著沈晞的舉動，只見她走到長廊後，拿出手帕，在椅子上擦了擦，自顧自坐下了，還從荷包裡拿出了瓜子。

韓姨娘呆住，哪家的小姐出門做客，會隨身帶瓜子啊?!

除了韓姨娘，朱姨娘、楊佩蘭和沈寶嵐見狀都驚得說不出話來。

沈晞注意到她們的眼神，抬頭看來，笑吟吟地招手。「韓姨娘，朱姨娘，嫂嫂，小妹，妳們都過來坐啊。我這裡有三種不同口味的瓜子，隨妳們挑。」

侍郎府的女眷說不出話來，韓王府下人面上更是鄙夷，果然是鄉野村婦，粗鄙得很。

沈晞見韓姨娘等人面色變來變去，卻沒一個過來的，嘆了口氣。「別人不懂禮數，連客人都招待不好，是別人的事，我們可不能委屈了自己。」

韓王府下人聽出沈晞是在諷刺韓王府，面色不善地看向她。

沈晞好像沒發覺似的，目光若有似無地落到不遠處。以她的耳力，能聽見有個男人隱身在那堵牆後，可能是聽到了她的話，停下腳步。

她並未在意，收好瓜子，一臉嚴肅道：「父親去當值前吩咐過我，今日來韓王府，絕不可辱沒了侍郎府。韓王府的人如此待我們，妳們不覺得羞恥嗎？」

韓姨娘一愣，她家老爺絕對不可能說那種話，他日日夜夜想的都是怎樣才能不得罪韓王府啊。

沈晞見狀，置之不理，一臉正氣凜然。

反正韓王妃不可能當場打她，得罪了韓王府，倒楣的只會是她的便宜爹而已，怕什麼？來較量啊！

在這個時代，皇親國戚代表超脫的權力，韓王妃讓侍郎府的女眷們在這裡空等，她們就該乖乖等著。別說怨言了，連個臉色都不能擺。

偏偏出了沈晞這麼個異類，委曲求全？不可能，有本事就不要臉面來毆打她一個弱女子，否則無論怎麼樣的言語攻擊或威脅，她都不怕。

站在一旁盯著她們的長臉嬤嬤忍不住了，乜斜著眼道：「娘娘只是讓諸位稍候而已，便等不得？在韓王府上大聲叫嚷，大放厥詞，真該請教養嬤嬤好好教一教沈二小姐了。」

沈晞微微一笑。「教養嬤嬤？教得跟妳們一樣，有客上門就讓人罰站呀？韓王府果然好教養，我們村裡的潑婦都幹不出這種事來。」

長臉嬤嬤氣得要跳腳，沈晞怎麼敢拿村婦跟韓王府的人相比？

她一向以身為韓王府的奴婢為榮，哪裡受得了這樣的詆毀，口不擇言道：「妳……妳牙尖嘴利，鄉野村婦！」

從下人的態度便能看出主子的態度，沈晞毫不客氣地回嘴。「那也比韓王府懂道理。如今沈家與韓王府尚未退婚，還是姻親，姻親來了不給坐、不看茶就算了，還讓人罰站吹冷風。韓王府真是好了不起，回頭我一定多宣傳宣傳貴府的待客之道，在京城絕對是頭一份。」說著，還誇張地豎起大拇指。

她看出這長臉嬤嬤很重視韓王府的名譽，所以不攻擊嬤嬤，只拿韓王府說事。罵架本就是對方在乎什麼就攻擊什麼，不講武德。

韓姨娘等人在一旁聽得快暈倒了。

想起沈成胥對她的交代，韓姨娘覺得回府後乾脆自己禁足算了。沈晞在府裡時，雖然不好拿捏，也不是這樣得理不饒人的啊。她不敢插嘴阻止沈晞，但不說些什麼攔著，回去不好向沈成胥交代，遂看向楊佩蘭。

楊佩蘭是小官之女，平常不愛跟人爭執，早看呆了。對上韓姨娘的目光，木然地搖了搖頭，不知該如何勸。

韓姨娘又看朱姨娘。朱姨娘沒有兒女，也沒有管家權，只暗暗翻了個白眼，轉過頭當沒看到。

韓姨娘只能無奈看向自己的女兒。

沈寶嵐委委屈屈地回視一眼。瞧瞧沈晞這要吃人的架勢，她敢上嗎？

眉眼亂飛一圈之後，侍郎府女眷們沈默，韓姨娘也徹底放棄了，甚至破罐子破摔地想，剛剛沈晞怎麼說來著？哦，是老爺說讓她不要辱沒了侍郎府，這不是幹得挺不錯嘛！

長臉嬤嬤要氣瘋了，沒人敢這麼指著韓王府罵。讓她們站一會兒怎麼了？不過是個小小侍郎府，還鬧出真假千金一事，連帶損及韓王府的臉面，只讓她們站，已是韓王妃開恩了。

長臉嬤嬤好不容易喘勻氣，要繼續跟沈晞「講講道理」，下一刻一道身影便砰一聲衝到她身前跪下。

是個比小翠大不了多少的丫鬟，卻與小翠有著同樣的瘦弱和惶惑，磕著頭，聲音發顫。

「曹嬤嬤，求求您救救姜侍妾吧，她快病死了！」

曹嬤嬤一見到小丫鬟，沈下臉來，哪裡肯讓外人看笑話，連句話都不說，示意其他人將小丫鬟帶下去。

可憐小丫鬟磕頭磕得砰砰作響，根本不曾注意到，她鼓足勇氣來求救的行為，在曹嬤嬤眼裡只像蒼蠅一樣的擾人。

沈晞眉頭一挑，故作驚訝道：「不是吧，堂堂一座韓王府，連給一個侍妾看病的銀子都沒有嗎？」

她取出一疊小額銀票，當著所有人的面翻翻翻，取出兩張遞給小丫鬟。「我是沈侍郎府的二小姐，這是一百兩，妳先用著，不夠再找我要。」

小丫鬟怔怔地仰起頭看沈晞，卻不敢接。

曹嬤嬤氣得臉都綠了，怒聲道：「此乃韓王府的私事，不必沈二小姐多管閒事！」

沈晞嘆氣。「唉，我天生良善，見不得人吃苦。既然你們沒錢請大夫，不必跟我客氣，反正這是我父親給我的銀子，他說隨我作主。」

韓姨娘等人語塞。她們的月例才多少，侍郎府也就這幾年才因沈成胥升官而過上真正的好日子，見沈晞如此「糟蹋」銀子，有些心疼。

曹嬤嬤冷笑。「韓王府怎會缺銀子？沈二小姐來自鄉野，想必未見過如此潑天富貴。」

沈晞心道，韓王府真不缺銀子嗎？她可聽趙懷淵說過，韓王府沒封地，很窮呢！不過這是以趙懷淵的標準來說的。跟他比，除了皇帝，誰不窮呢？

沈晞見小丫鬟不接銀票，將銀票收回來。她也不是真要將銀票送出去，韓王府的人真收了她的銀票，才是丟了大臉。她只是藉機羞辱曹嬤嬤，並且日行一善，給那位姜侍妾一個活命的機會。

她理所當然道：「不缺銀子，那就找大夫啊。一邊說不缺、一邊又不肯，這不是打腫臉充胖子嗎？」

她當然知道韓王府不請大夫跟缺錢無關，一個王妃想折磨丈夫的小妾而已，可其中緣由跟她無關，她只要盯緊沒錢這個最不可能的理由便好。

曹嬤嬤氣得腦子嗡嗡作響，她沒遇過敢對韓王府如此無禮之人。旁人或許不明白府內情形，他們這些下人最是清楚，韓王與韓王妃一直是各過各的，韓王的侍妾病了，哪能求到韓王妃跟前？

這些事不好與外人道，她已看出這位沈二小姐極為難纏，怕再鬧下去會鬧到主子跟前，那她定會受罰。

不等曹嬤嬤想出應對之法，眼角餘光瞥見一個高大身影走近，愣了一會兒，慌忙道：「世子，您怎麼今日就回來了？」

沈晞早知牆後的人過來了，只當剛剛才知道，回頭看向來人。

此人身形高大，面容卻十分年輕英俊，一雙丹鳳眼銳利湛然，在沈晞看來有幾分熟悉。趙家人應當都長了一雙祖傳的丹鳳眼，且韓王世子趙之廷的模樣與趙懷淵很相像，只是趙懷淵不化妝時更偏中性美，而趙之廷的五官更鋒利一些。

隨著趙之廷一步步靠近，沈晞感覺到他有內力，這是她第一次在別人身上感覺到內力的存在。

趙懷淵的身手還過得去，趙良的身手更好，但兩人都沒有修習過內力。

王不忘傳內力給沈晞時，曾回答過她的疑惑。修煉內力多年的高手在體型、氣質都會有不同，因此很難掩藏。但沈晞拿的是別人的東西，只要不用，旁人就不可能猜到她這個十來歲的小姑娘體內藏了那麼深厚的內力。

因此，沈晞入京後，從未擔心被別人看穿。

此刻，她見趙之廷腳步沈穩，基礎打得很不錯，至少有十年功底，然而他看起來才十七、八歲，應是從小開始修煉的。

那麼小的孩子，不可能主動要求學這些，是韓王的意思？

韓王的名聲跟趙懷淵不相上下，對女色卻是荒淫無度。這樣的韓王，在自己兒子小時候就讓他習武，修煉內功……嘖，多有意思啊。

趙之廷逕自走來，許是行伍之人的特性，只淡淡道：「去請大夫。曹嬤嬤罰例半年。」

曹嬤嬤白著臉跪下認錯，絲毫不敢辯解。

小丫鬟繼續磕頭。「謝世子恩典。」

趙之廷看向侍郎府的人，目光落在沈晞身上，微微頷首。「沈二小姐，下人失禮，我向妳賠罪。」

沈晞高昂的戰鬥欲瞬間委靡下來。她還沒玩夠呢，這就結束了啊。

雖然她愛找樂子，但不是無理取鬧的人。別人客氣，她只能客氣。找樂子也要有原則，她不會先招惹別人。

「好，我接受世子的賠罪。望世子今後可以多管束管束下人，這樣的待客之道，不值得讚賞。」

曹嬤嬤不敢抬頭，心中震驚，沈二小姐對她這個下人不客氣便罷，怎麼敢覥著臉如此說話？世子賠罪是客氣，她這樣便是不識好歹了。

韓姨娘等人更是要昏倒了。沈晞對曹嬤嬤不客氣就算了，曹嬤嬤只是韓王府的下人。可面前這位是世子啊，身上是戰場拚殺出來的殺伐之氣，她不怕嗎？還教他如何管教下人?!

趙之廷倒是反應平平。方才聽沈晞說話便知，她雖來自鄉野，看似不懂禮數，實則根本不懼韓王府的權勢。此刻與他說話，也不像旁人那樣目光躲閃，而是大大方方地望著他。婚約的變故，母親已來信同他說過。當初他對訂親無所謂，如今退婚也依然無所謂，這等小事全憑母親作主便好。

趙之廷頷首。「我會同母親說的。」隨手點了個下人。「帶幾位去歇歇。」

下人連忙領命，過來招呼沈晞等人。

沈晞禮貌微笑，好像方才的爭執不存在一樣。「世子客氣了。」

此時，一個模樣威嚴的嬤嬤走出閬苑，看到趙之廷時，面上帶了笑。

「世子，您怎麼今日回來了，不是說還要再過兩日嗎？」

趙之廷看到來人，面色柔和了一分。「周嬤嬤。」

周嬤嬤無須趙之廷回答，笑道：「世子先回去換身衣裳，這會兒娘娘見客呢。」

這客，指的自然是沈寶音了。從前沈夫人還活著時，趙之廷曾跟沈寶音見過幾次面，但如今哪能再讓兩人往來。

趙之廷頓了頓，並未忤逆韓王妃的話，應道：「好，我等會兒再來。」

侍郎府的人低著頭，大氣不敢出，唯有沈晞站得筆直。趙之廷轉身要走時，自然對上她的目光，微微點頭以示道別，大步離開。

周嬤嬤的目光不動聲色地打量著沈晞。她本不想理會這群人，韓王妃心中還有氣呢，誰敢對她們有好臉色？

然而，剛剛趙之廷與沈晞的眼神，她看在眼裡，對沈晞道：「您是沈府二小姐吧？」

沈晞笑道：「是我。不知周嬤嬤有何指教？」

雖說韓王世子出乎她意料，看起來不壞，至少表面上周到。但給侍郎府下馬威的下人，又是韓王妃身邊的嬤嬤，只怕不是好相處的。

沈晞的戰鬥欲又被挑動起來，等著對方出招。

周嬤嬤淡淡道：「指教不敢。只盼沈二小姐有自知之明，莫妄想自己搆不上的東西。」

沈晞故作困惑。「我妄想什麼東西？」

周嬤嬤蹙眉，她不曾聽見剛才曹嬤嬤與沈晞的對話，才會以對付一般女子的方式應對。一般女子聽到這種頗為嚴厲的話，早羞愧難當了。

曹嬤嬤已被人扶起，不敢出聲，心中卻忍不住吶喊，這沈二小姐不要臉的啊，這樣說她根本沒用的。

周嬤嬤尚未意識到事情的嚴重性，輕嗤一聲。「沈二小姐心裡清楚。」

沈晞眨了眨眼，恍然大悟。「是在說世子啊。」隨即豎起大拇指，讚嘆道：「韓王府就是厲害，敢稱自己的主子為『東西』，佩服佩服。」

周嬤嬤面色微變，終於正眼看向沈晞，冷笑道：「沈二小姐，身為女子，牙尖嘴利，與人爭辯不是什麼好品性。」

沈晞道：「要好品性做什麼呀？跟她們一樣，被你們侮辱欺負，半句話都不敢說嗎？」隨手一指自家的女眷。

弱小可憐又無助的侍郎府眾人暗道，不要提她們，她們什麼都沒做啊！

周嬤嬤道：「沈二小姐說話要有憑據，只是稍候而已，幾時欺辱妳們了？」

沈晞暗暗點頭，周嬤嬤看起來是韓王妃身邊得力的人，比曹嬤嬤穩重多了，也不容易被氣到，繼續糾纏只是陷在對方的邏輯中。

沈晞眸光一動，煞有介事地說：「以韓王府的權勢地位，欺負婦孺，也讓人不敢有任何不滿，我真是好生羨慕。這樣吧，不如我便如周嬤嬤所願地妄想世子，當了韓王府的未來女主人，瞧瞧到時還有誰敢給侍郎府的女眷臉色看。」

周嬤嬤面色終於難看起來。沈晞竟當這麼多人的面說要妄想世子，不知廉恥！

曹嬤嬤鬆了口氣，這下周嬤嬤該知道沈晞是個不要臉面的，不能以常理對付。

見周嬤嬤被氣到，沈晞滿意了。打蛇打七寸，曹嬤嬤以當韓王府的下人為榮，那她就罵韓王府；周嬤嬤看起來非常疼愛世子，她就提世子。對周嬤嬤來說，她的話自然不可信，妄想就妄想，真能成功不成？但她說出妄想世子這話，就足夠讓周嬤嬤感到被冒犯了。

周嬤嬤胸脯起伏，見沈晞笑吟吟的模樣，更是憤怒。她看著長大的、芝蘭玉樹般的世子，怎由得沈晞這樣的鄉野之人玷辱？

沈晞見狀，故作驚恐地後退一步。「怎麼，一言不合，韓王府便要毆打侍郎之女嗎？」

周嬤嬤氣血上湧，韓王府怎麼可能做這種事，她還當這裡是鄉下，隨隨便便就在泥塘裡打架不成？

在周嬤嬤氣到中風之前，閬苑裡又有人走出來，正是被單獨請進去的沈寶音。

沈寶音似是哭過，眼眶泛紅，滿臉落寞。

沈晞往後看了一眼，除了送沈寶音出來的丫鬟，並無其他人。

丫鬟傳話道：「娘娘說，幾位請回吧。」

把侍郎府的人叫來，在風口站著空等，一面都沒見便要她們回去，看來韓王妃一開始就不想見她們，只是氣不過侍郎府，把人叫來折騰出氣。

這會兒沈晞不可能衝到韓王妃面前理論，那樣說不定真會動手。沒必要，來日方長嘛。

因此，她一句話都沒說，轉頭便走。

沈晞不在乎名聲，也不怕沈成胥，才可以如此囂張。但韓姨娘她們不行，還要客客氣氣向周嬤嬤她們道別，再追上沈晞。

離開韓王府的路上，沈晞見到換好衣裳的趙之廷。他們本是離得有些遠，根本遇不上，然而，沈晞腳步一轉，往他那邊去了，決定再氣氣周嬤嬤以及韓王妃她們。

韓姨娘張口叫她。「二小姐，不是往那邊走。」

沈晞抬手揮了揮。幾人正困惑時，便見到沈晞直直地走向趙之廷，頓時想起她剛才說的話，驚得面色都變了。

沈晞看著趙之廷，驚喜道：「世子，又見面了。我迷路了，不知從哪條路可以離開？」

趙之廷看向後頭替侍郎府眾人帶路的小廝。

小廝見沈晞亂走便追過來，孰料還是遲了，對上自家世子頗具威嚴的目光，根本不敢辯解，慌忙道：「請沈二小姐隨小人走。」

沈晞道：「哦。那世子再見。」一出乎小廝預料的好說話，小廝趕緊把她領走了。

沈晞一行人順利出府，而得到消息的周嬤嬤正如沈晞所料，氣得捂著胸口不停喘氣。沒想到沈晞敢真的行動，還跑世子面前假裝迷路，手段如此低劣，以為世子會上當嗎？

第十三章

回府路上，侍郎府眾人個個噤若寒蟬。

沈寶音察覺馬車內氣氛古怪，不由問道：「嫂嫂，出了什麼事嗎？」她沈浸在自己的情緒中，甚至沒注意到沈晞去搭訕趙之廷。

楊佩蘭張了張口，又搖搖頭。

同乘的朱姨娘看看無知無覺的沈寶音，心中暗道，她本以為有老爺的寵愛，今後沈寶音應當能壓過沈晞一頭，結果今日一見沈晞那股天不怕地不怕的氣勢，決定還是去討好沈晞吧。沈晞手頭有那麼多銀票呢，哪怕漏一點點給她都好，因此也沒為沈寶音解惑。

另一輛馬車上，沈晞自在地吃著零食，韓姨娘和沈寶嵐沈默著，眼神交流。

沈寶嵐：姨娘，我該追隨二姊姊嗎？她連韓王府都敢得罪，將來不會連累我吧？

韓姨娘：我以為二小姐只在家中才敢搞事情，給老爺氣受，萬萬想不到她在外頭更張揚啊。回去後，我該怎麼向老爺解釋，咱們侍郎府即將大禍臨頭？

沈寶嵐：姨娘的意思是富貴險中求，二姊姊這樣將來說不定會有大造化，我跟著她也能喝口湯嗎？

韓姨娘：還是寶嵐貼心，我確實不該如此焦躁，老爺還不知他自己的女兒是什麼樣嗎？

怪不到我頭上。

見韓姨娘點頭，沈寶嵐也微微點頭，然後立即殷勤地幫沈晞剝瓜子殼。

韓姨娘則心中盤算，討好自家嫡姊，倒也不錯。

沈成胥當值回來，得知韓王府裡發生的事，整個人頹廢下來。

他就知道，那時趙王一定是蠱惑了沈晞，才讓她跑去韓王世子面前。

他本想去找沈晞，又擔心她直接說出那是趙王的意思。他本就是在裝糊塗，攤牌後只能選一邊站，思來想去還是沒去找沈晞，當作什麼都不知道。

第二日，韓王府派人來商量退婚，沈成胥不想插手免得心痛，讓楊佩蘭和韓姨娘處理。

侍郎府的下人隱約聽說沈晞在韓王府中大發神威的事，私底下有嘲諷她鄉下人不懂規矩的，也有佩服她連韓王府都敢槓上的。

沈晞則惦記著榮和長公主的百花宴，主動去找韓姨娘，說是要去。

韓姨娘跟沈寶嵐談過，澄清了在馬車上的「誤會」，也同意了沈寶嵐的想法。她們是一榮俱榮，一損俱損，反正已不可能跟沈晞斷了干係，乾脆捆綁得更緊密吧。

當初韓姨娘讓沈寶嵐當沈寶音的跟班，本就是為了給沈寶嵐找個好姻緣，如今嫡姑娘換了人，好姻緣還是要繼續找。為了不讓沈晞在外面太過張揚，韓姨娘叮囑沈寶嵐以後要跟緊沈晞，好好規勸。

沈家只有三個女兒有資格去百花宴，但沈寶音身分驟變，還沒有做好遭受嘲諷的準備，自然不會去，最後是沈晞與沈寶嵐同去。

韓姨娘憂心忡忡，總覺得會發生什麼事，但沈晞要去，她也攔不住。

沈晞興致勃勃地準備著，百花宴當日滿懷期待地出了門。

沈晞帶著小翠，沈寶嵐則帶著她的貼身丫鬟南珠。四人同坐一輛馬車，來到百花宴的地點，位於城北郊外的一座大莊園外。

這座莊園名叫翠微園，據說是前朝便出名的，如今是宴平帝賜予趙王府的私產，榮和長公主借來舉辦宴會。

翠微園占地極大，沈晞一行人在僕從帶領下進入。沿路上有各式各樣的花，直接種在地裡的、栽在花盆中的，應季的、反季的、嬌豔的、端莊的等等，應有盡有。

沈寶嵐也是第一次來翠微園，看得目不轉睛，連連讚嘆。

沈晞在心中嘆道，趙王府真有錢呀，這園子好大。

僕從將兩人引到南園，道：「請在此處暫且歇息，宴會正式開始時，會有人來請諸位去北園。」

南園很大，亭臺樓閣，池塘假山，先來的人早已在樓閣間歇息交談，僕從端著茶點在中間穿梭，伺候每一位貴客。

沈寶嵐的目光在場內梭巡，看到英俊的少年，便羞窘地避開目光。也有很多人的目光落在她們身上，表情各異。

沈晞道：「妳去找相熟的朋友吧，我四處走走。」

「二姊姊！」沈寶嵐想攔住她，可她那嬌弱的身子怎麼跟得上沈晞的步伐，不一會兒就不見沈晞的蹤影了。

沈寶嵐茫然了，二姊姊想幹什麼啊？

其實沈晞就是嫌棄沈寶嵐她們走得慢，想在百花宴開始前把南園逛一遍。以後世的眼光看，這種園子的門票至少要五十塊錢呢，現在不用花錢，她可得好好逛一逛。

沈晞腳程快，連小翠都沒帶，像她這樣有興致看風景的人也少，沒遇上什麼人，最後走累了，便爬上建在假山上的亭子，吹著風遠眺。

沒一會兒，沈晞聽到有腳步聲靠近，同時傳來兩個女子說話的聲音。

「她是往這邊走了嗎？」一個聽起來略有些嬌蠻的女聲道。

另一道聲音道：「應當是的。」

沈晞探頭看了一眼，她這位置好，能看得見對方，只要稍稍隱藏，對方便看不到她。

嬌蠻聲音的主人是一個長得挺漂亮的小姑娘，但從神情來看，戾氣有些重。

「今日我定要讓她出醜！她算什麼東西，怎麼敢打韓王世子的主意！」

另一個女子應當是她的丫鬟，附和道：「小姐說得對，不過是剛披上新衣的泥腿子罷了，兩家婚事都退了，不知她哪來的臉去妄想世子。」
沈晞一頓。哦，是在說她。
嬌蠻女子道：「快找找，一定要在宴會前找到她，讓她出醜。」
沈晞默默地下了假山，假裝從另一個方向迎面朝兩人走去。她太心善了，見不得人失望，既然想見她，她來就是了嘛。

褚芹跟京中許多貴女一樣，對年少出名的趙之廷十分仰慕，奈何之前韓王妃看中了門第不高，但素有才名的沈寶音，貴女們哪怕氣到扯碎了帕子，也沒有辦法。
孰料如今柳暗花明，沈寶音是假千金，從此沒再出現在各種聚會中，便坐實了這消息。而後韓王府與沈家退婚，還未婚的貴女們便躍躍欲試起來。
因此，聽說趙之廷會來榮和長公主的百花宴，不少原本不打算赴宴的貴女也匆匆備好最好看的衣裳和頭面來碰碰運氣。哪怕連句話都說不上，遠遠能看上一眼也是好的。
隨著這消息一起傳開的，還有沈家那位鄉下來的真千金在韓王府宣稱要打趙之廷主意的事，不少貴女義憤填膺，尚未見到沈晞，便將她當作了仇敵。
褚芹正是其中之一，在見到沈晞之前，心想什麼鄉下東西敢妄想韓王世子？待方才遠遠見到沈晞的模樣之後，酸溜溜地想，哪怕長得跟狐媚子似的，也還是個鄉下人，不配攀上趙之廷。

瞧見沈晞拋下沈寶嵐和丫鬟離開後，褚芹立即動了心思。

哪怕不可能得到趙之廷的青睞，像沈晞這樣的身分敢妄想趙之廷也是種侮辱。今日她必須給沈晞一個教訓，好讓那鄉下人清楚，京城可不是什麼小地方，什麼話都能亂說，什麼事都能亂做。

片刻後，褚芹抬眼看見沈晞慢悠悠地走來，當即在丫鬟吉祥耳邊飛快低語，隨後獨自走向沈晞。

「妳就是沈家新認回來的二小姐沈晞吧？我是淮陰侯褚家的嫡孫女，單名一個芹字。」褚芹上前攔住沈晞，因自視甚高，她很少對人如此笑臉相迎，此刻的笑容顯得很是僵硬。

沈晞腳步微頓，淮陰侯褚家不是知縣夫人褚菱的娘家嗎？

這一刻，沈晞想就這麼算了，畢竟是認識的人的娘家，她還挺喜歡陳知縣一家的，與褚家交惡，將來不好跟陳寄雨來往。按照褚菱的安排，陳寄雨回京待嫁就是這幾個月的事。

但轉念一想，這個叫褚芹的小姑娘似有些任性，做事不計後果，為了跟她根本沒關係的男人，要讓他人出醜，將來陳寄雨那單純的小姑娘怕是很難與她相處。

那麼，她稍微留手，讓褚芹明白道理就好。人嘛，總要吃了教訓才會長大。

於是，沈晞露出驚喜的微笑。「原來是褚小姐。我在這裡轉悠許久，沒見誰理會我。」

褚芹心道，一個鄉下土包子，誰稀罕搭理？若非要她出醜，連句話都懶得跟她講。

因此，褚芹甚至不想多聊聊，以掩藏自己的目的，覺得沈晞這個土包子看不出她的心思，見她這樣的貴女主動來攀談，定是受寵若驚，不可能會懷疑。

「這兒有什麼可玩的，我帶妳去別的地方逛逛。」褚芹拉上沈晞的手，似是怕她跑了。

沈晞裝作被迫隨著她前進的模樣，嘴上遲疑道：「這不太好吧？我怕百花宴要開始了，我妹妹會來找我。」

褚芹用力拉著沈晞，嘴上道：「不會的，還早呢。」

兩人便這麼拉拉扯扯地來到池塘旁邊。這池塘的三面是假山，一面並無遮擋，只有一座小小的涼亭。

池塘的水不算很深，但此刻已是深秋，水邊要更冷些。

一陣陰風吹來，褚芹禁不住打了個哆嗦，但正處於算計人興奮中的她並未多想，因「計劃」順利而渾身躁熱，硬拉著沈晞到池塘旁邊。

「這裡風景好，我們走近些看看。」

沈晞看到池塘就知道這小丫頭打的是什麼主意，真是直白到惹人發笑。她身上鄉野之人的氣質是有多重啊，這小丫頭難道以為鄉下人就是蠢貨嗎，還搞得這麼明顯。

沈晞很辛苦地假裝看不出來，腦子裡隨即有了主意，露出一絲要笑不笑的表情，聲音又輕又柔。

「池塘邊好冷呀……水也好涼的……」

褚芹怕沈晞跑掉，連忙道：「不冷，一點都不冷。」

沈晞掙脫褚芹的手，站到池塘邊，風吹動她的淺藍裙襬，淺白滾邊上下翻騰，背影看起來蕭瑟，又有幾分陰冷。

褚芹心中發顫，忽然覺得好像哪裡不太對勁，便聽沈晞道：「池塘邊的風景確實好呢，可惜……」

可惜？可惜什麼？

褚芹心中惦記著讓吉祥去做的事，這裡離南園有些遠，她又不想讓沈晞落水太久溺死，遂命吉祥提前把人叫來，應當差不多要到了。

她怕下手遲了被人看見，哪怕有些好奇沈晞說的是什麼，也不再遲疑，上前站到沈晞身後，驀地用力一推，將沈晞推下了池塘。

下一刻，褚芹喊叫起來。「來人啊，有人落水了！快來人啊！」

褚芹一邊喊、一邊彎起嘴角，她要讓沈晞渾身濕漉漉地被人救上來，看這個土包子還怎麼有臉去妄想韓王世子。

因為太過興奮，褚芹沒注意到沈晞落水的水花是那麼小，人也沒有掙扎，一下子沒了頂。池塘水面短暫地起了漣漪後，便恢復平靜。

吉祥叫人的時間剛剛好，就在褚芹大喊的工夫，不遠處已是一陣喧鬧，跑來的有翠微園的僕從，也有來此做客的勛貴子弟，最遠處是慢慢跟過來的貴女們。

褚芹見跑在前面的是翠微園的小廝，心道正好，鄉下人就該配小廝，指揮道：「快下去救人，沈二小姐落水了！」

小廝聞言，猶豫片刻，一旁有兩個嬤嬤恰好會游泳，連忙跳下池塘。

血氣方剛的男男女女待在一起，總會鬧出各種各樣的事，這些嬤嬤是隨榮和長公主來的，經驗豐富，在水下找人也十分靈活。

褚芹有些不滿，但翠微園的小廝又不是她家的，此刻要是強行命令小廝下去，旁人就會看出她是故意的。待會兒等沈晞被撈上來，她還要說是沈晞自己不慎腳滑摔下去的，此刻自然不好暴露。

聽到是個姑娘落水，且已有嬤嬤下水救人，跑來的公子們便圍在池塘邊擔心地看著。可是，看了半天，水面上只有嬤嬤們換氣時露出的頭，沒見到什麼姑娘。

沈寶嵐領著兩個丫鬟慢一步趕來，聽說有人落水，再一聽是沈二小姐，而且找不著人，整張臉就白了。

她才一會兒不見沈晞，怎麼人就沒了?!

沈寶嵐撲到池塘邊，呆呆地看著池面。倒不是她跟這個剛認回來的二姊姊感情能有多深，而是韓姨娘千叮嚀萬囑咐要她看好人的，萬一沈晞渾身濕透被人救上來，或者沒被救回，她怎麼向姨娘交代，怎麼向父親交代？

還有，韓姨娘模糊透露過，父親很忌憚沈晞，是因為趙王還要利用沈晞對付韓王府。要是沈晞歿了，趙王會不會遷怒她家？會不會以為是她嫉妒沈晞，故意害人？

一想到自己的好姻緣沒了不說，可能還會下場淒慘，沈寶嵐頓時悲從中來，眼淚啪嗒啪嗒往下掉，驀地瞪向一旁的褚芹，不管她淮陰侯嫡孫女的身分，大聲質問。

「是不是妳害了我的二姊姊？」

沈寶嵐心想，先把話喊出去，趙王要尋仇便衝著褚芹去吧。她不是故意跟丟的，剛剛她真的追不上二姊姊啊，二姊姊跑太快了。

褚芹冷笑。「她不過是侍郎之女，而我是侯府嫡孫女，有哪一點值得我害她？」

這話沒什麼錯，但幾個知道褚芹癡戀韓王世子的貴女，再想到最近關於沈二小姐的傳言，看褚芹的眼神便不太對了。

沈寶嵐不管褚芹說什麼，大聲喊道：「就是妳！二姊姊初來乍到，毫無防人之心，肯定是被妳騙來此地，推下池塘。妳就是嫉妒她！那天我看到了，韓王世子對我二姊姊笑了！」

韓王世子是褚芹的逆鱗，聞言整個人就炸了。「妳胡說什麼，世子怎麼可能對她這樣的人笑？妳少往妳姊姊臉上貼金！」

周圍人竊竊私語，沈寶嵐不管不顧，繼續道：「有什麼不可能的，那回我們去韓王府，世子還向我二姊姊賠罪了，說是下人失禮。」

沈寶嵐一邊跟褚芹鬥嘴、一邊往池塘裡看，但嬤嬤們上上下下，還是什麼都沒撈上來。

她臉色都垮了，她二姊姊該不是沈底了吧？哪怕是濕著被撈上來呢，也比歿了好啊。

「妳胡說！韓王世子那樣的人，憑什麼向妳姊姊賠罪？」褚芹氣急敗壞。

這下，周圍看褚芹的眼神，又多了幾分懷疑。

吉祥輕輕扯了扯褚芹的衣袖，褚芹才發覺自己太過失態，如此旁人只會更相信是她推了那土包子下水。

她閉緊嘴巴往後退，跟旁人站到一處，不再和沈寶嵐說話。

沈寶嵐見褚芹不理會她了，目光掃過周圍，男男女女中自有聽到她的話而起疑的，總能傳出去，遂自顧自望著池塘默默流淚。

二姊姊，妳就活過來吧。妳死了，我可怎麼辦啊！

第十四章

這邊鬧哄哄時，趙懷淵終於到了翠微園。

他本想早點來，可是臨出門時被他母親堵住，說他的大姪子趙之廷回京了，讓他時常去跟趙之廷說說話，少跟狐朋狗友混。

趙懷淵聽到趙之廷的名字就煩，最近傳聞沈晞揚言要嫁給韓王世子，他聽得心裡不是滋味，氣得讓趙良去查查是怎麼回事。

趙良一查，這消息居然是從韓王府裡傳出來的。原來侍郎府一行人受邀上門，受了委屈，沈晞大鬧一場，還揚言要當韓王府的女主人。第二天，韓王府就跟侍郎府退了婚，沈晞妄想趙之廷的流言，也是此時流傳出來的。

趙懷淵在京城富貴窩中長大，敢對他使陰毒絆子的人少，但他倒是見得多，很清楚韓王府故意傳出這消息，是為了報復沈晞。

沈晞是從鄉下認回來的，這些貴女們認定她配不上趙之廷，那她說要嫁給他的宣告便顯得不自量力，壞的只會是沈晞的名聲，卻對趙之廷完全無礙。

韓王府明知這一點，才故意傳出消息，讓欽慕趙之廷的貴女出手欺負沈晞。

他雖然不喜歡趙之廷，但知道搞出這種齷齪事的人不會是趙之廷，不知是他表姊韓王妃授意的，還是底下人擅自主張。

總之，等趙懷淵好不容易擺脫他母親趕來，便遲了些，卻見南園裡沒幾個人，一問才知道有人落了水，其餘人全趕過去了。

趙懷淵生出不好的預感，急匆匆趕往人聲鼎沸處，擠開眾人，往裡面一看。

只見沈晞的庶妹沈寶嵐坐在地上，哭得臉上一塌糊塗，而幾個嬤嬤還在池塘裡上上下下地找人，卻什麼都沒找出來。

下一刻，趙懷淵聽見沈寶嵐在喊「二姊姊」，腦子裡頓時響起嗡的一聲——

明明說好要護住沈晞，沈晞還是被人害了！

趙懷淵驀地往前衝了兩步，想也不想就要跳下水救人，被趙良死死扯住，壓低了聲音道：「主子，您不會鳧水，您忘了嗎？」

趙懷淵這才想起此事，扭頭看他。「對，你水性好，你去救她！一定要把她救上來！」

此刻趙良也顧不上什麼男女之別了，剛想去救人，眼角餘光卻瞥到什麼，腳步一頓。

趙懷淵見不得趙良拖拖拉拉的模樣，氣急道：「你還在等什麼？快去！」

趙良連忙指了一個方向。「主子您看，沈二小姐在那裡呢。」

趙懷淵順著趙良所指的方向看去，只見完好無缺的沈晞正慢吞吞從後頭擠進來，像是好奇地探頭看了看，又什麼都看不明白，遂拍拍恰好在她身前的緖芹。

「你們在看什麼呀？」

趙懷淵這才吐出一口氣，覺得腿都軟了，被趙良半扶著往旁邊躲，免得被人看出異狀。

久不見沈晞被救上來，褚芹也慌了，人是她親手推下去的，肯定在這池塘裡。

池塘就這麼大，又沒有活水，怎麼會找不到呢？那麼大個人，哪怕不是活的，也有屍首吧？可她只是想讓沈晞丟臉，不是想害人，萬一救不上來，她豈不是害了一條性命？

此刻，褚芹突然被人拍了肩膀，也沒注意對方聲音的些許熟悉，顫抖著嗓音道：「在找沈二小姐，她、她落水了。」

褚芹沒看見吉祥扭頭看到問話之人的震驚神情，直到她聽見身後人說了一句——

「欸，沈二小姐？是說我嗎？還是有別的沈家二小姐？」

褚芹呆怔，終於發覺這聲音耳熟，驀地回頭，只見沈晞正望著她，表情帶些困惑。

此時的沈晞穿著跟方才一模一樣的衣裳，身上是乾的，頭髮也是乾的，完全不像是落過水的樣子。

褚芹慘叫一聲，驚慌失措地後退。「妳、妳怎會在這裡，妳不是在水裡嗎?!」

這聲叫喊引起了眾人的注意，一致看向好端端站在那兒的沈晞，表情有些怪異。

沈寶嵐也看見沈晞了，手腳並用地爬起來，叫道：「二姊姊，妳還活著！」

這下，本來不認得沈晞的，也知道她是誰了。

沈晞看了看沈寶嵐和滿面不可思議的褚芹，疑惑道：「我當然還活著啊。我就是在附近逛了逛，翠微園景色很漂亮，我都看入迷了。」

褚芹以為沈晞被淹死時，心神已快崩潰了，如今見她不但沒死，還好端端站著，好像把方才她們一起過來，她推她下水的事全忘了，更是覺得想不明白，便控制不住了。

「妳怎會好端端站在這裡，我明明親眼見妳掉下水的！」

沈晞蹙眉，不悅道：「這位小姐，妳說話不要如此難聽好嗎？怎麼一會兒說我在水裡，一會兒說我掉下水？我一直在岸上，沒碰過水呀，妳看我哪有一點落過水的樣子？」

眾人聞言，上下打量著沈晞，紛紛點頭。衣裳是一樣的沒錯，而且那頭又黑又亮的長髮乾燥柔軟，若是落了水，如此短暫的工夫，根本乾不了。此刻的沈晞，只是因為逛了園子一圈，頭髮微微凌亂罷了。

褚芹陡然想起方才不對勁的地方，剛才那個「沈晞」，到池塘邊時說了好些怪話，什麼「水好涼的」，什麼「可惜」，背影看起來甚至有些不像人。而且……「沈晞」落水時悄無聲息，哪有活人清醒時，落水完全不掙扎的？

現在她面前的沈晞，一副沒落過水的模樣，言語間還顯得不認識她。

褚芹嚇得哆嗦起來，她這是大白天撞鬼了？而且是冤死在池塘中的水鬼！

剛剛挽住「沈晞」的手，好像是有幾分冰涼……不，不可能，大白天怎麼會有鬼呢？

褚芹嚇壞了，突然撲上去抓住沈晞的手，這手是溫熱的。

她眼裡噙著淚，顫聲祈求。「妳承認剛才那人是妳好不好？是我推妳的……妳去換了衣裳，所以才好端端的站在這裡……」

褚芹太害怕了，相較於撞鬼，她寧願承認是自己推了人，反正沈晞沒事，她頂多是被禁足幾天。

沈晞嘆了口氣。「但那不是我啊。剛剛我去別的地方玩了，看這裡人多，才過來瞧瞧是怎麼回事。剛才是我第一次見到妳，還不知妳叫什麼名字呢。」

沈晞的話很誠懇，褚芹卻不願意相信，死死抓著沈晞的手，喊道：「我都願意承認是我推了妳，妳為什麼不肯承認？妳快承認！」

「真的不是我。」沈晞露出歉然的表情。

眾人看著這一幕，都有自己的判斷。這才多久，沈晞再快，也不可能換好相同的衣裳，再把那麼長的頭髮弄乾，是褚芹不知為何發了瘋，偏要讓人承認不曾發生過的事。

褚芹見沈晞不肯認，連忙拉上自己的丫鬟。「吉祥，妳也見到了對吧？」

吉祥有些遲疑，她確實遠遠瞧見沈晞，但小姐吩咐她去叫人，她也不知那個遠遠看著像沈二小姐的人是不是沈二小姐……

見吉祥也面露遲疑，褚芹慌了。她面前的沈晞神情困惑又無奈，周圍的貴女蹙眉看著她失態的模樣，而另一邊的貴公子們也神情各異，她已經不敢看了。

還有，剛剛她確實推了沈晞下水，手上依稀還有感覺，怎麼就不是人呢？但池塘裡確實什麼都沒有！

「我、我要回去！」褚芹覺得在這裡多待一刻都要窒息了，慌忙推開前方擋路之人，也不顧什麼儀態了，匆匆逃走，連趙之廷迎面走來都沒注意到。

趙之廷掃了褚芹一眼，有些詫異，一個貴女臉上出現那樣驚恐、茫然的神態，著實少見，他多半是在第一次殺人的新兵身上見到的。

他的目光望向人聲鼎沸處，到底發生了什麼事，以至於讓一個貴女如此失態？

趙之廷是被韓王妃要求來百花宴的，藉此宣告他沒了婚約，要再找合適的妻子。既然韓王妃要求了，他又恰好沒事，便來走個過場。他興致缺缺，本打算露個面就走，不承想遇到了讓他生出興趣之事。

他大踏步走去，卻只趕上眾人交談著往回走。

沈寶嵐正貼在沈晞身邊，死死地抱著她的手臂，心有餘悸，不敢再鬆開她。剛剛真是要被嚇死，眼睛都哭腫了。

沈晞道：「妳鬆手，這樣我們如何走路？」

沈寶嵐不放手。「不行。接下來，二姊姊去哪兒，我就去哪兒，絕不能再讓妳離開。」忽然動了動，鼻子疑惑道：「二姊姊，妳身上是什麼味道？」好像有點像草味。

沈晞故作嫌棄地推開沈寶嵐的腦袋。「可能是汗，或者草的汁液。方才我看到一些植物，像是我舊家後山有的，還以為能吃呢，摘了一咬，苦的，才發現我認錯了。」

沈寶嵐毫不懷疑地捂住嘴。「二姊姊，妳還吃草呢！」

沈晞道：「被搬上飯桌，那就叫菜。」

沈寶嵐呆呆點頭。「哦。」

趙懷淵趁亂悄然跟在沈晞後頭，不小心聽到姊妹倆的談話，忍不住笑起來。沈晞好有趣啊，居然還會摘草偷吃。

趙良一見自家主子這迷濛的笑容，便知道主子心裡又在悄悄誇獎沈二小姐了，很是無語。剛剛沈二小姐說的話裡有什麼特別值得誇獎的嗎？沒有吧。

見沈寶嵐被糊弄過去，沈晞放了心。

那當然不是什麼草味，而是來自池塘的味道。

她又不是神仙，落水後不可能一點痕跡都沒落下，只是她在落水那瞬間便閉氣游到另一邊，在假山的遮掩下上岸。接著，她尋了個僻靜地方，以內力烘乾衣裳和頭髮，簡單整理一下，回到現場，假裝什麼事都沒發生，讓褚芹誤以為是撞鬼了。

幸好這池塘經常有人清理，乾乾淨淨，唯有像沈寶嵐一樣貼到她身上，才能聞到很淺的氣息。

沈晞很滿意自己造成的效果。倘若別人要推她下水，她反將人推下水，有什麼意思啊。而且，她也不喜歡這種女子落水被男子救了，就算失了清白的想法。她要的是下手的人懷疑人生，看看褚芹，這不就被嚇得臉都白了，半途跑掉嗎？

她自己是不迷信，但她不反對別人因為迷信而相信「舉頭三尺有神明」、「善有善報，惡有惡報」，倘若褚芹因為這次的事，相信是她生出壞心才會招惹到鬼怪，從而收斂，不是替陳寄雨的未來掃清障礙嗎？

此時，忽然有人慢下來，最前方傳來行禮打招呼的聲音。

沈晞探頭一看，竟是趙之廷。

眾人相繼發現趙之廷的到來，氣氛頓時變得熱烈，也有人想起方才沈寶嵐與褚芹對峙時說的那些話。

起初他們聽說沈晞妄想趙之廷，只以為是沈晞一頭熱，但若沈寶嵐沒有胡說，那趙之廷的態度就顯得有些微妙了。

韓王府可是因沈寶音並非侍郎之女而退婚的，明眼人都清楚，韓王妃本就看不上沈寶音的家世，是她的才華夠高，性情夠好，才掩蓋了家世的不利。如今沈寶音甚至不是沈侍郎的親生女兒，這婚事自然不算數了。

如此想來，韓王府應當更看不上在鄉下養大的沈晞，那趙之廷也是如此嗎？但沈晞的模樣比沈寶音好看多了。

好奇之心人皆有之，眾人探究的目光紛紛落在趙之廷身上。

趙懷淵盯著趙之廷，目光很是不悅。今日他本想私下找機會問問沈晞，他這大姪子有沒有欺負她，沒想到趙之廷會來這裡。

哪怕早已習慣被人關注，趙之廷許還是第一次迎上這麼多古怪的目光，神情越發冷淡。

「這裡發生何事了？」

有好事者大聲笑道：「那可是件稀奇事！方才淮陰侯家的嫡孫女非要說是她把沈二小姐推下了水，害得不少人下水撈人，可沈二小姐好端端地站在岸上，連根頭髮都未打濕，還說先前並未見過褚芹。趙將軍，聽說你之前還向沈二小姐賠罪了，可有此事？」

趙懷淵聞言，惡狠狠地瞪了那人一眼。那是恩義伯嚴家的小兒子嚴宏章，過去偶爾會遇到，便一道遊玩作樂，反正人多熱鬧。今日他卻看對方不順眼得很，哪壺不開提哪壺，說事就說事，問什麼多餘的廢話。

他見趙之廷蹙眉往人群中看來，便知他這大姪子以為是沈晞到處宣揚此事。

這事是沈晞的庶妹捅出來的，在旁人看來自然就是沈晞的意思，但趙懷淵覺得，與沈晞何干？她多倒楣，只因為喜歡這園子的美景，四下欣賞一番，扭頭就被人拉住，非說把她推下水了。

趙懷淵啪的打開摺扇，越過沈晞往前走去。趙良連忙跟在後頭，知道自家主子要開始搞事了，也邁著大步，露出目中無人的模樣。

「這不是我那戰功彪炳的大姪子嗎？」趙懷淵緩緩走近趙之廷。「往常不是一見我就皺眉，今日怎麼來我的園子了？」

趙懷淵的「皺眉」兩字剛落下，趙之廷的眉頭便從輕皺變成了舒展。

見趙懷淵跑出來跟趙之廷對上，有人納悶趙懷淵是何時來的，更多的人見怪不怪。京城中，誰不知道趙王對韓王世子諸般看不順眼？都是趙家子孫，一個早已建功立業，一個不學無術，整天遊手好閒，趙王自然看不慣韓王世子。

趙之廷望向趙懷淵，微微低頭。「表舅。」

趙懷淵揚眉，嘆道：「你還是這樣，甚至不願意叫我一聲叔叔。」

沈晞聽了，差點笑出聲，隨即疑惑，趙之廷確實應該叫趙懷淵一聲王叔，怎麼還能叫表舅呢？

趙之廷見到趙懷淵，再加之已弄明白發生何事，不想在此地多留。趙懷淵不喜歡他，他很清楚，往常退讓居多。兩人年紀相差不大，但趙懷淵確實是他的長輩。

「我還有事，先告辭了。」趙之廷道。

趙懷淵出聲，本就是不讓趙之廷亂說什麼對沈晞不利的話，聞言故作惋惜。「哎呀，這就走了啊？趙良，送客。」惋惜歸惋惜，送客歸送客。

趙之廷不用趙良送，轉頭走了。

嚴宏章湊到趙懷淵身邊，笑嘻嘻道：「王爺，趙將軍未回答我呢，怎就把人趕跑了？」

趙懷淵拿摺扇把他推開，冷著臉道：「本王與你很熟？」

嚴宏章面上的笑僵了僵，從前兩人好歹喝過幾次酒，一起打過幾次架吧？

趙懷淵懶得理他，曾經的酒肉朋友而已，現在他有真朋友了，這種朋友不要也罷。當他不知道這些酒肉朋友背地裡說了多少他的壞話？從前是沒得選，如今他可不是一個人了。

趙懷淵冷哼一聲，搖著摺扇走了。走之前，他往沈晞那裡瞥一眼，給了她一個眼神。

沈晞微微點頭。

沈寶嵐依然死死地拉著沈晞。沈晞只好低聲說：「我剛看中了一個英俊的男人，他約我私下見面，妳放手讓我走。」

沈寶嵐瞪大了雙眼。「二姊姊，妳……妳看中了什麼？」

沈晞乘機把沈寶嵐的手臂扯開，轉頭走了。

沈寶嵐照舊攔不住也追不上沈晞，只能呆呆地扭頭看自己的丫鬟南珠。「二姊姊說她看中了什麼？」

南珠遲疑著不敢出聲，那話多大膽啊。

小翠就沒有這麼多顧忌了，既然二小姐不讓她跟，她就沒動，還回答沈寶嵐的問題。「一個英俊的男人。」

沈寶嵐捂著臉，差點尖叫，她這二姊姊竟是如此大膽，萬一被人騙了怎麼辦？

第十五章

沈晞朝與趙懷淵不同的方向走，隨後才繞道去找他，沒跟任何人打過照面。

趙良眼觀四面，耳聽八方，一見沈晞便立即確認四下無人，再示意她往前。

趙懷淵早已待在隱蔽處，那是一片修剪整齊的灌木圍成的地方，有石桌和石凳。他探出頭來，神神秘秘地向沈晞招手，示意她過去。

待沈晞進去，趙良便退開到聽不見兩人說話的地方看守，不讓其他人靠近。

沈晞剛要坐下，趙懷淵虛虛攔住她，拿出帕子仔細擦拭石凳，才讓她坐。

沈晞道了謝，趙懷淵再把旁邊的石凳擦乾淨，撩開衣袍下襬，大刀闊斧地坐下。

沈晞忍不住笑起來。趙懷淵這人看起來大大咧咧，其實很多地方都細心。他狀似天真可愛，但觀察敏銳，反應很快。這些矛盾之處，讓他在容貌的魅力之外，更多了幾分吸引人的特質。

可惜，好像只有她發現這些，其他人對趙懷淵的評價只有任性妄為、紈袴子弟，一見他就立刻躲開。

看到沈晞的笑容，趙懷淵愣了愣，才說：「都這種時候了，妳怎麼還笑得出來啊？」

沈晞挑眉。「什麼時候了？」

趙懷淵道：「妳在韓王府裡說的話，就是韓王府的人洩漏出去的，想用那些愛慕趙之廷的貴女之手，來個借刀殺人。妳看，褚芹正是最沒腦子那個，馬上就對妳出手了。」

沈晞相信趙懷淵的話，但她不在乎。只要不是派兵來剿滅她，她怕什麼？

「兵來將擋，水來土掩，我並不擔心旁人為難我。」沈晞說著，湊近了趙懷淵。「我更好奇的是，趙之廷為何叫你表舅？」

趙懷淵語塞，故作不經意地瞥了沈晞一眼。「妳對他很感興趣？」

沈晞道：「我對所有有意思的事都感興趣。」

趙懷淵立即點頭。「我也是！可見我們才是能玩在一起的朋友，而趙之廷那人無趣得很，跟他交朋友簡直能悶死。小時候我還不懂，我母親非要我跟他一起玩，結果我這麼個大活人站在那邊，他仍是當沒看到，自顧自練了半天的字。」

沈晞心道，難怪人家能建功立業。小時候的定性就那麼強，長大能不厲害嗎？

當然她不可能說出這話來戳趙懷淵的心，只點點頭。「他確實不怎麼尊重你這個長輩。所以，他連叔叔都不叫，你皇兄也不罵他兩句？」

趙懷淵搖頭。「不好說。之前皇兄說過他，但他說他只認母親，也只認母親這邊的親戚。他母親是我表姊，我母親的親姪女，他才一直叫我表舅。」

沈晞驚嘆。「他這麼敢說啊。」韓王那邊的親戚，不只是趙懷淵，還有宴平帝，趙之廷的膽子有點大了。

她感慨一句。「不過你母親娘家真的厲害，你表姊不嫁到你家，居然嫁給韓王。」這就是世家大族的兩頭下注嗎？這一輩成了后妃，生下皇子，下一輩沒必要親上加親，就換個皇子下注？

不過，以目前的結果來看，這注終究還是下錯了，當皇帝的是其他皇子。

趙懷淵聞言，目光複雜地看著沈晞。

沈晞微頓。「抱歉，我不該談論這個。」趙懷淵太過平易近人，讓她忘了他的家事也是國事，不好如此肆無忌憚地談論。

趙懷淵搖搖頭。「我不是這個意思……算了，反正這也不是什麼秘密，年紀大一點的人都知道。我表姊是先嫁給我的大哥，我大哥走後，才改嫁韓王。」

沈晞無語。你們皇家真會玩。

趙懷淵道：「接下來，我要說的，是一般人不知道的事，妳不能往外傳。」

一般來說，這種秘密聽了便有危險，但沈晞不是怕危險的人，一口答應下來。「我保證。你說的話，到我這裡為止。」

趙懷淵這才壓低聲音道：「當年是韓王酒後失德，才迫得我表姊改嫁。」

沈晞點點頭，皇家果然秘聞多啊。想起在韓王府中的見聞，問道：「所以韓王和你表姊的關係也不好？」

趙懷淵點頭。「聽說除了趙之廷出生那陣子好過，後來便各過各的。韓王喜歡將女人一個個往院子裡塞，還經常在外眠花宿柳，我表姊看不慣。」畢竟之前表姊嫁的是他大哥，無論在他母親，還是皇兄口中，都是光風霽月的人。

沈晞想，那她當時誤會了韓王妃。韓王妃再看不上韓王的小妾，也不至於不讓人治病，折騰人家，只是多年來各過各的，自然懶得管，也不好管的。

當日她見趙之廷風塵僕僕回家第一件事，就是去看韓王妃，可見母子感情很好。趙之廷得知當年父親對母親的欺辱，再加上父親又是這樣的德行，不肯認韓王，也是正常。

沈晞好奇。「所以，趙之廷見到你皇兄，從來不叫叔叔？」

趙懷淵道：「不叫。他見我皇兄時，總一口一個皇上，也自稱臣。所以，他不得我皇兄喜愛，可怪不得我皇兄，還是我比較討人喜歡。」說著揚起眉頭，眉眼間多了幾分自得。

沈晞沒忍住笑出聲來，究竟是誰之前說他是「鬥雞走狗、橫行霸道、欺男霸女」？見趙懷淵看她，沈晞慢悠悠地贊同道：「王爺確實討人喜歡。」

趙懷淵滿意了，圖窮匕見。「趙之廷不得皇兄喜愛，他家又情況複雜，誰嫁給他，誰倒大楣。」

沈晞瞥他一眼。在濛北縣時，趙懷淵就曾說過韓王府的壞話，說韓王不受宴平帝喜愛，而他的表姊韓王妃也不好相處……

看來，他是真的非常不喜歡趙之廷，所以見縫插針地抹黑韓王府，就那麼怕她生出想嫁給趙之廷的心思？

沈晞不介意將至尊席位留給趙懷淵就近看她家的熱鬧，她也愛看他的。剛才趙懷淵衝上去找趙之廷說話時，她不也看得津津有味嘛。

因此，這會兒聽了趙懷淵的話，她便故作遲疑。「若真如此，怎麼會有那麼多貴女想嫁給他呢？」

見沈晞不相信他的話，趙懷淵急切道：「那是她們瞎了眼！婚姻是結兩姓之好，光趙之廷本人好有什麼用？況且趙之廷又不會哄人，沈悶無趣，嫁給他豈不是無聊死了？」

沈晞道：「有沒有一種可能，貴女們想嫁給他，不是圖他有趣？」

趙懷淵挑眉。「那還能圖什麼？不圖他有趣，不圖他家世，圖他的身體？」

沈晞回想趙之廷的身材，確實應該圖一下的。

趙懷淵說的時候不覺得如何，說完見沈晞不吭聲，才陡然發覺他嘴快了，有些話怎麼能當著女子的面說呢？

他連忙找補。「圖……圖他身體好活得久？」

見趙懷淵眼神躲閃，沈晞善心發作，不想讓他太尷尬，遂道：「他不是擁有戰神之名嗎？哪個閨閣少女沒有嫁給一個大英雄的夢想？」

趙懷淵緊張地追問道：「那妳呢？妳想嫁給怎樣的人？」

沈晞抬眼看他。「王爺，你真要替我作媒啊？」

趙懷淵乾笑，過去他雖那麼說過，但那時候他們還不熟嘛。如今回到京城一看，他看哪個人都覺得不順眼，配不上沈晞，還作什麼媒？他看不上的，沈晞更加看不上。

沈晞見狀，笑著搖頭。「不必了，我這輩子並沒有嫁人的念頭。」

「好！」趙懷淵一點也不覺得這想法驚世駭俗，沒有配得上她的人，自然不嫁啊，甚至興奮道：「倘若妳嫁了人，妳丈夫肯定不讓妳再出來跟我玩。不嫁人正好，今後有我在一日，便沒人能欺負得了妳。」

這話天真，這時代的女子不嫁人，是很難想像的事。但趙懷淵不但輕易接受，連她將來可能面臨的困難都想到了，還承諾庇護她。

沈晞不需要誰的庇護，哪怕她沒有高深的武功，也不怕承擔自己的選擇帶來的後果，但依然為趙懷淵的赤忱之心動容。

她含笑應下。「那我便提前謝謝王爺了。」

趙懷淵擺擺手。「別跟我客氣，我們是什麼交情。」看看天色道：「正宴快開始了，我們走吧。」

沈晞起身，走在前面的趙懷淵突然轉身道：「差點忘記問了，褚芹究竟怎麼回事？」方才發生的事太多，他還來不及問呢。

沈晞再相信趙懷淵，也不會把她會武功的事告訴他，蹙眉道：「我也覺得很奇怪，我並未見過她，她卻非說推了我下水……王爺，有沒有可能，翠微園真的鬧鬼？」

趙懷淵不怕鬼，他從不信這些，但聽沈晞這樣一說，也覺得褚芹的事古怪起來。

他眼睛一亮，壓低聲音道：「有沒有興致半夜來捉鬼？」
沈晞暗道，鬼就是她，捉什麼捉？便委婉地說：「半夜我出不來。」
趙懷淵這才想起，沈晞是女子，不可能跟以前的狐朋狗友一樣，陪他瞎鬧到天亮。
他遺憾道：「那算了。」
二人一前一後離開，趙懷淵讓沈晞先走，他晚點再過去，免得被人看出他們相熟。
等沈晞走遠，趙良才道：「主子，褚芹之事，可要小人再好好查查？」
沒有沈晞一起參與的事，趙懷淵也提不起勁來，擺擺手。「不必，反正沈晞又沒吃虧。」剛才那情形，所有人只當是褚芹鬧事，不會把褚芹的話當真。
趙良應下。「是，主子。」

沈晞回去跟沈寶嵐會合後，和眾人一道去北園。
去的路上，沈寶嵐一直在打量沈晞，見她衣著和髮髻都沒有亂，才放了心。
片刻後，她又低聲道：「二姊姊，妳真去見了那人？他是誰呀？」
沈晞側頭笑望她。「怎麼，要去告訴父親嗎？」
沈寶嵐連忙搖頭。「怎麼會。我與二姊姊的小秘密，怎能說給父親聽？」
沈晞一笑，沒說什麼。
見沈晞不肯說，沈寶嵐沒有辦法，只能小聲道：「二姊姊，見歸見，可不能……讓人占了便宜。從前有一家女子被哄騙了去，珠胎暗結，那家人好幾年沒臉見人。」

她還想找個好姻緣呢，二姊姊的名聲要是徹底壞了，她也不好找到好的呀，可得好好規勸二姊姊。

沈晞記起，方才沈寶嵐為她哭得滿臉淚水，雖說不見得有多少真正的姊妹情，到底是真掉了眼淚。

她起了逗弄心思，貼著沈寶嵐的耳朵，小聲道：「放心，我不會讓人發現的。」

沈寶嵐瞪大雙眼，表情像被雷劈了一樣。

為何不是「不會讓人占便宜」，而是「不會讓人發現」？在方才那短短的時間裡，二姊姊究竟做了什麼啊……

而且，二姊姊剛來京城，怎麼會這麼快就遇到什麼英俊的男人？她怎麼沒見到？

沈晞逗完沈寶嵐就不管了，徒留沈寶嵐滿臉糾結，連百花宴都沒心思參加了。

接著，沈寶嵐忽然發覺，走在不遠處的趙王居然頻頻往她這邊看，自然不是在看她，那只能是看二姊姊了。

這一刻，沈寶嵐覺得自己好像發現了什麼天大的秘密！

二姊姊所說的「英俊的男人」，該不會是趙王殿下吧？趙王確實很英俊，若非性子那樣惡劣，也會有很多貴女傾慕。韓姨娘私下跟她說過，趙王是想利用二姊姊對韓王世子做點什麼，今日她也見到了，趙王與韓王世子的關係真的不好。

莫非……趙王是想先哄騙二姊姊，再讓二姊姊想辦法嫁給韓王世子，讓韓王世子戴他的綠帽？

沈寶嵐是個深度的話本愛好者，沈晞無聊時看的話本全是沈寶嵐那裡拿來的，因此她的思維也十分活躍。從前沈寶嵐是沈寶音的跟班，而沈寶音循規蹈矩，並沒有讓沈寶嵐的離譜思維有發揮的餘地，可今日她跟著的人是沈晞，而沈晞本人已經夠離譜，那麼沈寶嵐的各種猜想只會更離譜。

自認發現了驚天大秘密之後，沈寶嵐立即低頭，假裝她什麼都不知道。

天啊，為何她家會被趙王盯上？完了完了，她今後找不到好的夫婿了。

沈寶嵐頓時絕望，甚至不敢將自己的猜測告訴任何人，抬起依然紅腫的雙眼，可憐兮兮地望向沈晞。

沈晞察覺到她的目光，忍不住摸了摸她的腦袋，以示安撫。

沈寶嵐心想：二姊姊，我會守著這個秘密到死的！

因為天氣有些冷，正式舉辦百花宴的地方在屋內，男客和女客分坐兩邊。

主持宴會的榮和長公主看起來依然年輕美麗，又有著年輕女子沒有的雍容華貴，見到趙懷淵這個年輕的異母弟弟，十分熱情，邀請他在主位落坐。

其餘人依次坐下，沈晞的位置有些偏，周圍的貴女，她一個都不認得。

沈晞與沈寶嵐同坐一張桌子，兩個丫鬟在身後侍立。右邊的貴女往她們這邊看了眼，與同桌女子低語。

沈晞耳力好，聽到她們在討論她，說她等會兒一定會出醜。

這時，下人搬上幾盆顏色各異的月季，榮和長公主笑著請在場的人小試身手，可以以詩相會。

作詩啊，這個她確實不行。她從小就沒有文學天賦，以前上學寫作文，都是寫穩穩當當的議論文。

來參加百花宴的人，多半有揚名的念頭，能如此光明正大地炫耀自身的學識，但凡能作兩句詩的，都不會放過機會。一時間，眾人或凝眉沈思，或提筆暢快寫就，只有少數幾人並不動作。

沈寶嵐愛看話本，讓她寫話本能寫上一個完整的故事，要作詩卻不成。她提著筆，想隨便寫上一首差不多的混過去，卻見身旁的沈晞正在剝花生。

花生是桌上的擺盤，很好看，但沒人會吃。

「二姊姊，妳幹什麼？」沈寶嵐小聲問，發現好些人看過來了。

沈晞道：「我表演個才藝。」

沈寶嵐聽不懂，但她料想沈晞剛從鄉下來，應該沒正經上過學，不會作詩，這才不作。

她小聲道：「二姊姊，可要我幫妳作一首？」她的詩作雖然不怎麼樣，但總比一個字都寫不出來好吧。

沈晞道：「不必，妳寫妳的吧。」

見沈晞模樣坦然，沈寶嵐只好收回目光。這時候二姊姊剝花生肯定不是因為吃，說要表演才藝，可是跟花生或者花生殼有關？

沈寶嵐想不出個所以然來，只能自顧自地絞盡腦汁寫下一首詩。

她好不容易寫好，轉頭去看沈晞，想看看她要表演什麼才藝，卻見那盤花生已經被沈晞吃光了！

沈寶嵐好奇道：「二姊姊，妳表演的是什麼才藝？這會兒大家都在作詩，許多才藝是之後才會表演的。」

沈晞將花生殼放回盤子裡堆好，坦然笑道：「我表演的才藝名叫『雖然我什麼都不會但也不會因此而羞恥啊』。」

沈寶嵐無語。什麼玩意兒?!

此時眾人差不多都作好詩了，一名貴女起身道：「今日有位嬌客是新來的，不如請她先來開場？」

眾人知道她說的是誰，紛紛應好。榮和長公主向來是攢局為主，這些貴族子弟們要說什麼、做什麼，她都不太管，只會看著。

沈寶嵐心中暗驚，低聲道：「二姊姊，那位是兵部尚書孔大人的嫡次女孔瑩，她似乎也傾慕韓王世子。」

孔瑩的手段不像褚芹那樣簡單粗暴，現在要剛從鄉下來的沈晞開場念詩，自然是打著讓沈晞當眾出醜的主意。

孔瑩盈盈一笑，望向沈晞。「沈二小姐，願聞大作。」

換作旁人，被如此多的眼睛盯著，早面皮通紅，泫然欲泣。可沈晞曾經當著眾多陌生人的面跳舞，臉皮便薄不了，只大大方方地說：「我不會哦。」

沈晞的態度有些令孔瑩意外，但隨即歉然道：「抱歉，我以為沈二小姐既來了百花宴，是會作幾首詩的。」

榮和長公主是個文雅人，開了很多次百花宴，不論如何安排，定會作詩，因此赴宴的人多少會一些。孔瑩想先聽沈晞的詩作，至少從表面上看，並無欺負人的意思。

趙懷淵也想到了這個，從前他幾乎不參加這種相親宴，今日光想著藉機跟沈晞見面，忘了還有作詩的事，偏偏這會兒又不能替沈晞解圍，只能在心裡罵了趙之廷一句。

要不是趙之廷，這些貴女能為難沈晞嗎？趙之廷就是個禍害！

第十六章

在趙懷淵緊張目光的注視下，沈晞露出淺笑。「無妨，我接受孔小姐的賠罪。反正入京至今，不是只有妳向我賠罪過。」

沈晞的話雖隻字未提韓王世子，但所有人都知道她在說誰。

孔瑩藏於衣袖內的手瞬間捏緊，她討厭沈晞如此輕描淡寫地提及趙之廷。

倒是恩義伯家的小兒子嚴宏章沒那麼多顧忌，笑嘻嘻地追問道：「沈二小姐，韓王世子真向妳賠罪過？那妳揚言要當韓王府將來的女主人，可有此事？」

沈晞瞥他一眼，笑道：「當時不過是見下人無禮，才爭辯幾句，在場的人都知道是怎麼回事。事後我父親聽說了，還罵我逞口舌之快，哪知回頭這事卻傳開了。」

眾人聽明白了，沈晞是在藉機當眾澄清流言，想來是不願再被人無故為難。他們都看得出來，褚芹和孔瑩是為了韓王世子才如此。

因此，他們不禁對沈晞有些改觀。這個剛從鄉下回來的真千金，並非那麼粗鄙嘛。

然而，下一刻他們便聽沈晞苦惱道：「這些話肯定不是我家傳的，我父親恨不得趕緊跟韓王府撇清關係，就只能是韓王府了。我鄉下來的，不知道京城勛貴的做派，還請大家教教我，韓王府傳出這樣的流言，是不是逼我只能嫁到他家？」

眾人一愣，韓王府用得著以這種手段逼嫁嗎？但下一刻便反應過來，本就是韓王府下人失禮得罪了人，怎麼好把氣話往外傳，壞人名聲？不管是韓王府主子的意思，還是沒能管束住下人鬧出來的事，都是韓王府的錯啊。

原本趙懷淵聽嚴宏章再提及流言之事，很不高興，但見沈晞說著說著，整個風向都不一樣了，當即決定揚聲替她助陣。

「他敢！沈二小姐放心，有本王在，絕不會發生逼嫁之事。」

沈晞的話還只是「請教」，趙懷淵的話卻將「逼嫁」一事說得好似板上釘釘，但因為趙懷淵與韓王世子向來有仇怨，沒人覺得他是在幫沈晞，只覺得他是乘機來壓韓王世子一頭。

孔瑩孤零零站著，數次張嘴，數次閉嘴，整個人都傻了。原是她想讓沈晞因不會作詩而丟臉，說著說著卻成了韓王府逼嫁，事情是如何變成這走向的？

沈晞見趙懷淵如此恰到好處地接話，心中暗笑，他真是無時無刻不抹黑韓王府啊。當然，她也有一樣的意思。哪怕她覺得趙之廷還不錯，卻不妨礙她小小地報復一下韓王府。不過是名聲而已，一起來壞啊。

沈晞感激地看向趙懷淵，道：「多謝王爺為我作主。從第一次您為我主持公道後，我就知道您是個大好人。有您的話，我便不用再懼怕韓王府了。」

大好人？開玩笑嗎？趙王是唯恐天下不亂，想看韓王府，尤其是韓王世子的熱鬧吧！

所有人都覺得沈晞初來乍到，被趙懷淵的表象騙了。

孔瑩緩緩坐下，不再多言。趙王都出頭了，她自然不好再說什麼，免得捲入趙王和韓王世子的爭鬥中。那兩人都是皇家人，再怎麼鬥也是皇家的事，外人插手只會沾一身腥。

她又不動聲色地瞥沈晞一眼，覺得好笑，這個外來女子不知自己被當成了一把刀，還沾沾自喜呢。而出頭給沈晞難堪的她也有些可笑，根本不用她們做什麼，沈晞就會因為看不清暗湧而自取滅亡。

原本孔瑩起頭之後，有些人也躍躍欲試，打算讓沈晞這個鄉下來的嚐嚐京城人的厲害，見趙懷淵跳出來攪局，便歇了心思，怕被殃及池魚。

榮和長公主像是完全沒看出風起雲湧般，面上依然帶著端莊得體的笑容，打了幾句圓場，令百花宴得以繼續下去。

接下來，沒人再給沈晞難堪，連「才藝」都免了，就在一旁逗逗沈寶嵐，吃吃東西。

與此同時，回到淮陰侯府的褚芹，立刻將自己藏進被窩中，瑟瑟發抖，誰都沒能從她嘴中問出什麼。

不一會兒，褚芹發起燒來，口中胡言亂語，喊著「鬼」、「不要過來」之類的話。

在池塘邊發生的事，唯有褚芹清楚，連她的丫鬟吉祥也只知道一部分。吉祥把她知道的全告訴了淮陰侯夫人張氏，張氏隔著被子，摟著褚芹哭著叫心肝兒，褚芹的母親華氏也站在一旁抹眼淚。

張氏恨恨道：「芹兒怎會亂說，定是那沈二搞的鬼，害得我兒嚇成這副模樣。」像淮陰侯這樣幾代的勛貴人家，早習慣了被人捧著。旁人的身分若比他們高就罷了，像沈晞這樣才剛認回來的女兒，身上的泥點子還沒洗乾淨呢，就敢為難孔家人，便是挑釁。

至於明明是褚芹先打別人的主意，張氏卻是不管，他們全家放在心尖上呵護長大的嫡女，跟人開個玩笑又怎樣？

當下，張氏命兒媳好好照顧孫女，自己帶人套上馬車，浩浩蕩蕩地趕去百花宴。

榮和長公主的百花宴，她不好進去鬧事，會被榮和長公主記恨，若只是在翠微園外堵沈晞，問題卻是不大。

她要把人帶到褚芹床前，把事情講清楚，解了褚芹的心結，並向褚芹道歉！

翠微園中，這次的百花宴很快便結束了，原因主要有兩個，一是不少貴女是衝著韓王世子來的，哪知對方露個面便被趙王懟走了，遂失了興趣。二是趙王在場，一句話讓他不高興，就會被他為難，可是後患無窮。趙王不講道理的啊，即便無心之失都不行。

百花宴草草散了，沈晞與沈寶嵐一道往外走，沈晞遺憾道：「也不怎麼好玩。」

除了褚芹的事有點意思，孔瑩半途而廢，之後沒人跟她說話，她無聊得很。

沈寶嵐忍不住腹誹，百花宴不是來玩的，是男女之間相看。不想找夫君，便不要來了。

不過，她笑得討好。「確實不怎麼好玩。二姊姊可喜歡踏青？我有一些熟識的閨中密友，可以相約去爬山。」

沈晞點頭。「好啊，約好了再叫我。」

沈寶嵐鬆了口氣，有辦法討好二姊姊就行。二姊姊私下裡幹什麼都好，總比在這樣的聚會上胡說八道，讓她提心吊膽強。

沈晞道：「天色尚早，我們去珍寶店逛逛吧。我來沈府已半個月，還沒有送過見面禮給妳。一百兩以內，妳隨便挑。」

沈寶嵐一聽，興奮得眼尾都紅了。雖然韓姨娘幫著協理中饋，卻不好給她太多便宜，她的月例也就六兩，想買點好看的首飾，都得精打細算。

「二姊姊，妳真好，妳永遠都是我的二姊姊！」沈寶嵐被沈晞的財大氣粗收買了。原本從韓姨娘那裡聽說父親給二姊姊多少補償後，她嫉妒得睡都睡不好，孰料她也能占到便宜。

沈晞笑道：「寶嵐妹妹維護我，我自然會投桃報李。」

沈寶嵐用力點頭。「今後我永遠站在二姊姊身前，誰要對二姊姊不利，先過我這關。」回去她便跟韓姨娘說，她們只要對二姊姊好，二姊姊不會虧待她們的。至於父親那裡……算了，二姊姊比較厲害，如今二姊姊可跟趙王是一夥的呢。

今日發生這麼多事，沈寶嵐已經看不清趙王和沈晞是怎麼回事了，但她覺得自己不用看清楚，只要站在二姊姊這邊就好，還要好好替二姊姊遮掩。

沈晞與沈寶嵐姊妹情深地相攜走出去，小翠和南珠跟在後頭。

看見自家小姐在討好二小姐，南珠也親熱地對小翠說：「小翠妹妹，有什麼不懂的，便來同我說。」

雖然沈晞沒有任何要求，但小翠忽然被提拔成貼身丫鬟，什麼都不懂，每一天都很慌，聞言立即道：「南珠姊姊，請教我怎麼當好貼身丫鬟。二小姐對我太好了，我卻什麼都不會做，我也想回報二小姐。」

南珠已在沈寶嵐身邊待了七年，笑道：「放心，我會將我知道的全教給妳。」

她暗暗想，教好了小翠，便是讓二小姐今後更方便，她也在幫著三小姐討好二小姐呢，今天的她也是個忠心耿耿的丫鬟。

四人上了馬車，車夫已吃飽喝足休息好了，馬車慢慢駛出翠微園。

沒多久，馬車驀地停下，車夫靠近車廂，低聲說：「好像是淮陰侯府的車攔住咱們。」

淮陰侯府的馬車……沈寶嵐抓緊沈晞的衣袖，緊張地探頭出去看。

車外，有個嬤嬤道：「聽聞今日我家小姐與沈二小姐起了齟齬，還請沈二小姐隨我們去侯府作客。」

淮陰侯府囂張慣了，底下的下人說話也十分硬氣，再加上此次侯夫人同來，就坐在馬車內，語氣更是強硬。

沈晞笑了，這是打了小的就來老的？對車夫道：「回她，不去。」

車夫遲疑片刻，便聽沈寶嵐的聲音道：「聽我二姊姊的！」

車夫想，既然兩位小姐都這樣說了，遂粗聲粗氣地道：「我家小姐說了，不去。」

沒想到沈晞會如此乾脆地拒絕，嬤嬤愣了下，寒聲道：「沈二小姐不想想自己，也要想想家裡。」

沈晞聞言，掀開車簾看向外頭，發覺淮陰侯府的陣仗不小，馬車後頭還跟著一些小廝，十足的勛貴做派。

沈晞猜想，馬車內應當有個能作主的，只是人家氣派大，不肯說話而已。

沈晞沒有那個架子，揚聲道：「貴府是在威脅我家嗎？我父親教過我，威武不能屈！貴府有本事，去參我父親好了，我父親但凡皺一下眉頭，他就不姓沈！」

這會兒正是赴宴眾人紛紛告辭的時候，這邊的動靜哪能不引起注意，聽到沈晞這義正詞嚴的話，表情精彩紛呈。

他們印象中的沈侍郎，好像沒有如此剛正吧？

最清楚自己父親是什麼模樣的沈寶嵐更是錯愕，她父親絕非如此，倘若有人參他，他能一整晚睡不著覺的啊。

但想著即將得到的首飾，沈寶嵐閉緊了嘴巴。二姊姊有錢又大方，二姊姊說的都對。

嬤嬤見沈晞搬出沈成胥，又見她冥頑不靈，與來之前料想的不同，皺眉想請示侯夫人，便見車簾被掀開了。

張氏望向沈晞，冷笑道：「小小年紀，倒是伶牙俐齒。」

沈晞看對方約莫四十來歲的樣子，考慮到貴族女子不用幹活，保養得好，實際年齡一定更大，再加上衣著氣度，猜想多半是淮陰侯夫人。

她笑咪咪地裝傻。「過獎過獎，我父親也時常這樣誇我。」

張氏沒見過如此不要臉的小姑娘，深呼吸兩下，才壓住怒火。她年輕時也是個暴脾氣，年紀大了才好一些，而且又是侯府夫人，沒人敢再招惹她。

「同我回去解釋清楚妳做了什麼。倘若芹兒好了，我可以不追究。」張氏冷聲道。

沈晞詫異。「褚小姐怎麼了嗎？侯夫人，您太不講理了，您家孫女出了問題，應當去看大夫，找我做什麼？我一不是大夫，二也不是我弄壞她的，赴宴的人都可證明。」

「還在狡辯！芹兒定是被妳嚇壞的，妳耍的把戲可以騙過旁人，卻騙不過我。」張氏道：「今日妳是去也得去，不去也得去！」

沈晞捂著嘴驚呼。「侯夫人真是好大的威風啊！我可是榮和長公主的客人，她的百花宴才剛結束，您就敢如此不客氣。我來京城之前，還以為皇家才是最大的呢！」

侯夫人面色變了變，如今不是數百年前世家強於皇權的時代，皇帝一家獨大，所有的貴族都依附皇族，誰敢說自己比皇家大？

不等侯夫人斥責推託，便聽一道清朗的嗓音道：「本王倒要看看，誰敢在本王的地盤上給皇家沒臉。」

趙懷淵早遠遠盯著了，他本是想悄悄送沈晞回府，又不能跟太近讓人知道，就看到她被淮陰侯府的馬車攔下。

礙於身分，他不能直接出手相助，等到沈晞說著說著把話扯到了榮和長公主頭上，才終於找到機會，迫不及待地插手了。

張氏一看到趙懷淵，面色就變了。趙王是個無賴，無風都能掀起三尺浪，又有宴平帝撐腰，誰也不想跟他對上。

於是，張氏的面色和緩許多，溫聲道：「王爺，老身只是想為孫女討回公道。」

「公道？」趙懷淵哈哈一笑。「當時本王可是在場的，是妳孫女無端攀扯沈二小姐，妳跟一個不相干之人討什麼公道？當時妳孫女還親口說推了沈二小姐下水，本王是不是也該為此討個公道？什麼東西，也敢在本王的地盤上生事！」

張氏面色一沈，趙王說話果然不留口德，偏偏她又不能生氣。

看來今日無法將人帶走了，張氏道：「既然王爺要保沈二小姐，老身只好退避三舍。」

趙懷淵嘴上是不肯吃虧的。「什麼叫本王保沈二小姐？本王明明是見不得仗勢欺人，在主持公道。」

悄悄圍觀的眾人心道，哪個仗勢欺人的，能越過趙王啊？

張氏告辭，負氣走了，覺得今日遇到趙懷淵是萬分晦氣。

其餘圍觀的人見熱鬧散了，怕被牽連，也趕緊跑了。

沈晞轉向趙懷淵，感激道：「多謝王爺，您又替我解圍一次，不知該如何感激您。」

趙懷淵衝沈晞眨眨眼，嘴上卻道：「本王早看淮陰侯府不順眼了，與妳何干？走了！」

他上了馬車，車夫駕著馬車離開，一刻也沒有耽擱。

於是，見趙懷淵幫沈晞兩次而有所懷疑的人，也稍稍去了疑心，沈晞雖美貌，但也沒美到令趙王神魂顛倒的地步嘛。想來第一次是因為與韓王世子相關，第二次是淮陰侯府冒犯了皇家威嚴，沈晞只是恰好牽涉其中罷了。

等人都走了，大氣都不敢喘的沈寶嵐才長長吸了口氣。

剛剛那可是淮陰侯夫人啊，聽說年輕時還跟男子打過架的，沒想到沈晞竟敢如此強硬，不愧是她的二姊姊。

沈寶嵐的手還有點抖，就聽沈晞道：「幸好沒耽擱太多工夫，還來得及去逛街。」

沈寶嵐一愣。「還去嗎？」發生了這種事，她以為會立即回府呢。

沈晞笑道：「多大的事，哪有答應妳的事重要？」

沈寶嵐的臉霎時通紅，這麼厲害的二姊姊覺得她很重要，結結巴巴道：「二、二姊姊，今後我就是妳的馬前卒。」

沈晞揉揉沈寶嵐的腦袋，揚聲吩咐車夫。「走吧。」

在沈寶嵐的提議下，馬車去了沈家常去的至臻齋，裡面的珠寶首飾價格合理，但沈寶嵐以前好幾個月才能來買一次。
如今有沈晞這個大財主在，說好一百兩就是一百兩，沈寶嵐果真不再客氣，挑了一套想要很久但攢不夠銀子的頭面並一些飾品，還幫韓姨娘買了一根髮簪。
回到沈府，沈寶嵐拿著東西跑去找韓姨娘，炫耀一番後，才屏退丫鬟跟婆子，小聲跟韓姨娘嘀嘀咕咕。
府中人口簡單，韓姨娘這二十年沒跟人宅鬥過，唯一的願望就是晚年日子安詳，以及讓女兒有個好歸宿。見女兒戴上這樣好的頭面，光彩照人的模樣，不禁紅了眼眶。
沈成胥不摳門，但也不大方，府中銀錢多半是他和少爺拿去送往迎來，她們這些女眷能用掉多少？她雖協管中饋，卻不敢中飽私囊，畢竟她只是個妾。再加上沈寶嵐是庶女，有好東西也是先給沈寶音，她真是第一次看到沈寶嵐用上這樣好的頭面。
「妳二姊姊是個好的。」韓姨娘哽咽道。雖然這些銀子來自沈府，沈晞卻十分大器，甚至願意在她女兒身上花錢，讓她十分感激。
沈寶嵐愛不釋手地撫摸著脖子上的項鍊，大逆不道地說：「我看，與其孝敬父親，不如好好跟著二姊姊走。」甚至莫名覺得，今後要找到好姻緣，還得看她二姊姊。
韓姨娘敲了沈寶嵐腦袋一下，斥責道：「說什麼胡話呢？當心被人聽見，說妳不孝。」
沈寶嵐吐吐舌頭。「這裡只有姨娘嘛。」一時沒忍住，又將百花宴上一些能說的事說給韓姨娘聽，言語間對沈晞推崇備至。

另一邊，沈晞回府後，便將淮陰侯府的事拋在腦後。

沈寶嵐送來的話本中，有一本挺好看的，她就窩在家裡繼續看了。

第十七章

這天，與王五約定的日子到了，沈晞便帶著小翠出門，來到平安街。

沈晞在街上站了不到片刻，見王五從人群中靠近，遂往旁邊走，兩人在僻靜處會合。

王五道：「二小姐，小人幸不辱命，查到了您要找的人。秦越確實是個富商，只是後來經營不善，聽他鄰居說，二十年前他就把老婆跟女兒賣掉，回鄉去了。」

沈晞聽得直皺眉。什麼玩意兒，動不動就賣妻鬻女，怎麼不把自己賣了？

因為是王不忘的妻女，沈晞更為憤慨，壓下怒氣，問道：「他的妻女被賣到了何處？」

王五訕笑。「小人目前只查出這一點消息，其餘的還要再查探。」

能在茫茫人海中查到二十年前就離開的人，已經很有本事了。

沈晞給了二十兩的小額銀票，道：「這是查秦越的酬金，再麻煩你查查他的妻女被賣到何方。查出來後，我還有重謝。」

有錢就好說話，王五喜上眉梢，拍胸脯保證。「小人定不會讓沈二小姐失望。」

沈晞道：「找到人後，我自有辦法驗證是不是我要找的，還望你仔細些。」

她的語氣溫溫柔柔，但王五聽出了其中的威脅。沈晞並不追問查到秦越之事是真是假，但等到下一步，他要是找不出秦越妻女的下落，或者隨便找人來糊弄她，她不會放過他。

雖然沈晞看起來像是個普通的閨閣小姐，但有時被她看上一眼，王五都覺得心中一顫，加上有趙王在她背後當靠山，自然不敢糊弄，連忙道：「小人一定先確定好，再報到您這兒，絕不會浪費您的時間。」

沈晞敲打完王五後，便離開了。

因為秦越的事，沈晞沒心情在外面多逛，回去後就在躺椅上躺下。

晚間，沈成胥來了桂園，神情不太好看，但沒對沈晞擺臉色，溫聲道：「晞兒，父親聽說妳與淮陰侯府的褚小姐有些誤會？今日淮陰侯說，想請妳去將誤會解開。」

沈晞捂著嘴，驚訝道：「父親，淮陰侯這麼不要臉嗎？我什麼都沒做，明明是褚小姐不知為何非要掰扯到女兒身上，當時在場的人都可以作證。」

沈成胥只當自己沒聽到「不要臉」那句，今日淮陰侯找上他時，話說得可難聽了，他不可能在小輩面前學舌，只能期望女兒能給他這老父親一點薄面，趕緊將這事處置好。

「既然妳什麼都沒做，上門解釋清楚便行。否則，淮陰侯不會善罷甘休的。」

沈晞正色道：「父親，您可是工部侍郎，正三品大員，還怕對方不成？大不了鬧到皇上跟前去，我們占理，怕什麼？」

沈成胥語塞。什麼破事也敢鬧到宴平帝跟前去，他是嫌官位太穩固了嗎？

他很想拿出身為父親的威嚴逼沈晞去，但想到先前他敢讓沈晞守孝，她就敢大半夜敲鑼，只能苦著臉道：「晞兒，聽說褚小姐病得很重，連床都下不了，淮陰侯也是擔心他孫女，妳去看看行嗎？」

病得很重？果真是嚇到了，還是逼她上門的託詞？

沈晞想了想，改口道：「讓我去也可以，但我要帶夠多的人去，不然怕他們打我。」

沈成胥心道，淮陰侯府的人不是地痞流氓，怎麼可能開打？但想到淮陰侯夫人的做派，頓時不那麼確定了，又怕自己不答應，沈晞便不肯去，遂道：「好好好，父親會跟韓姨娘說，妳要帶多少人去都成。」

沈晞眉開眼笑。「好，明日我就去探病。」

沈成胥見事成，擺出慈父做派問了問沈晞的日常起居，也沒多待，說幾句就趕緊走了。

第二日，沈晞去找韓姨娘，而韓姨娘已得了沈成胥的吩咐，沈晞說什麼便是什麼。

於是，除了看門的，以及幾位主子身邊貼身伺候的人，其餘的下人包括後廚切菜的小廝，全被韓姨娘一個命令叫走，跟上沈晞的馬車，浩浩蕩蕩出了府。

沈府的主子們站在門口，目送這一大群人和一條瘸腿老狗離去。

在小女兒咿咿呀呀的學語聲中，楊佩蘭忍不住問韓姨娘。「這真是父親答應的？」

韓姨娘十分肯定。「昨夜老爺同我說，二小姐要多少人都給她。」雖然她猜老爺也沒想到二小姐會把整個沈府的下人包括狗都帶走，但老爺吩咐了，她便照辦。

沈寶嵐看著那群雖然不知道要去幹麼，但因為一群人一起走，所以顯得氣勢頗強的沈府下人，不禁有些羨慕，總覺得二姊姊又要發威了。可是韓姨娘拉著她，不敢讓她去，她只好把南珠派過去助陣，自己留在府中。

幸好南珠嘴皮子索利，待南珠回來，她要聽聽二姊姊都做了什麼！

沈晞坐在馬車內吃瓜子，而沈寶嵐派出來的南珠則跟小翠一起，非要幫她剝瓜子殼，被她嚴詞拒絕了。

沈晞見小翠眼巴巴地看著她，似乎要從剝瓜子一事裡找到存在的價值，只好勉為其難地點頭答應她和南珠的請求，兩人便興奮地剝起瓜子來。

沈晞掀開車簾向外張望，為了照顧後頭步行的人，馬車行駛得很慢，後頭的人茫然，但充滿動力，因為她說回府後每個人都有賞錢。

人類的本質就是摸魚，不用幹活還有賞錢拿，誰不開心啊？

沈晞問小翠和南珠。「帶妳們出來走一圈，不用做什麼，給多少賞錢會讓妳們高興？」

小翠道：「不用給賞錢，奴婢就很高興。」

南珠的年紀比小翠大，猜到沈晞是在考慮賞錢的事，遂道：「回二小姐，有個兩、三錢賞銀，奴婢們便很感激了。」

沈晞點頭。她剛才數了下，今日跟著她出來的沈府下人總共有三十人，多給些也好算，一人就賞五錢銀子。如此，將來再有事，也能叫得動他們。

沈晞拿了二十兩的銀票給小翠，讓她和南珠去幫她換成五錢的碎銀子，回去了好賞人。

小翠道：「小姐，不用奴婢跟您進去嗎？」

沈晞擺手。「幫我兌換銀子比跟我進去重要多了。我將這樣重要的事交託給妳，妳能保證辦好嗎？」

小翠當即鄭重道：「奴婢能！」

南珠受沈寶嵐之託，很想跟沈晞進淮陰侯府，但小翠年紀還小，人又單純，她不能讓小翠獨自去換碎銀，只得跟著小翠一起去，心想之後再向跟著二小姐的婆子打聽好了，想必三小姐不會怪她的。

淮陰侯府離侍郎府不算遠，走路大約一刻鐘便到了。

馬車停下，有人上前叫門，門房聽說來的人是沈晞，連忙開門請沈晞入內。

沈晞下了馬車，逕自進去。她身後跟著人高馬大的粗使婆子，再後頭是粗壯的廚房小廝，緊隨著是高矮胖瘦不一的下人，最後還有人抱著一條狗。

門房瞪大了雙眼，結巴道：「沈二小姐，您、您這是……」他當門房十來年，沒見過這種陣仗啊。

沈晞理所當然道：「這是我家的下人，因為不放心才陪我前來，有問題嗎？」

早得了沈晞吩咐的婆子大聲喊道：「有問題嗎?!」然後便是三十人的齊聲高喊。「有問題嗎?!」

門房被震得險些腿軟，慌亂間找了個藉口。「沈二小姐，侯府容不下這麼多人！」

沈晞好脾氣地說：「沒事，我先帶進去，容不下再讓他們出來。」

門房從沒想過會有人帶三十個隨從上淮陰侯府做客，哪裡攔得住這麼多人？在他徒勞無功的「沈二小姐請稍等」慌亂呼喊聲中，沈晞帶著下人們，大搖大擺地進了淮陰侯府。

淮陰侯府比沈府大，三十人入內掀不起什麼水花，但三十人聚在一處，便氣勢驚人了。

方才喊話的粗使婆子扯住門房，要他帶路去褚芹的住處，畢竟沈晞上門就是來「探病」的。她鄉下來的，懂什麼要先拜訪家中長輩的規矩，當然是直接去找正主啊。

門房實在搞不清沈晞此番前來的路數，跟他聽說的來向小姐道歉完全不一樣啊，哪有人上門道歉是帶三十個人的？還有一條狗！

沈晞這邊弄出的動靜大，正等著沈晞上門的侯夫人張氏聽見了，震驚地領著人出來，恰好解了門房的圍。

沈晞一見到淮陰侯夫人，便揚聲道：「夫人，我來探病了，褚芹小姐在哪裡呀？」

倘若不看沈晞身後那一大群奇形怪狀的僕從，她的話聽起來還是有那麼幾分真誠的。

張氏看著沈晞好似砸場的排場，當即擺出侯夫人的氣派，怒聲道：「妳這是做什麼？帶這麼多人來侯府，要打砸不成？」

沈晞捂著嘴，故作驚訝道：「侯夫人說的是什麼話，這可是侯府呀，我怎麼敢打砸。是父親擔心我受委屈，非要我多帶些人，我怎麼好拂了父親的拳拳愛女之心？」

張氏掃過沈晞身後的人，根本不是有拳腳功夫的護衛，全是普通下人。看見還有個老頭抱著條老狗後，頓時氣血上湧，恨不得咬碎一口牙齒。

往日沈成胥見了侯爺都客客氣氣，沒想到敢如此羞辱侯府，她非讓侯爺參他一本不可！

張氏多少年沒有這樣憤怒過了，但想到已經斷斷續續高燒一天一夜，不斷作噩夢、發囈語，還丟了魂似的、不說話的褚芹，好歹壓下了脾氣。

他們請了好幾個大夫，都說褚芹是嚇到了。解鈴還須繫鈴人，無論他們說什麼，褚芹都像聽不到似的，她只能想辦法讓侯爺逼迫沈成胥，將沈晞叫來。

「侯府又不是什麼市井之地，來這麼多人像什麼話？其餘人回去，妳隨我來。」張氏說一不二慣了，說完扭頭便走。

只是，張氏剛走出幾步，她身邊的嬤嬤小聲道：「夫人，沈二小姐沒動呢。」

張氏轉過身，見沈晞正笑吟吟地站在那裡，一步都不曾動。

見侯夫人回頭，沈晞才笑道：「我聽說大門大戶裡的骯髒事多著呢，萬一我跟妳走了，妳尋個又老又醜的男子污我清白怎麼辦？」

不等張氏出聲，她身邊的嬤嬤便斥道：「夫人怎可能做出這樣的事，沈二小姐慎言。」

沈晞挑眉，故作疑惑。「不會嗎？可百花宴時，貴府的褚芹小姐親口說推了我下水啊。我雖不曾見過她，但她既然這樣說了，可見有污我清白的意圖。俗話說，不是一家人，不進一家門，褚芹小姐是這樣的性子，我哪敢什麼防範都沒有，便隻身闖侯府？」

沈晞這話是當面罵侯府的人上梁不正下梁歪，可偏偏推人入水一事是褚芹親口說的，人證太多了，想抵賴都不成，沈晞的話也是有的放矢。

張氏暗恨沈晞嘴巴毒，又氣孫女沈不住氣，撫著胸口，瞥了身邊的嬤嬤一眼。

嬤嬤是跟著張氏的老人，知道自家夫人的意思，滿是皺紋的臉上，擠出一點笑容。

「沈二小姐多慮了。芹小姐是年幼無知，我們侯府不會做出那等事的。」

這會兒，沈晞顯得非常好說話，道：「那行，倘若貴府為褚芹小姐的所作所為向我道歉，我便信了你們做不出那種髒事。」

原本張氏是要沈晞上門讓褚芹恢復並道歉的，哪裡想到沈晞竟然反過來要侯府道歉！她在閨中時，就不是能忍氣吞聲的性子，成為侯夫人之後，更是誰也別想給她氣受。臨到老了，卻在孫女的事上栽了跟頭，萬萬沒想到會遇到沈晞這樣無賴的女子。

若是趙王那樣的身分也就算了，那是天家人，又有皇帝護著，只能由得趙王胡鬧，誰也不敢觸他霉頭。可沈晞算什麼東西，也敢在侯府擺譜？

侯府中養了些會拳腳功夫的下人，沈府哪怕來了三十個人，也不是那些人的對手。但問題是，她堂堂淮陰侯夫人，能在府裡讓自家下人跟沈府下人打成一團嗎？若傳出去，侯府的臉都不要了，沈成胥那老匹夫也定會在宴平帝面前賣慘，侯府說不出理來。

張氏下不了臺，也不可能向沈晞這樣的小丫頭道歉，又不能真拉下臉讓人對沈晞動粗。用沈成胥那老匹夫的官位威脅，沈晞也是不懂規矩，完全不在乎，真是拿這丫頭一點辦法都沒有。

往常對付其他人的手段在沈晞身上全部失靈，張氏只能撫著胸口，裝作氣到說不出話來，用眼神示意站在她身後的兒媳說話。

侯夫人的兒媳華氏的脾氣要軟和許多，得了婆婆的示意，趕緊上前。

「沈二小姐，侯府絕沒有要對妳不利的意思，只是我兒如今重病臥床，整個人魂不守舍，我做娘的，心就像是被剜了一塊，只得煩勞妳上門看看她。」

華氏對褚芹是真心疼，說著便紅了眼，臉色又有些憔悴，看起來頗為楚楚可憐。

今日沈晞大張旗鼓上門，是因為對方手段強硬，不想吃虧。但看在她跟知縣夫人褚菱的交情，其實並不想把事情鬧得太僵。

因此，沈晞客氣道：「我明白，您也是為女兒操碎了心。您放心，只要您替您女兒道歉，我立即去看她。」

華氏面色一僵，她自然很想讓沈晞馬上去看看褚芹，看能不能把褚芹的魂叫回來。可她也清楚，她的婆母要臉面，才叫她出來打圓場，這會兒卻是不好道歉，那不是抹黑侯府嗎？

沈晞像是完全不懂人家的顧慮，只靜靜地看著華氏。

華氏無法，支吾道：「這……」

張氏看似對華氏說的話漠不關心，實則一直豎著耳朵聽。聽沈晞的語氣是緩和了，可話裡還是堅持要侯府道歉，氣得差點不顧侯夫人的儀態翻了個白眼。

交鋒過兩回，張氏知道沈晞吃軟不吃硬，而且初入京城，不知天高地厚，真鬧起來，只怕是鬧個魚死網破，也不會如她的意。到底是對孫女的心疼占了上風，擔心褚芹再燒下去，腦子要燒壞了，只得又對嬤嬤使了個眼色。

嬤嬤走到不知如何是好的華氏身邊，扶著華氏的手臂道：「少夫人，您也要愛惜自個兒身子啊。」

華氏看嬤嬤一眼，明白婆母這是答應她道歉的意思，鬆了口氣，忙對沈晞道：「我兒魯莽，是我這做母親的沒有教好，我在這裡替她向妳賠罪，還望沈二小姐原諒，能去看看她。」

她沒有自家婆母那麼要面子，只想女兒好好的。

沈晞接受了這個道歉。「您確實該好好教教褚芹小姐了，她是運氣好，沒有招惹到什麼不該招惹的人。也就是我，初來乍到，只知道與人為善，這才願意不計前嫌來看她。」

華氏語塞。「是，妳說得是。」

張氏的白眼終究還是沒忍住，這小丫頭怎能如此得寸進尺？說她胖，她還喘上了！

見沈晞鬆了口，張氏扭頭便走，華氏陪著沈晞，但沈府的三十個隨從依然跟在後頭。

華氏道：「沈二小姐，這些人就不必跟著了吧？」

沈晞說：「不行，他們得跟著壯陽氣。」

華氏不解，說是壯聲勢也罷了，怎麼還扯到陽氣呢？

沈晞理直氣壯道：「萬一緒芹是真的撞鬼了，我去看她，也被鬼盯上怎麼辦？人多陽氣重，我才不害怕。」

什麼鬼不鬼的，不就是妳搞的鬼嗎？

張氏很想回頭罵上一句，但心中記掛孫女的安危，只得隱忍下來。起初她讓侯爺去威脅沈成胥把人叫來，還打著讓沈晞道歉的主意，孰料人是上門了，最後道歉的卻是侯府，甚至為了芹兒，她們還得捧著她。

倘若待會兒沈晞能令芹兒好轉也就罷了，若是不能，到時候一併算帳！

第十八章

褚芹住的院子環境清幽，跟她的性格相差頗大。

沈晞頂著侯府眾人的詭異目光，依然讓沈府下人們跟她進去，於是三十人嘩啦啦站滿了整座院子，驚得院中原有的僕從慌忙退到一旁。

沈晞滿意道：「這下人氣足了，我也不怕了。」看向吉祥。「妳家小姐住哪間屋子？帶我過去。」

吉祥看看張氏，見她並無反對的意思，遂在前面帶路。

沈晞跟著她走，後頭也跟上好些人，包括張氏和華氏。

沈晞腳步一停，轉頭道：「侯夫人，你們在外面等著吧。探病而已，不用這麼多人。」

侯夫人哪裡肯放沈晞一個人進去，她若對褚芹不利怎麼辦？

華氏的話倒是說得圓滑。「芹兒鬧得厲害，沈二小姐獨自去，怕是會傷了妳。」

這會兒，沈晞好像完全不怕鬼了，只笑了笑。「不讓我單獨見褚芹，那我就不去了。」

都把沈晞帶到這裡，怎麼可能讓她回去？張氏冷下臉發話。「好，妳自己進去。倘若芹兒出了什麼事，今日妳別想出侯府的門！」

沈晞笑道：「侯夫人這麼說，那我就要試試看，到時能不能出得了侯府。」

張氏快氣死了，她就是按照以往的習慣威脅人，好讓沈晞盡心一點，卻忘記沈晞吃軟不吃硬，又讓她下不了臺。她不可能收回自己的話，又怕沈晞亂來，只得捂著額頭裝暈。

嬤嬤跟丫鬟們見狀，趕緊扶著張氏，華氏也連忙打圓場。「母親是太過擔心芹兒了。沈二小姐快進去吧，我們就在外頭等。」

沈晞看張氏被她逼得只能裝頭昏來避她鋒芒，沒再糾纏，逕自走進褚芹的閨房。

房間內稍顯昏暗，跨過一道山水屏風後，才是褚芹的睡床。

褚芹躺在床上，彷彿正在作噩夢，額頭不停冒出細汗，嘴裡還在喃喃著。

一日未見，沈晞發覺褚芹像是變了個人。原本光鮮美麗的小姑娘，如今面色蒼白，嘴唇淡到幾乎沒有顏色，富有光澤的皮膚暗淡得像被妖精吸了精氣，看著像是不久於人世，難怪侯府如此上火，甚至能忍下她的各種冒犯。

沈晞拖了張繡凳在床邊坐下，托著下巴看褚芹。

本就睡得不安穩，下一刻褚芹忽然睜大了雙眼，隨後便見到噩夢中的人出現在她眼前。

褚芹瞳孔劇震，要尖叫出聲，被沈晞眼疾手快捂住嘴。

沈晞笑咪咪道：「聽說妳病重，我還不信，原來是真的啊。」

沈晞的手勁很大，褚芹根本掙不開，只能用驚恐的目光死死地盯著沈晞。

沈晞驀地貼近褚芹，漆黑瞳孔在昏暗室內似閃著幽暗與詭譎的光，幽幽道：「將來還敢肆意欺凌他人嗎？」

褚芹快嚇得瞳孔渙散了，沈晞這副半藏在陰影中的面孔，同她在噩夢中看到的水鬼一模一樣！

沈晞厲聲重複一遍。「還害人嗎?!」

褚芹被這一聲驚得回魂，拚了命地搖頭，淚水爭先恐後地從眼裡湧出。

感覺到褚芹的顫抖，看見褚芹眼中的驚懼，沈晞放緩了語氣。「妳既悔過，想來那鬼不會再來找妳。大概是那鬼曾被人暗害，推入水中，才如此憎恨同樣打算如此害我的妳。」

褚芹這才反應過來，面前的人是沈晞，不是那個有著沈晞容貌的水鬼。

她太害怕了！從百花宴上回來，不管睜眼還是閉眼，她總能看到那水鬼濕淋淋地出現在身邊，有時候是站在陰暗的角落裡，有時候是趴在黑漆漆的床下，有時候是倒吊在床頭……甚至照顧她的丫鬟，臉上也長著那張臉，根本甩不掉。

她滿心恐懼，可所有人都說沒有鬼，是她看錯了。

現在，沈晞親口說出鬼的來由與盯上她的原因，又說只要她悔過，鬼便不會再找她。

褚芹像是抓住救命稻草，死死攥著沈晞的手，拚命點頭。只要能讓那水鬼走開，她什麼都願意做。

沈晞鬆了手道：「今後好好做人吧。」

褚芹張嘴，聲音嘶啞。「對不起，我不該害妳的……」一邊說著、一邊驚恐地四下張望，害怕水鬼再次出現。

神奇的是，先前無處不在的鬼，這會兒不見了，好似印證了沈晞的話。

「它……它真的放過我了嗎？」褚芹顫抖著問，依然抓著沈晞的手不肯鬆開。

沈晞覺得，此刻褚芹的模樣看起來比鬼可怕。身為一個穿越了也始終堅定的唯物論者，她對神鬼沒多少敬畏之心。怕什麼，要不就別讓她死，不然她死了也變成鬼，大家鬥上一鬥，看誰更厲害。

沈晞道：「我又看不見，哪裡知道？今日不見了，明天說不定還會再來呢。」

褚芹聽了這話，不受控制地顫抖起來，把沈晞的手都捏疼了。

沈晞掙開自己的手，站起身，居高臨下道：「褚小姐，我是不知妳看到了什麼嚇成這樣，為了妳自己好，今後記得與人為善。」說完轉身便走。

褚芹握緊了還在顫抖的手，心中重複沈晞的話。

只要與人為善，鬼就不會再來了！

房門打開時，等得心急如焚的張氏幾人顧不得沈晞，連忙跑進屋內，只見褚芹正蜷縮在被子裡喃喃自語。

張氏見褚芹失魂落魄的樣子，頓時氣急，這不是沒好嗎？

但不等她去找沈晞算帳，就見褚芹忽然抬頭，然後跌跌撞撞下了床，撲入張氏懷裡，毫無貴女形象地痛哭出聲。

「祖母……」

侯夫人驟然鬆了口氣，能叫人、能哭出來，已是好了。

屋外，沈晞對沈府眾人揚手。「回府！人人都有賞銀！」

下人們一陣歡呼，生生蓋過了緒芹的哭聲。今日親眼見到沈晞如何懟張氏，他們真是服氣了，二小姐厲害！

沈晞的目光掃過下人抱著的瘸腿老狗，又笑咪咪地加了一句。「狗也加根雞腿！」

眾人一陣哄笑，在歡聲笑語間，大搖大擺地離開了侯府。

沈晞回到沈府門口時，親自發了小翠和南珠換來的碎銀，眾人得了賞，又在侯府耀武揚威過，個個面上帶著笑容，一時間沈府門口喜氣洋洋。

在沈晞打算進府時，卻見侯府嬷嬷姍姍來遲，送了一車的禮，說是感謝沈晞來探病。

沈晞毫不客氣地收下，她上門一趟也頗費心力呢，回去就躺下看話本。

另一邊，沈成胥雖然在當值，卻惦記著沈晞去侯府的事，心中一直有些惴惴的，生怕沈晞再鬧出事來。

然而，他下值正打算趕回家時，同僚忽然對他豎起大拇指，誇他有血性。

沈成胥莫名其妙，叫來小廝一問才知，街上都傳開了，說是淮陰侯的孫女欺負他這個工部侍郎的女兒，卻反過來叫他讓女兒上門道歉。他不忿，給了女兒五百個打手，叫她領人打上淮陰侯府，還打贏了，淮陰侯府不得不恭恭敬敬地送他女兒離開，還派人送禮賠罪。

沈成胥聽傻了，他家哪來的五百個打手？養那麼多打手，他是瘋了想造反嗎?!

沈晞只是上門探病而已，怎麼會冒出如此荒謬的流言？究竟是誰在背後亂傳，是盯著他位置的下屬，還是盯著他上頭位置的同僚？

沈成胥匆匆回到沈府，本想去問沈晞，但想到往常她說的話總是令人無言，聽起來彷彿是那麼回事，可總有哪裡不對勁，還是去找了韓姨娘。

此刻韓姨娘已從跟去的下人口中聽說了全部經過，除了沈晞進入褚芹房間後的事無人知曉外，其餘的她是邊聽邊倒抽冷氣，但想到最後淮陰侯府送來了謝禮，才不再害怕。

沈寶嵐不在，她氣南珠居然沒跟去看沈晞在淮陰侯府內的情形，叫了一個跟去的婆子回她的院子，追問各種細節。那婆子也為沈晞的表現驚嘆不已，再加上沈寶嵐願意多給一份賞銀，哪怕多說幾遍，她也是興致勃勃。

沈成胥一見到韓姨娘，便道：「今日晞兒去淮陰侯府，究竟是什麼情形？我怎麼聽外頭在傳，她帶了五百人打上門？」

韓姨娘一怔。「是哪個好事的胡說？二小姐只帶了三十個下人而已。」

沈成胥鬆了口氣。「只有三十人便……等等，多少人？」府裡也就四十來個下人吧？沈晞怎麼會帶那麼多人去？

韓姨娘見狀，連忙甩鍋。「老爺不是說，二小姐要帶多少人都讓她帶嗎？妾雖覺得有些不妥，但既是老爺的吩咐，也只好隨二小姐的心意。」

沈成胥想斥責胡鬧，又說不出話來，確實是他吩咐的。問題是，他以為沈晞說的多帶些人，是指帶三、五個丫鬟跟婆子壯壯聲勢，哪知她竟把闔府大半的下人帶去了。

難怪外頭在傳沈晞帶人打上淮陰侯府。三十個人，說不是去砸場的，也沒人信啊。

沈成胥忍不住抹了抹額，摸到一頭冷汗，覺得心臟禁不起再多的痛擊，趕緊讓韓姨娘把事情全說出來。

待韓姨娘說完沈晞是如何與侯夫人叫板，又是如何令侯夫人妥協退讓，最後還讓侯府送來謝禮，沈成胥已癱坐在椅子上，站不起來了。

沈晞這丫頭真是什麼都不怕。難怪她怕侯府的人打她，那樣說話，誰見了不想打？

韓姨娘連忙遞上帕子，替沈成胥擦去汗水，寬慰道：「侯府既是送了謝禮來，想必這事算是過去了。」

沈成胥半天說不出話來，許久才道：「造孽啊！」

他很擔心得罪了淮陰侯府，但聽韓姨娘如此說，更願意自欺欺人，免得繼續提心吊膽。

韓姨娘又道：「老爺可要去看看二小姐？今日她一人對上侯夫人，想必也受驚了。」

沈成胥根本不想去，一想到這個特別能搞事的女兒就頭疼，擺擺手道：「妳替我去吧。

我身體不適，要去歇著了。」

韓姨娘溫柔地說：「老爺，可要請大夫來看看？」

沈成胥搖頭。「不必。」他這是心病啊，大夫來了有什麼用？

於是，韓姨娘親自扶沈成胥去歇著，然後又叫人取了些剛做好的糕點，去了桂園。

桂園中正熱鬧著，因為沈晞休息夠了之後，便開始拆侯府送來的禮物。

這會兒除了桂園的下人，朱姨娘也在。

韓姨娘剛到，就聽見朱姨娘那矯揉造作的聲音道：「欸，這顏色極稱二小姐，您要是穿上，可是人比花嬌，旁人都要被您比下去了呢。」

韓姨娘撇撇嘴，朱姨娘又在拍馬屁了。從前是沈寶音，如今是沈晞。不過，她並未看不起朱姨娘，畢竟朱姨娘比她慘，沒有兒女傍身，又是賤籍，若不能討好府中主子，晚年難過。

「二小姐，廚房剛做了些糕點，可要嚐嚐？」韓姨娘含笑入內，目光隨意一掃，發現院子裡擺放了不少東西，又裝出現在才看到朱姨娘的樣子。「朱姨娘也在啊，一道嚐嚐吧。」

朱姨娘身邊的貼身丫鬟抱著幾疋深色布料，韓姨娘這才明白，朱姨娘怎能拍馬屁拍得那麼興高采烈，原來是沈晞從手指縫裡漏了好處給她啊。

韓姨娘摸了摸髮髻上的髮簪，那是之前沈寶嵐借花獻佛給她的，同樣來自沈晞手中漏出的好處，但這髮簪可是沈晞特意花錢買的，比那些旁人轉贈的東西強。

今日侯府之事，更是讓她發現，討好沈晞比什麼都強。至於沈成胥那邊，隨便應付就行了，反正他也奈何不了沈晞。

朱姨娘上前接過丫鬟提著的食盒，放在石桌上，取出一小碟吃了一塊，殷勤地笑著遞到沈晞面前。

「二小姐快嚐嚐。妾替您嚐過了，確實不錯呢。」

沈晞給面子地拿了一塊，笑道：「多謝。」

她對沈成胥的姨娘們並無惡感，她們非但從來不招惹她，似乎還在討好她，自然不會給她們臉色看。在大戶人家當姨娘也不好過啊，何必為難她們。

沈晞想起一事，看向韓姨娘道：「父親給我一些鋪子，我也不會打理，韓姨娘若感興趣，我便賣給妳如何？」

韓姨娘一怔，沈成胥給沈晞的那些鋪子，她也經手過。那可是在趙統領的冷眼盯視下給出去的，能不好嗎？

她心中一動，嘴上卻道：「都是一家人，二小姐若放心，妾願替二小姐打理。」

沈晞從來沒把沈府當成未來定居的家，只是來此一遊的過客，值錢的東西還是全換成銀票，方便她隨時帶走。

「不用跟我客氣。朱姨娘若想買，也可以挑一挑。」沈晞讓小翠去放地契的匣子裡取出所有鋪子的地契，在石桌上攤開。「妳們隨便看。」

朱姨娘沒想到自己也能有份，激動地上前，卻不敢動手，哪怕買不起，多看兩眼也好。倘若她真能買下一間鋪子，將來老了求個恩典放良，靠著鋪子的進項，亦能養活自己。

韓姨娘故作矜持地看著這些鋪子。原本這些都是公中的東西，給了二小姐便是二小姐的了，自然隨便二小姐處置。倘若她能買上一、兩間，將來也能為寶嵐添妝。

韓姨娘和朱姨娘盤算著各自手上的銀子，遺憾這樣好的鋪子放在面前，卻沒有能力全都買下來。

朱姨娘囊中羞澀，小心翼翼地挑中最小也是位置最差的鋪子，顫聲問：「二小姐，這間要多少銀子？」

沈晞不知道，問韓姨娘。「韓姨娘，這間多少？」

朱姨娘期待地看向韓姨娘，希望韓姨娘可以說出她付得起的數字。

韓姨娘不看朱姨娘，她可不敢糊弄沈晞，照實道：「如今的市價，在一百五十兩到二百兩之間，一年純利大概二十兩上下。」

朱姨娘聞言，大吃一驚，她攢下的銀子連零頭都不足。

沈晞見朱姨娘的面色變化，知道她買不起。都是可憐人，反正對她來說是白來的東西，遂道：「既是一家人，那便宜賣了吧，五十兩好了。」

朱姨娘愣住，紅了眼睛，哽咽道：「謝謝二小姐……今後妾唯您馬首是瞻！」

韓姨娘聽到這價錢，有點眼紅了，但想到她還有女兒倚仗，便放寬了心。知道沈晞也會算她便宜些，並不貪心，只選了一間次一些的鋪子。

沈晞確實也給了韓姨娘優惠，又請韓姨娘替她管其餘的鋪子，韓姨娘欣然應下。

接下來，沈晞分了侯府送來的禮物，不管韓姨娘還是朱姨娘，抑或桂園中的下人，見者有份，還替楊佩蘭和沈寶嵐各留了一份，整個桂園裡滿是歡聲笑語。

此刻，沈成胥還在夏駐居內翻來覆去地煩惱，不知道家中的姨娘和庶女全倒戈了。

沈晞在淮陰侯府的「壯舉」，短短三天內便傳遍京城，但流言變成兩個極端的方向。一是沈晞帶很多人打上門去，反倒逼得侯府送禮賠罪。另一個則是完全相反，說是沈晞得罪了侯府嫡孫女，不得不上門賠罪，被侯夫人打得下不了床，因而侯府送上禮物安撫。

沈晞聽說後，只是一笑了之，誰吃虧誰知道，反正她不在乎別人怎麼看她。流言與她無關，她已準備好同沈寶嵐一道出門遊玩。

沈寶嵐在各種未婚小姐的聚會上認識了一些人，她們的家人官位低，因而未出現在百花宴上，再加上與侯府相關的流言，對沈晞萬分好奇，在沈寶嵐邀請後，紛紛表示願意赴約。

今日天氣尚可，不算很冷，適合到郊外走走。據沈寶嵐說，來的有親軍衛千戶家的庶女魏倩、欽天監監判家的嫡女陶悅然、太常寺典籍家的嫡女鄒楚楚，聽起來都是比較邊緣的官員家庭。

貴女間也有自己的圈子，倘若沈晞是正兒八經的正三品侍郎家嫡女，是不會跟這些官員之女一起玩的。但沈晞不是，她跟誰一起玩都行，只要有得玩就可以。

沈寶嵐見沈晞欣然答應，自然不會考慮那許多。二姊姊給面子參加她跟閨中密友間的聚會，她高興還來不及呢。

第十九章

幾人約定要在城南的南山山腳下見面，再一起去山上的白馬寺上香。

沈晞與沈寶嵐是第二個到的，魏倩已先到了。她家是武官，養女兒沒有文官家庭那麼精細，頗有幾分爽利幹練的氣質，一見到沈晞，便毫無遮掩，好奇地打量，想知道打上侯府的沈晞長了怎樣的三頭六臂，卻有些失望。

沈晞不說話時，靜靜坐在那兒的模樣很能唬人，乍看與普通的閨閣女子並無差別。

「寶嵐在信中對二小姐誇了又誇，我還以為二小姐與旁人不同。」

不等沈晞開口，沈寶嵐先不滿了，揚聲道：「我二姊姊當然是不同的，妳敢當面罵淮陰侯夫人還能全身而退嗎？我二姊姊能。」

魏倩啞然，她膽子雖大，卻不敢當面罵侯府夫人。她要真失心瘋了那麼做，她爹非打斷她的腿不可。

沈晞咳了聲，聽見沈寶嵐的話和那驕傲的小表情，突然想起從前在網上看到的影片，兩個小孩互相炫耀，其中一個小孩炫耀說：「我哥哥敢吃那個屎，你哥哥敢嗎！」情景莫名地相似啊。

她拍拍沈寶嵐的肩膀。「沒必要到處說，不值一提。」今後她還會做出什麼，連她自己都不知道呢。

沈寶嵐聞言，神氣地揚了揚眉頭，用眼神向魏倩示威：聽到沒有？不值一提！我二姊姊厲害著呢，罵侯夫人根本不算什麼。

魏倩覺得沈晞有點說大話，三品文官府裡，哪來五百個打手啊？她爹一個千戶，手底下真正能用的緹騎都沒那麼多。但她不想跟沈寶嵐吵，反正沈晞性情如何，待會兒便知。

沒一會兒，陶悅然和鄒楚楚也到了。

五人見禮，相互認識後，留下馬車和車夫，只帶著貼身丫鬟往山上走。

她們不趕路，邊走邊聊，欣賞周遭的景致。此時上下山的人不多，卻是白日，又在京郊，並不危險。

沈晞感受著清新的空氣，心情很是舒緩，覺得今後應該常去逛逛自然風光。

前方有一座涼亭並一段長廊，魏倩見鄒楚楚似有些走不動了，本提議要在那裡休息，孰料走近才發覺裡頭有人，還是些年輕男子，不太方便，只好將話嚥回去。

此時，道路旁的林子裡突然竄出一個人影，腳下似被絆了下，撲通一聲跪在眾人面前。

沈晞往林子裡看去，那裡還有人，似是在追這個女子。

女子身上髒兮兮的，滿臉污垢，摔得有些暈，仍記得要跑，手腳並用爬起來，驚恐的目光落在不遠處的幾人身上，忽然福至心靈，再次撲通跪下。

「有歹人在追我，求求貴人們救救我！」女子哭著哀求。

魏倩反應最快，蹙眉道：「天子腳下，光天化日，怎麼還有這樣的事？」

亭子那邊的年輕男子們也看到了這邊的動靜，慢慢走過來，似想問清楚發生了何事。

林中的人衝出來，是三個男人，大聲喝道：「妳爹已將妳賣了，還敢逃?!」

本要過來的年輕男子們聞言，互相看了看，退了回去。當爹的賣女兒確實令人不齒，但這是旁人的家事，沒道理管。

剛剛出聲的魏倩也蹙緊眉頭，猶豫著閉上嘴。這種事時時發生，她也沒辦法全管。

女子未發覺他們的退縮，驚恐地喊道：「不，我還有外家，我外祖不會讓我被賣的。」

男人箝住女子的雙手，女子的掙扎對他來說，如同蚍蜉撼樹，啐了一聲。「在家從父。妳爹要賣了妳，妳外祖管得著嗎？」

沈晞想起了秦越賣掉王不忘妻女的事，好心情瞬間消失殆盡。或許這時代這樣的事屢見不鮮，但既然在她跟前發生了，總不能不管。

她上前一步道：「多少錢？我買下她。」

男人一怔，轉頭打量沈晞幾人的衣著，顯然是貴女，忙低下頭，諂媚笑道：「小姐有所不知，我們不能私賣的，都是要帶回去，由管事挑選過，再決定賣往何方。」

女子嘴裡被堵上破布，驚恐又期待地看向沈晞，眼裡燃起細碎的光。

沈晞看不慣這時代的很多事，但這會兒不可能直接把人搶走，遂掏出一張銀票甩過去。

「答應就把人留下，不答應我就回去請我父親來，我父親是三品侍郎。」

男人接過銀票，打開一看，是五十兩，頓時兩眼放光。被抓的女人長得普通，賣不了多少銀子，頂多十幾兩，這可是賺大了，而且對方是官員之家，想必管事也不會怪罪他。

男子笑咪咪，正想接下這銀票，卻聽到有人一聲大喝。「住手！」

沈晞往後面掃了一眼，見趙懷淵帶著趙良氣喘吁吁地跑來。

趙懷淵早讓趙良盯著沈府，上回沈晞帶人去侯府，他不好跟進去，後來聽趙良說了發生的事，佩服得不得了，也很好奇沈晞在補芹房裡做了什麼，怎就讓侯府不計較，還送了禮。

雖說在百花宴上，他藉著韓王府的由頭讓眾人看到他要「護著」沈晞，卻不好真跑去沈府找她，只能看她幾時出門，好來個「偶遇」。

在趙良回報沈晞與沈寶嵐坐馬車出門後，他便要追出來，但被他母親耽擱了一會兒。臨近他兄長的忌日，他母親的心情越發糟糕了。

等他終於擺脫母親來到這裡，遠遠見沈晞要花銀子買人，立即叫住了她。

沈晞的銀子是他辛辛苦苦幫她討來的，怎能用在這種地方！

趙懷淵的氣還沒喘勻，便走到沈晞跟前，手一抬，將銀票從那男人手裡搶回來，遞還給沈晞。

「妳拿回去。有本王在，這等事何時用得著旁人出手？」

沈晞猜趙懷淵是來找她的，見他願意插手管這件事，遂從善如流，將銀票收好。

趙良走到男人跟前，忽然出手扯住他的手肘，往後一折，冷聲道：「哪兒的？」

男人慘叫，卻不敢反抗。他雖沒看過趙懷淵，但見趙懷淵的衣著氣度，又自稱本王，想到這個年紀的王爺只有一位，心中暗叫不好。

「小、小人是富貴牙行的……小人做的是正經生意，這兒還有那丫頭親爹的畫押書契。」男人慌忙回道。

趙良獰笑。「那又如何？是你現在滾，還是我折了你的兩條手臂，你們再滾？」

男人自認倒楣，趕緊說：「小人現在就滾。」

趙良鬆了手，男人帶著兩個手下，連滾帶爬地跑了。

除了這群人，一起跑掉的還有在亭子裡小憩的年輕男子們。有人認出了趙懷淵，誰不知趙懷淵的跋扈，不快跑，等著被他盯上嗎？但下山的路被趙懷淵堵著，只能匆匆往山上跑。

魏倩等人是遠遠見過趙懷淵的，如今又親眼見趙懷淵的手下是如何蠻橫不講理，當即往後退了一步，低下頭，不敢與趙懷淵對視。她們家的官位都不高，自然不敢招惹他。

趙懷淵示意趙良替那個女子鬆綁，回頭卻見沈晞望著這一幕，忽然想起沈晞曾說過她不怕他，只相信她看到的，可剛才她看到了他縱容趙良蠻橫搶人。牙行是做正經生意，料想那些人不敢對他撒謊，這女子多半真是她親爹賣的，直接搶人似乎有些說不過去。

趙懷淵知道沈晞是正派之人，不然也不會想出錢救下這個女子，銀貨兩訖是應當的。他猶豫道：「不如……讓趙良追上去付錢？」

沈晞抬眼看他，是誰怕壞了她的名聲，說要在外人面前裝跟她不熟？這問話妥當嗎？

沈寶嵐並不覺得趙懷淵對沈晞溫柔問話有什麼不對，她可是曉得他跟她二姊姊私下交情的知情人。

魏倩等人聞言，不敢抬頭，卻震驚地互換眼色。

她們沒聽錯吧，趙王居然在詢問沈二小姐的意見？沒聽說趙王除了皇帝和他母親之外，還會聽誰的話啊！

沈晞也不想蓋上趙王的章，道：「王爺想如何便如何，我不敢置喙。」

這話一出，趙懷淵才記起旁邊還有其他人，再細細觀察沈晞的表情，見她似乎並不反感他剛才的舉動，遂放了心。

被救下的女子很是乖覺，待身上束縛鬆開後，對趙懷淵磕頭。「民女感激王爺的救命之恩，願為奴為婢報答王爺。」

沈晞聞言，瞥了女人一眼，這該不會是什麼局吧？

趙懷淵登時往後一跳。「什麼為奴為婢，本王不需要。」

沈晞見他如避蛇蠍的模樣，差點笑出聲來，知道趙良會幫趙懷淵把關，故意道：「王爺，我們還要上山呢。既是您救下的人，就煩勞您救人救到底了，您真是我見過最樂於助人的好人。」救人還不用處理後續麻煩，她很滿意。

趙懷淵無言了，他怎麼覺得沈晞在看他好戲呢？他明明在幫她。

魏倩等人心想，看來沈晞是真的不知道趙王是怎樣的人呀。但此刻她們不敢多嘴多看，見沈晞繞過趙懷淵，繼續往山上走，連忙沈默地跟上。

身為自認曉得內情的人，沈寶嵐在偷笑，二姊姊跟趙王在幹什麼？這是在調情啊。

趙懷淵眼睜睜看沈晞頭也不回地走了，瞪不著沈晞，便氣得瞪了趙良一眼。

趙良一頭霧水。主子，小人不都是按您的意思做嗎？

趙懷淵指著那女人道：「送她回……回她外祖家！」

趙良應下，吹了聲口哨，示意手下前來會合。

但趙懷淵並未等趙良的手下過來，便逕自去追沈晞。

趙良遲疑道：「主子，您這是……」

趙懷淵頭也不回地冷笑。「本王要去當好人了。」

趙懷淵覺得他好心幫沈晞，沈晞還看他的好戲，太不厚道，因此緊趕幾步追上沈晞後，揚聲道：「妳們全是女子，太過危險了，不如本王送送妳們。」

他的目光在所有人身上轉過一圈。那些丫鬟，他當然不認識，也沒見過那三個貴女。他氣沈晞取笑他，但依然不想為她帶來麻煩，能交談的只有沈寶嵐了。

他笑咪咪道：「沈三小姐，妳不介意吧？」

前一刻，沈寶嵐才在心裡覺得趙王跟她二姊姊從樣貌上來說很是般配，她二姊姊如果想的話，定能把趙王弄成她的姊夫。到時候，她有個王爺姊夫，豈不是也能找到好姻緣？

她正想得起勁，下一刻驟然被趙懷淵點名，驚得面色發白，脫口而出。「謝謝姊夫！」

趙懷淵不解。嗯？

沈晞納悶。什麼玩意兒？

魏倩等人震驚。她們是不是聽到了什麼要被滅口的驚天大秘密?!

剛追過來的趙良面露疑惑。沈二小姐指使的？

沈寶嵐後知後覺自己說了什麼，瞳孔劇震，眼裡的光也消失了。

啊啊啊，她怎麼把心裡話都說出來了，二姊姊和趙王會很生氣吧！

沈寶嵐鼓足勇氣，往趙懷淵那邊瞥了一眼，對上他微皺的眉，沈冷的面色，頓時心臟狂跳不止。

趙王果然生氣了，她怎能說溜嘴，暴露該保守的秘密呢？

趙懷淵發覺他似乎小看了沈晞的庶妹，本來以為那只是個小丫頭，沒想到心機還挺深，故意揭穿他與沈晞關係好。她是幾時發覺的？沈晞對這小丫頭挺客氣，沒想到她暗地裡想害沈晞。

沈寶嵐不敢再看趙懷淵，驚慌地抬眼去看沈晞，面上露出幾分做了壞事後的心虛和楚楚可憐。

沈晞雖然也覺得沈寶嵐莽撞，但十來歲的小孩子，如此也正常。相較於怪罪沈寶嵐，她更傾向於先解決問題。

沈晞輕拍了下沈寶嵐的腦袋，語氣有些埋怨。「早跟妳說不要熬夜看話本，說什麼夢話呢？看清楚，這是趙王殿下，不是韓王世子。」

沈晞給出素材，如何理解便是旁人的事。他們可以認為沈寶嵐是將曾與沈寶音有婚約的韓王世子當作是姊夫，迷糊間叫錯了。也可以認為沈晞暗中妄想韓王世子，因而沈寶嵐私下裡叫他姊夫，一時看錯才脫口而出。同樣的姊夫，至於是哪個「姊」，就不知道了。

如今沈家的事在外傳言很多，各種互相矛盾的都有，她簡簡單單一句話，便能提供不同方向猜測的依據。至於別人信不信，沈晞就管不著了，至少面子上圓得過去就好。

知道沈晞是給她臺階下，不讓她得罪了趙王殿下，沈寶嵐趕緊順著往下爬，苦著臉道：「對不起，二姊姊，都怪我還沒睡醒。」轉向趙懷淵，怯怯地說：「王爺，是寶嵐的不是，您別見怪。」

趙懷淵瞥沈寶嵐一眼，再瞥沈晞，忍不住有些著急。他覺得自己真是為沈晞操碎了心，沈晞該不會真當沈寶嵐是什麼毫無心機的小姑娘吧？在沈晞來之前，沈寶嵐是沈寶音的小跟班，處處維護沈寶音，怎麼可能沈晞一來，沈寶嵐便倒戈？

這會兒，趙懷淵不生沈晞的氣了，迫不及待想好好跟沈晞聊一聊，免得她將來吃虧。

於是，他冷著臉說：「知道便好，禍從口出。」

然後，他像是敗了興致，剛剛說要送她們，也當沒說過，逕自往上走去。但是走之前，對沈晞眨眼，又躲開旁人的目光，衝上方點了點，意思是到了目的地再私下見。

沈晞也眨了下眼以示明白，口中卻道：「王爺慢走。」

趙懷淵主僕的背影很快消失在眾人眼中，留下的人一時間沒有說話。

沈寶嵐先用略帶哭腔的嗓音打破了沈默。「二姊姊，我是不是闖禍了？趙王殿下會不會報復我們呀？」

她一邊說著、一邊偷看魏倩等人，剛剛險些暴露趙王和她二姊姊的關係，這會兒只能這樣說，好讓旁人以為趙王跟他們關係不好，甚至可能報復。

沈晞道：「趙王殿下是個好人，不會報復我們。」

魏倩嘴角一抽。趙王是給沈二小姐灌了什麼迷魂湯？

對於趙懷淵剛才心血來潮說要送她們，結果轉頭就離開的事，魏倩毫無意外。她早聽聞他一向任性妄為，高興了能跟人稱兄道弟，不高興了便能跟人打一場，剛剛不是還看到了，他甚至縱容手下直接搶人，也就只有初來乍到的沈晞才當他是好心。依她看，趙懷淵說不定就是看上了那個被賣的女子。

其餘兩人也是相似的想法，但她們不可能說趙懷淵的壞話。別看這裡空曠，萬一有他的人在暗處盯著呢？她們可不願為家裡招禍。陶悅然想得更深，懷疑沈晞說趙懷淵的好話，是說給可能藏在暗處的趙王眼線聽的。

有了趙懷淵的插曲，眾人出遊的興致淡了些，魏倩等人甚至生出是否要掉頭下山的念頭，但誰也不好先開口提。

沈晞既跟趙懷淵約好了山上見，遂裝作看不懂她們的退縮之意，率先往上走，其餘人只好跟上。

沈寶嵐趕緊跑到沈晞身邊，挽住她的手臂，悄聲道：「二姊姊，剛剛王爺好像真的生氣了，他的眼神像是要殺了我。」

她說這話，是希望沈晞能幫她求求情，讓趙懷淵別再生她的氣。要是得罪了趙王，今後誰敢娶她啊。

沈晞告誡道：「王爺有句話沒說錯，禍從口出。今後說話小心點。」

沈寶嵐哦了聲，但心裡稍微有那麼一點點不服氣。二姊姊讓她說話小心，真是一點說服力都沒有，二姊姊還不是膽大妄為，什麼話都敢說。

沈晞沒再搭理小腦袋瓜裡不知想些什麼的沈寶嵐，剛才趙懷淵口中說的「沈三小姐」，讓她有些在意。她怎麼覺得趙懷淵是故意的，他好像對她這個庶妹有點意見。

眾人稍顯沈默地上了山，到了白馬寺門口。

魏倩的心情恢復了些，笑道：「妳們想好求什麼了嗎？」掃過幾人，毫無避諱地說：「我打算求姻緣。我家要幫我議親了，不知會訂下怎樣的男兒，得求佛祖保佑。」

陶悅然取笑道：「倩倩，妳好不要臉。」

鄒楚楚面上浮現紅暈，低著頭不說話。

魏倩注意到了，指著鄒楚楚笑。「別光取笑我，楚楚怕也是想求姻緣。如今悅然訂了親，但沒訂親時，妳不也跟我們一樣？」

陶悅然面上有些羞赧，白了魏倩一眼，拉上鄒楚楚便走。「我們走，不理倩倩了。」

魏倩也不追，看向沈寶嵐和沈晞，笑道：「寶嵐，妳不是天天念叨著，想找個絕世好夫婿嗎？」

沈寶嵐紅著臉。「別笑我，妳不也一樣？」拉了拉沈晞。「二姊姊，我們一起進去。」

沈晞笑道：「妳們先進去，我沒來過這兒，想先逛逛。」

沈寶嵐聞言遲疑，沈晞先一步道：「有小翠陪我便好，妳們去吧。」

沈寶嵐這才帶上南珠，跟著魏倩幾人進去了。

第二十章

沈晞遠遠地看到了趙良，他站在寺廟外的林子外，是個很顯眼的路標。

沈晞邁步過去，到林子外時，吩咐小翠。「小翠，妳在這裡等我，我去去就回。」

小翠懵懂地看了不遠處的趙良一眼，隱約想到什麼，卻未深思，脆生生地應下了。

沈晞走進林子沒一會兒，便看到原地踱步，似有些焦躁的趙懷淵。

看見她來，趙懷淵緊趕幾步上前。「今後妳可小心那個庶妹，她似是發現了妳我的交情，想暗中使絆子。」

沈晞失笑。「不至於，十來歲的小丫頭而已。」

見沈晞不聽勸，趙懷淵急了。「濛山村民風淳樸，但京城裡卻是連個垂髫小孩都可能滿腦子算計。妳若不當心，吃虧的可是自己。」

沈晞見趙懷淵真急了，笑道：「王爺，在你眼中，我是有多麼不諳世事啊？」

趙懷淵一怔。沈晞聰慧過人，但不知為何，他總擔心她會吃虧，不知不覺就拿她當小孩子看。

沈晞嘆道：「你猜猜，在趙良眼中，我們之間是誰更有心機，更會吃虧？」

她能感覺到趙良對她的隱約敵意，怕是趙良見趙懷淵對她太過敞開心扉，因而對她很防備。趙懷淵的態度給了她傷害他的機會，趙良難免不放心。

趙懷淵聽明白沈晞話中意思，正色道：「妳不必管別人怎麼想。我既把妳當朋友，便會真心待妳。妳有心機，我才能放心，不然我豈不是要天天擔心妳被人欺負？」

沈晞道：「哪怕我確實在利用你？」

趙懷淵無所謂。「妳以為只有妳在利用我？要是我們之間的關係被揭穿，會給妳帶來麻煩，但我偏要與妳來往，不也是在利用妳？」

趙懷淵的神情坦蕩認真，沈晞看呆了，想起初次見面時出水芙蓉般的面容，笑了起來。

「我明白了，今後我們繼續互相利用吧。」

趙懷淵當即笑彎了眉眼。「好！」

當初他跟沈晞是一見如故，如今看來，他們之間的想法果然契合。他有些遺憾，倘若她是男子就好了，他們便能光明正大地出來玩，還能徹夜喝酒長談，抵足而眠，多愜意？

趙懷淵正想入非非，卻見沈晞忽然靠近，拉住他的衣袖往旁邊一躲。

女子的體香竄入鼻腔，趙懷淵愣了愣，腦子裡正經的朋友情突然變了味。

他陡然一驚，正巧看到沈晞對他比了個噓的手勢。

趙懷淵這才聽到，身後不遠處傳來一陣細碎的聲音，連忙將身體隱藏在樹後。要是被人看見他私下跟沈晞躲在林子裡說話，那沈晞可真是說不清了。

兩人躲藏的樹不算很大，沈晞只能離趙懷淵近些，才好讓樹幹也擋住她的身形。

不遠處的是一男一女，女的穿著綾羅綢緞，大約二十來歲，婦人打扮；男的一身俐落騎裝，大約有四十來歲。

此刻，兩人正吻在一起，難分難捨。

趙懷淵飛快探頭出去瞥一眼，目露驚異，低頭看沈晞，用嘴型道：「男的是永平伯。」

沈晞站的方向正好，正對他們，可以清楚地看到他們是如何親吻，並且拉扯著對方身上的衣裳，不禁嘖嘖稱奇。還是城裡人玩得花啊，她該不會要親眼看到一場野戰了吧？

只有她也罷了，偏偏這會兒還有個趙懷淵，兩個人一起看這個，多少有點尷尬。

那邊的動靜大了起來，趙懷淵後知後覺，哪怕他把沈晞當朋友，他們也是一男一女，一同被迫偷看到這場景，很是尷尬。他雖不曾親近女色，但往常跟人喝酒玩樂，清楚男女之間的事，只是沒興趣罷了。

他不覺嚥了下口水，沒敢看沈晞，抬眼看天。

不行，不能這樣下去，讓沈晞繼續躲著，他自己出去好了。反正撞破這種事，尷尬的也不是他。都怪他們，又不是沒房子可待，怎麼偏要到野外搞這種事？

趙懷淵正要動，卻聽那女子喘息著，埋怨道：「你也不知好好管教你的兒子，昨日他又抬回一房妾室。」

永平伯笑得浪蕩。「如此不是很好？那小子忙著與妾室廝混，便顧不上妳。倘若他碰妳，我可是會吃味的。」

女子嬌嗔地捶了永平伯一拳。「冤家！」

沈晞聽得眼睛驟亮。不只是野戰這麼刺激，還是扒灰啊，城裡人果然玩得花！

她覺得這瓜厲害，卻不想當真看別人的活春宮，到底有點辣眼睛，遂貼近了趙懷淵，極小聲地說：「我們慢慢退走吧。」

趙懷淵只覺得幽香撲鼻，腦袋一昏，連連點頭。

兩人悄然往外退去，雖弄出了小小的動靜，但那兩人正沈迷。再加上林中本來就有小動物跟小昆蟲的聲音，未被察覺。

等走遠了些，沈晞豎起大拇指，戲謔道：「還是你們京城人會玩。相較而言，濛山村確實是民風淳樸了。」

趙懷淵不是沒見過春宮圖，但他向來沒什麼感覺，不知為何這會兒耳朵有點燙，連呼吸都快了幾分。

趙懷淵將異樣壓在心底，微抬下巴，有些驕傲地說：「京城裡，這樣獵奇之事多著呢。我早說過，京城比濛山村好玩，妳來這兒是來對了。」

沈晞笑了笑，擔心沈寶嵐找她，打算回去了。「寶嵐的事，我心裡有數，王爺別特意為難她。」

趙懷淵想想，沈晞確實不會吃虧，應了下來。

兩人分別離開林子，沈晞叫上小翠，若無其事地去找沈寶嵐等人。而趙懷淵見到趙良時，耳朵還沒有消去熱度。

趙良是什麼人，一眼就察覺到異樣，登時腳步一頓——沈二小姐方才輕薄在男女之事尚未開竅的主子了?!

趙懷淵沒發現趙良的目光變幻，站了好一會兒，突然開口。「女子身上都是香的嗎？」

趙良心中大驚，完了，沈二小姐真的對他家主子下手了。

趙懷淵也不用趙良回答，搖著扇子，晃晃悠悠地往前走，走了兩步，忽然道：「永平伯在林子裡跟他兒媳偷情，你找人撞破。」

哼，打攪他跟沈晞見面，他怎麼能不好好回報一番？

趙良震驚，隨即狠狠應下。敢讓他主子看到那種髒東西，永平伯完蛋了！

等到沈晞一行人逛完白馬寺，說笑著出來，便發現外頭很是熱鬧。

沈晞一看，有個四十來歲的婦人在撕扯、撲打著她在林中看到的永平伯和他兒媳。永平伯滿臉尷尬，卻是沒忘護著兒媳。

圍觀的人們看得津津有味，而魏倩這些尚未出閣的小姑娘聽說是公媳有私情，被婆婆撞破後，羞紅了臉，匆忙互相推搡著下山。

沈晞多看了兩眼，戀戀不捨地離開。猜想這事多半是趙懷淵搞出來的，他心眼可真壞呀，她喜歡。

沈晞一行人往山下走，走了一會兒，魏倩忽然小聲說：「趙王怎麼跟在我們後頭……」

沈寶嵐忙看向沈晞，滿臉緊張。「二姊姊，趙王他會不會是……」

沈晞接話。「他是在護送我們下山呢。妳們看，我就說他是個好人吧。」

沈寶嵐用力點頭。「趙王確實是好人。」

魏倩等人斜眼瞥向沈寶嵐，沈寶嵐強撐著不看她們。除了這樣說，她還能怎麼說？只能指望趙王心胸寬廣，不計較她方才的冒犯啊。

趙懷淵假裝自己只是順路下山，跟著沈晞一行人到了山下，見她們上車離開，惆悵起來。不知下回什麼時候才能再見到沈晞？要見她真的好難啊。

他忽然問趙良。「沈成胥身上有沒有什麼事？」不好直接找沈晞，他打著找沈成胥碴的名頭上門，不就好了嘛。

趙良笑得猙獰。「沈大人身上的事多著呢。」

此時，遠在衙署上值的冤大頭沈成胥狠狠打了個噴嚏，心想天涼了，該添衣了。

沈晞在家待了一日，又帶上小翠去了平安街。她照舊站了一會兒，便看到靠過來的王五，兩人來到僻靜處，王五說出這幾日的探查結果。

當初秦越賣得急，並未親自聯繫買家，只將兩人賣給富貴牙行，如今富貴牙行還開著。但要弄清楚富貴牙行把人賣去哪裡，就不是王五能查到的了。

沈晞覺得這牙行名字耳熟，想了一會兒便想起來，那日去白馬寺路上救的女子，正是被富貴牙行買下的。她問清楚富貴牙行的地址，付清尾款，說以後有需要會再找他們。

王五依依不捨又興奮地拿著銀票離開。對他來說，沈晞是個好主顧，事少錢多好說話，希望今後她還能有錢多的事找他。

沈晞並未立即回沈府，帶著小翠，在平安街上逛起來，想想之後該怎麼繼續查這件事。牙行把人賣去何方，是人家的事，她若直接上門使用鈔能力，不知問不問得出來？

沈晞一路走到街角，尋了間普通茶館，在大堂坐下。這兒有些讀書人在高談闊論，也有富貴閒人聊天，像她這樣帶著丫鬟來的小姐很少見。但大梁男女大防沒那麼嚴，多數人只是看她幾眼，便轉開了目光。

沈晞耳力好，不一會兒就聽到兩天前才親眼見到的事。

永平伯家的醜事已傳得人盡皆知，聽說他兒子不敢跟老子算帳，遂打了媳婦一頓。兒媳的娘家也霸道，永平伯的兒子想休妻，對方不肯，還說是永平伯逼迫兒媳。結果，永平伯的兒媳搬去了鄉下莊子，還是永平伯送她去的，據說永平伯至今尚未歸來。

沈晞嘖嘖稱奇，沒想到永平伯有點擔當，沒讓兒媳獨自承擔所有流言蜚語。她記得當日永平伯與兒媳被抓姦時，他也護著兒媳，兩人可能不是見色起意，是有點真感情的。

從前她以為古人保守，直到穿越後在鄉間長大，那可真是見識了什麼叫人類多樣性。幸好大梁不興浸豬籠，真被捉姦，和離休妻的有，繼續過下去的也有，不然她大概從小就得恨上這時代。出軌確實道德有失，但還稱不上死罪。

沈晞聽夠了八卦，起身打算去富貴牙行看看，倘若能直接問出來，她也少費些精力。

主僕倆剛走到茶館門口，便有人領著小廝，莽撞地衝進來。

沈晞忙拉著小翠往一旁讓，那人忽然退回來，相貌有幾分英俊，但眼底青黑，緊緊盯著沈晞，露出自以為瀟灑的笑。

「小姐如此美麗，貴姓啊？」

沈晞看他一眼。「我父親是工部侍郎。你呢？」

一般女子被調戲，總要羞憤地躲避，男子沒想到沈晞如此直白，愣了愣才道：「妳不是胡說吧？」

工部侍郎家的小姐，為何會出現在這樣的小茶館裡？平常他最喜歡在這樣的地方廝混，便是為了不碰上勛貴子弟，才能逍遙自在，不必擔心看得上卻吃不著，可以輕易用錢收買。

這會兒沈晞有事，不耐煩陪對方玩，只道：「你可以試試。」

男子原只是隨意問問，見狀反倒被激起鬥志，揚著下巴道：「我母親是榮華長公主。」

榮華長公主跟榮和長公主一樣，都是宴平帝的姊妹，只是相較於脾氣溫和、愛作媒的榮和長公主，榮華長公主是宴平帝同父同母的妹妹，為人更任性些，據說還養了不少面首。

當然，榮華長公主再任性，也任性不過趙懷淵。對於榮華長公主太過出格的行為，宴平帝還會訓斥；對趙懷淵，宴平帝卻連罵都捨不得罵上兩句。

沈晞覺得，宴平帝對趙懷淵更可能是捧殺。不過，只要趙懷淵一直當個紈袴，他就是安全的。

她上下打量自稱榮華長公主之子的男子，大約十七、八歲，比趙懷淵小些，身高也就比她高一點。不知是沒睡好還是怎的，他的黑眼圈很濃，人看起來也吊兒郎當的。

沈晞挑眉道：「郡王爺，幸會。」她跟趙懷淵一起上京時，聽他說了不少關於京城的事，因此知道榮華長公主夫家姓竇，早為自己的獨子請封了郡王。

竇池好奇。「妳果真是侍郎之女？那為何會來此處？」

沈晞道：「郡王爺身為長公主之子，不也在這裡嗎？」

竇池嘿了聲，他雖不耐煩跟勛貴之女來往，但她們是何模樣，還是知道的。如今見沈晞不但來這地方，又與他針鋒相對，不禁覺得新奇，而且好像聽過工部侍郎家有什麼事……

「我想起來了，妳該不會是那個從鄉下認回來的嫡女吧？」竇池恍然道，所以才會跟他見過的普通貴女不一樣，沒有躲避他，也不見恭敬。

竇池喜歡小戶人家女兒的坦率直接，當即忘了從前有多對勛貴之女避之不及，湊上來調笑道：「要一起去玩嗎？」

沈晞從趙懷淵嘴裡聽過這個詞，但她知道，趙懷淵的玩是單純的朋友間一起玩耍，而此人嘴裡的玩，對貴女來說，侮辱得很。想必他是猜出了她的身分，覺得可以這樣跟她說話。

沈晞揚唇深笑。「好啊，要玩什麼？」

竇池見沈晞真答應了，反倒猶豫，他喜歡她的性子，但一想到她的身分，便遲疑了。三品官的嫡女可不是能隨意玩的，他要是敢動她一根手指頭，說不定會被逼得娶了她。

竇池退後幾步，心想差點上當，總有貴女不在乎他的性情喜好，想嫁給他。他雖不姓趙，但身上有趙家血脈，他母親在皇帝面前有幾分面子，他又未娶正妻，正是香餑餑。因此，竇池後悔一時嘴快，訕訕道：「小爺還有事，改日再玩。」連茶館都不進了，帶著小廝飛快離開，好像怕被沈晞纏上。

沈晞沒管他，回到自家馬車上，讓車夫去富貴牙行。

小翠性子靦覥，這會兒才小聲道：「二小姐，回去後可要請老爺參郡王一本？」跟著沈晞這些時日，她也明白了「參一本」的威力。

沈晞笑著問：「參他什麼？跟我說了兩句話？」

小翠回想了下，搖搖頭，又怯怯地問：「奴婢是不是說錯話了？」

沈晞道：「沒事，我知妳是向著我。只是，這是皇城腳下，整個國家都姓趙，只要長公主不謀反，她兒子做點什麼，皇帝都不會管的。就像趙王，參他的人反而倒楣。」

小翠懵懂地點點頭，沈晞忽然想起一事，問道：「妳可會做衣裳？」

小翠點點頭。「會的，但奴婢手藝不好。」

沈晞擺手。「無妨，能做成衣裳的樣子就行。等會兒我們去買些布，妳幫我做兩套。」

小翠點頭。「奴婢知道了。」

沈晞最滿意的，就是小翠不會亂問主子的決定，摸摸她的腦袋，往她嘴裡塞了塊還軟乎乎的糕點。

小翠跟松鼠一樣咀嚼起來，眼中是滿足的光。

去富貴牙行之前，沈晞拐去一家普通的布莊，讓小翠和車夫在外等著，自己進去挑布。她本是想買些黑布做夜行衣，有些事還是需要她私下去做。不過掃了一圈，發現沒有後世影劇裡那種純正的黑布，純正的黑色在如今的條件下，是很難染出來的。最後，她買了深灰色的布料，晚上也夠隱形了。

為了掩人耳目，她還多買了靛藍色和灰白色的布，都是普通平民常用的衣裳布料顏色，不至於讓人聯想到她要做什麼壞事。

將布料搬上馬車後，沈晞命車夫繼續趕路，到了富貴牙行門口。

牙行一向熱鬧，進進出出的多是衣著普通的人，還時不時有馬車從後門出入。沈晞一度懷疑，除了類似秦越賣掉妻女的事之外，這個牙行是不是還買賣拐來的女子？

沈晞見到了牙行的馬管事，只說自己母親的奶娘二十年前被夫家賣了，她想找出母親奶娘的下落，請他幫忙查一查，邊說邊塞過去十兩銀票。

馬管事見沈晞出手大方，不介意幫她查一查，問清楚大概什麼時候的事，便匆匆離開。

沈晞安靜地等待著。王不忘的家人被賣，已是二十年前的事。倘若馬管事能順利找出她們的下落，讓她可以順藤摸瓜找到人，那她來京城的一半目的就算達成了。
大概小半個時辰後，馬管事匆匆回來，把銀票推回給沈晞，歉然道：「這位小姐，十分抱歉，二十年前太久了，小人問過一些老人，沒人記得。」
沈晞微微瞇起眼睛，剛才馬管事收錢時，可沒有一點為難，像是知道她要查的事並不困難。她懷疑，富貴牙行有完整的記錄，偏偏他去查過之後，便反口了。是當年的紀錄遺失了，還是真如馬管事所說，牙行的老人不記得了，抑或其中有什麼不能告訴外人的緣由？
沈晞試探道：「可否請當年的老人出來？我想親自問問。我一直記掛著母親的奶娘，近日才得知她被賣了，實在是擔心，不願錯過任何機會。」
馬管事為難道：「小姐的心情，小人理解，只是確實太久了，那些老人們真是記不得。您給他們再多銀子，他們也想不出來。」說來說去，就是沒有把人叫出來的意思。
沈晞嘆道：「既如此，是我與母親的奶娘無緣了。」像是十分失落地向馬管事道謝，隨後離開牙行。
上了馬車，小翠才道：「二小姐，要不要請老爺幫著找一找？」
沈晞道：「不必，人家都說不記得了，找父親也沒用。」
小翠點頭應下，不再提了。

第二十一章

回到沈府，沈晞跟小翠說，有些懷念以前的日子，請小翠用她買的布做些適合勞作的衣裳，能穿就行，不需要好看，又假裝隨手拿了那疋深灰色的布料，讓小翠先做。

哪怕沈晞不給理由，小翠也會聽話不多問。之前沈晞要她做的事太少了，如今終於有幫得上沈晞的地方。小翠很是興奮，她終於可以不再白吃白住，可以幫二小姐做事了。

沈晞院裡沒什麼事，小翠有時間便做衣裳，到了初五這日，第一套衣裳就做出來了。

初五晚上，沈晞換上新做的夜行衣，用同色布料蒙住臉，頭上什麼飾品都不戴，只用一根同色髮帶將頭髮紮起，露在外頭的眼睛畫了個煙燻妝，完全掩去了原本的容貌。

半夜正是所有人都熟睡的時候，沈府夜裡巡邏的小廝很好避開。沈晞躲開之後，出了府，往富貴牙行奔去。

小半個時辰後，她避開城中巡邏的守衛軍和更夫，到富貴牙行外，從後門翻牆進入。

她記得那日馬管事去了哪個方向，找了一會兒，才找到存放帳簿的庫房。

富貴牙行已開張許多年，帳簿自然多。沈晞翻看一會兒，發覺如她所料，什麼時候買了什麼人，什麼時候賣給誰，都有非常詳細的記錄。

她順著年分往前查，很快找到了二十年前的帳簿。附近的帳簿灰塵很多，唯有這本有動過，應當是那日馬管事來查閱時留下的痕跡。

然而，沈晞翻遍整本帳簿，都不曾找到秦越或岑鳳、王岐毓的名字，連對得上的紀錄都沒有。她蹙眉，驀地想到，那兩人或許是被記錄在不能公開的秘密帳簿上，自然不會藏在這種看管不嚴的庫房裡。

可是，那對母女為何會被記錄在秘密帳簿上呢？會跟王不忘有關嗎？

沈晞將帳簿原樣放回，好在之前馬管事動過，不必擔心留下痕跡被發現。接著在庫房裡摸索，企圖找到密室，然而毫無所獲。

外頭忽然傳來動靜，沈晞心想，她出來得有些久了，只得在來人進來之前，悄然翻窗離開，很快出了牙行。

為躲避巡邏的守衛軍，回府路上，沈晞有時會往屋頂上走，而在經過一間平平無奇的民宅時，下方忽然傳來一聲輕喝。

「誰?!」

沈晞一怔，連忙加快腳步，落到另一間民宅上，不經意間回頭，便見一個高大的男子走出屋子，他的反應很快，沒看清楚是誰，搭弓便射。

沈晞驀地側身躲過，箭矢帶著輕嘯擦過她耳畔，差點將她的面罩掀起，心中微驚。

此人是韓王世子，這一箭是衝著殺死她來的。

沈晞哪敢多留，她只想以這一身武功暗中搞事，真面對從戰場廝殺回來的人，她也怵。

得到王不忘的內功前，她只跟王不忘交手過幾次，沒跟人搏殺，那著實不適合她。

見趙之廷搭弓，還要再射，沈晞趕緊加快腳步跑開，幾個起落便沒影了。

她怕被人發現去向，特意繞了遠路。回到桂園，脫下夜行衣躺在床上，才徹底放鬆。

大半夜的，韓王世子在那裡幹麼呢？那間民宅不像是他這樣身分的人會買的私宅，配不上他的身分。可話說回來，趙懷淵說過韓王府並不富裕，買那樣的宅子或許也正常？

問題是，好好的韓王府不住，怎麼大半夜跑去那裡？那一箭滿是殺機，打算殺人滅口。

沈晞想了一會兒，沒頭緒，遂懶得再想了。反正韓王世子不可能發現穿夜行衣的人是她，就當她沒去過好了。

她要操心的是，該怎麼把富貴牙行的秘密帳簿翻出來……

十月初六是先太子和先皇的忌日，這一日，宴平帝會親自去太廟祭奠早逝的先太子和先皇，而民間也禁止娛樂。

沈晞並未出門，在房中看話本看到晚上，時不時會想，要怎麼搞富貴牙行，但暫時還沒想到比較穩妥的辦法。

在她準備睡覺時，房間的窗戶忽然被人敲響。

大半夜的，怎麼會有人敲她的窗？她披上外衣起來，打開了一點縫隙，向外看去。

外頭的人是趙懷淵。趙良就站在不遠處，緊張地四下張望。

現在已是十月，夜裡冷得很，沈晞忙將窗戶打開，小聲道：「有什麼事嗎？外面冷，可要進來說？」她晚上睡覺不需要小翠守夜，不會有人知道趙懷淵偷偷翻牆進來找她。

趙懷淵的臉色隱在黑暗中，點了點頭，抓著窗櫺，手腳並用地爬進來。

沈晞見他動作魯莽，又在他身上聞到酒氣，怕他摔了，忙伸手扶住他。

待他進來，她往外看去，道：「趙統領，你也進來吧。」

趙良連連擺手。「小人在外面待著就好。」主子夜闖香閨，他一同進去算怎麼回事？

沈晞聽他語氣堅定，也不勉強，順手把窗關了。

趙良看著緊閉的窗戶，心中糾結，想盯著裡頭又不敢，長久後才嘆息一聲。

他跟著主子已經好幾年，還是第一次陪主子偷偷跑來姑娘家裡夜會，怎麼勸都勸不住，想想還真有些刺激呢，只盼沈二小姐今夜能將主子哄好吧，便斂聲息語，專心把風了。

沈晞關好窗，轉頭看向趙懷淵。他進來後也沒亂看，就直直地站在那裡，低著頭，不知在想什麼。

她走到趙懷淵跟前，驚訝地發現他眼尾泛紅，似乎哭過，令他妝後不那麼美的面容生生多了幾分靡豔。

沈晞哄小孩是很有一套的，能把人逗生氣了，但哄好對方也只需要片刻工夫，她從小就是孩子王。

她沒先問話，而是拉著趙懷淵的衣袖，讓他在屋內的圓桌上坐下，再倒了一杯溫水，推到他面前。

「王爺，先喝口水。半夜翻牆，累著了吧？」

趙懷淵抬眼看她，沈晞溫和的聲音令他在寒風中涼下來的身軀好似暖上了幾分，才後知後覺地發現，自己此刻的行為是多麼不妥。

「對不起，我不該晚上過來的。」趙懷淵道歉，語調低落，聽起來沒什麼力氣。話是這樣說，卻沒有要走的意思。

沈晞道：「喝了很多酒嗎？」

趙懷淵點頭。「是，但沒喝醉。」

沈晞心道，沒喝醉也不至於大半夜的跑來她這裡啊？哪怕是後世的異性朋友，這麼做也有些曖昧了。

「那快把水喝了，酒喝多了會渴。」

趙懷淵本來不覺得渴，聽沈晞一說，忽然覺得口乾舌燥，端起茶杯一飲而盡，還覺得不夠，又添了一杯，一口氣喝完，才感覺好了些。

他舔舔嘴角的水漬，不看沈晞，目光落在一旁的燈燭。「妳不問我為何半夜過來嗎？」

沈晞說：「你要是不想說，我可以陪你坐一會兒，你喝兩杯水再走。你要是想說，我便聽著；你不問，我就不評論。」

趙懷淵沈默，酒讓他的腦袋有些暈，好似踩在雲端，周遭一切更像是一場夢境。

以往每一個兄長的忌日，他都是這樣過來的，也沒什麼，可是今年好像格外難捱。

或許是因為往年他的苦悶無人可說，但今年多了契合的朋友。

而且，沈晞的聲音是如此溫和有力，她並不追問他為何如此，也不埋怨他大半夜做出這樣無禮的舉動，只說她願意聽他說話。

他本來不該說的。這樣的心結，他沒辦法跟旁人說。

可沈晞這個他非常喜歡及看重的朋友，以溫柔包容的目光望著他，哪怕他跟個孩子似的無理取鬧，她也能接受一切。

半晌後，趙懷淵才低聲說：「我兄長名文淵，皇兄名文誠，韓王名文高。」

沈晞並不明白趙懷淵為何要先介紹他幾個兄長的名字，但下一刻聯想到他的名字，頓時眼神微顫。

趙懷淵抬眼，嘴角帶著有些破碎的笑。「我滿月時，兄長去世。當時我尚未取大名，母親便為我取了這個名字。」

懷淵，淵是文淵的淵。

沈晞確實沒想到趙懷淵的名字還有這樣的涵義，往常她只當趙懷淵是被寵溺長大的，卻不曾料到，竟連名字都不是完全屬於他的。

她沒見過趙懷淵的母親，卻忍不住想，在趙懷淵長大的過程中，他母親一直在找尋大兒子的身影，從而令趙懷淵這個二兒子像是個替身？

如果趙懷淵是那種大大咧咧的人就罷了，可她知道他不是，他聰明細心，觀察力強，他一定知道他母親是怎麼想的，甚至其餘懷念先太子的人是怎麼看他的，全一清二楚。

既答應了不評論，沈晞遂沒有出聲，只是以柔和的目光看著趙懷淵。

趙懷淵沒想到，向他人說出從小到大的心結，會是如此輕鬆。哪怕沈晞什麼都沒說，他也從她的神態中，看出了她的包容，她並不認為他有這樣隱隱埋怨兄長的心思不可原諒。

長久以來背負的頑石好似輕了些，趙懷淵剛張了張口，卻沒忍住，打了個酒嗝。

他慌忙捂住嘴，羞得耳朵泛紅，又咳了幾聲掩飾尷尬，倒了水，拚命往嘴裡灌。

沈晞忍不住笑起來。

趙懷淵別開目光，此時外面卻傳來喧鬧聲，沈晞聽出是在抓賊。

趙懷淵立即從凳子上跳起來，轉頭想往床下躲，被沈晞一把抓住。「你幹什麼？」

趙懷淵飛快地說：「躲起來啊。倘若被人看到我在這裡，妳的名聲便完了。」

沈晞心想，他來之前怎麼就沒想到這點？

「去開窗讓趙統領也進來，別跟抓賊的撞上了。放心，我不答應，沒人能闖進來。」

沈晞沈穩的語調安撫了趙懷淵，他還是第一次夜闖女子閨房，突然傳來的喧鬧聲讓他有種被捉姦的緊張。聽沈晞說完，才覺得是他多慮了，趕緊開窗讓趙良進來。

一會兒後，沈晞開門出去。

粗使婆子打開桂園的門，來人說有賊進來了，不知去了哪裡，沈晞只道她房間裡沒有，讓他們去別的地方搜。

自從沈晞帶人「闖入」侯府後，她的話有時候比沈成胥的還管用，因而下人聽話離開，去其他地方抓賊了。

沈晞站了一下，聽聲音遠去，才示意被吵醒的小翠回去睡覺，自己回了屋。

趙懷淵和趙良站在屋子一角，身體緊繃，似乎隨時可以翻窗逃離。

沈晞道：「等會兒再走吧，不然被撞上就太尷尬了。」堂堂趙王夜闖侍郎府當賊，也太丟人。

趙懷淵覺得自己丟不起這個臉，遂從善如流地坐回去。

沈晞正要招呼趙良也坐下，他已快一步道：「小人站著就好。」

沈晞就不勸他了。

屋內多了一個人，沈晞和趙懷淵不好再繼續方才的話題，好在趙懷淵傾訴過後，心情好了不少，見沈晞桌上擺著花生，想起百花宴上看她挺喜歡吃的，便默默地剝起來。剝一顆，放一顆到乾淨的瓷碗中。

一時間，房間裡只有他剝花生的聲音。

沈晞托著下巴看他剝花生，發覺趙懷淵的手又白又纖長，剝花生時手指翻飛，好像藝術一樣，不知不覺看呆了。

直到趙懷淵將一瓷碗花生推到沈晞面前，沈晞才明白過來，他是替她剝的。
沈晞睡前已經刷過牙了，刷牙後她不吃東西的，但趙懷淵這雙藝術品似的手剝出來的花生仁，她捨不得拒絕，大不了等會兒再漱洗一次。
她將瓷碗往趙懷淵那裡推了推，笑道：「一起吃啊。」
趙懷淵沒拒絕，此刻的他好似已恢復了往常的模樣，笑吟吟道：「沒多少人吃過我親手剝的花生仁，妳可要珍惜。」
沈晞也笑。「那我供起來，天天欣賞。」
趙懷淵被逗樂，怕被其他人聽到，只能壓著聲音笑，笑完又低聲說：「桂園的圍牆有點難爬，妳當時怎麼爬的？」
沈晞道：「等會兒要我爬給你看嗎？」
趙懷淵擺擺手。「不用不用。我是在誇妳厲害，妳聽不出來嗎？」
「那多謝王爺謬讚了。」沈晞說著，捏了一顆花生仁，丟進嘴裡。
趙懷淵靜靜看著沈晞，這時候他才發現，他進來前，她應該是要睡了，頭髮披散下來，讓往日裡看著頗為明豔的五官柔和不少。
他聽見心臟有節奏地跳動，怦，怦，怦，比以往快了幾分，又忽然瞪向一旁的趙良。
趙良抬眼看來，被這一瞪弄得一驚。他做錯了什麼？
不，他明白了，他站在這裡就是個錯啊，沈二小姐的閨房自然只有主子才能進。

趙懷淵想到趙良也看見了沈晞這副模樣，便覺得不悅，她這個樣子怎麼能讓其他男人看到呢？他不算，他們是朋友。

想著抓賊的人大概走得差不多了，趙懷淵起身道：「我們該走了。趙良，你先出去。」

趙良立即爬窗走了，還貼心地關好窗子。

趙懷淵盯著沈晞，嚴肅道：「以後妳可不能隨便替別人開窗。京城治安是好些，但不是沒出過採花賊，記住了？」

只許州官放火，不許百姓點燈是吧？沈晞笑得促狹。「王爺，你有沒有想過，除了你，沒人會半夜跑來敲我的窗。」

趙懷淵酒醒了些，心情也好了，自然知道自己的行為是多麼不妥。倘若不是沈晞，而是旁人，早叫人來抓他這個登徒子了。

他的氣勢頓時落下，輕咳道：「反正妳自個兒注意。」

在趙懷淵逃也似的轉身去推窗時，沈晞在他背後輕聲道：「名字不過是個代號，你就是你，不用管他人目光。」

趙懷淵頓了頓，一股別樣情緒在胸中湧動。貼著窗戶的指尖，似能感覺到外頭的冷意，唯有沈晞這個好朋友在的地方，才令他心生眷戀。

他還是推開了窗，翻出去後站在窗外，朝沈晞揮了揮手。「我走了，妳早些睡。白日我再來找妳。」

時，便沒有拒絕。

他輕輕替沈晞關好窗，又盯著窗子看了一會兒，想像著沈晞此刻應當躺回床上，絲滑被子蓋住她玲瓏的身軀，覺得有點臉紅，急忙在趙良的助力下翻牆走了。

沈晞在見到趙懷淵時，想到富貴牙行的事或許可以拜託他，趙良對審訊頗有一手，或許能問到她想要的消息。只是趙懷淵今夜心情不好，她就不方便提出來，因此他說白日來找她時，便沒有拒絕。

第二天，趙懷淵果然來了，只是來的理由讓沈晞聽了都發笑。

趙懷淵衝進沈府，說沈成胥名下的鋪子擋了他鋪子的風水，讓沈成胥給個交代。

今日沈成胥要當值，不在府裡，兩個姨娘都不敢去應付趙懷淵。沈元鴻也不在，楊佩蘭根本不知該怎麼應對，最後是韓姨娘飛快派人來找沈晞，希望她先穩住趙王，別把沈府給拆了，說是已經派人去找沈成胥了。

於是，沈晞當著眾人的面說，趙王不是喜歡桂園嗎，就去那裡逛逛，然後領著趙懷淵去了如今已聞不到多少花香的桂園，自然地離開眾人眼前。

沈晞開了個頭。「昨夜忘記問了，富貴牙行抓的那女子，可有古怪？」當時她還懷疑是不是被設局了，卻不擔心趙懷淵會上當。

趙懷淵愣了下，才道：「我交給趙良處置了，多半是沒問題。怎麼了？」

沈晞便將找富貴牙行打聽消息，但對方表現得有些古怪的事說了，又一句帶過託王五調查的事。

昨夜趙懷淵大概還是沒睡好，眼底微微泛青，但聽見沈晞說的話，好似精神起來，興致勃勃道：「此事交給我。我倒要看看，這牙行背後有什麼古怪。」

沈晞一點都不覺得她找外援有什麼不對，不是不肯痛快給她一個正確答案嗎？那就別怪她把事情搞大了。趙懷淵插手，富貴牙行和背後的人別想好過。

沈晞心情極好地送趙懷淵和趙良離去後沒多久，沈成胥便著急地跑回來。他在衙署聽說趙王為了個莫名其妙的理由找上門來，不知他哪裡又得罪了趙王。

等他回到家，卻發現趙王不在，更懵了。不是要他給個交代嗎？人呢?!

聽下人說，趙王似乎是想起什麼急事，匆匆走了，沈成胥才擦了把汗。

韓姨娘看著自家老爺這沒出息的樣子，忍不住暗地撇嘴，還不如二小姐呢，二小姐見著趙王殿下，都不卑不亢。

沈寶嵐看了自家老爹的笑話後，便摸去找沈晞。她有種莫名的優越感，在這個家裡，除了二姊姊之外，只有她知道，趙王殿下是來找二姊姊的。

想起剛才趙王看到二姊姊時的眼神，她忍不住撇嘴。那日趙王還瞪她呢，遲早有一日，他還得求她叫他姊夫，哼！

第二十二章

以往在先太子忌日的前後幾日，趙懷淵總會因母親的心情而連帶著鬱鬱寡歡。然而這一回，他先是有沈晞的安慰，再來有事要做，面對他母親時神魂遊離，滿腦子都在想該怎麼替沈晞查出富貴牙行的事，便不那麼難捱了。

趙懷淵吩咐趙良先派人盯著富貴牙行，他不想用趙王府的下人，誰知道裡頭會不會有他母親的人？他讓趙良從他前同僚那裡借調了些人過來，這是宴平帝之前給他的特權，他可以調動少部分的錦衣衛幫他做事。

趙懷淵暫時不想打草驚蛇，他感覺富貴牙行背後有事，若只是查抄一間牙行那多無趣，肯定要將牙行背後的人一起揪出來。

他怕沈晞等得急，幾日後又以莫名其妙的理由，趁沈成胥不在家時，上門跟沈晞通氣，又在沈成胥急匆匆地回來前走了。

找王不忘妻女的事並不急，沈晞說讓趙懷淵慢慢來就好，她等得起。趙懷淵便安心給趙良更多時間了。

兩次被趙懷淵虛晃一槍後，沈成胥多少有點反應過來，尤其聽說趙王來了兩次，都是沈晞接待的，不由多想。

百花宴上的事，他也聽說了，趙王會不會是衝著他這女兒來的？

如今沈晞已經回府一個月，沈成胥見她的次數屈指可數，就他所知，兒子也是不怎麼見她。但他隱約感覺到，她跟他的妾室們和庶女相處得尚可。

許是剛回來時，沈晞半夜敲鑼哭孝對他造成了嚴重的影響，再加上後來鬧出的那些事，至今沈成胥還是不太願意看到她。

只是，這回他卻必須見她，問問清楚了。

沈成胥來到桂園時，沈晞剛送走趙懷淵不久，正在百無聊賴地翻話本。

見到親爹，她也懶得從躺椅上站起來，只抬了抬眼皮道：「父親，趙王已經離開了。您不知道他生了多大的氣，女兒耗費唇舌才將他勸走。再有下回，您還是自己來吧。」

沈成胥聽到這個就生氣，要他去應對趙王，那也得見得著趙王才行啊！

昨日明明是他的休沐日，趙王卻不來，偏要今日來，這真是想找他算帳嗎？他怎麼覺得，趙王是故意找他不在的時間來呢？更何況，以趙王無法無天的性子，真要找他，又不是不能來衙署。

見沈晞躺在躺椅上沒骨頭的樣子，沈成胥皺眉道：「如此儀態，像什麼樣子。我已為妳找了教禮儀的嬤嬤，明日妳便學起來。」

沈晞終於坐起身，笑道：「父親，您過來應該不是為了說嬤嬤的事吧？」

沈成胥輕咳一聲，吩咐桂園的下人。「你們都退下。」

小翠看了沈晞一眼，見她點頭，才跟著其他人一起退出桂園。

沈成胥在石桌旁坐下，斟酌一會兒，才道：「為父問妳，趙王殿下可是對妳有意？」

沈晞一臉無辜。「您應該去問趙王殿下吧，我怎會知道他的心思？」

沈成胥道：「妳真不知？那他為何幾次三番來尋妳？」

沈晞道：「他找的明明是父親，可不是我。說起來，這兩次我招待他，真是吃不好也睡不好，父親沒有一點表示嗎？」

沈成胥心想，這是直接向他要錢不成？

他剛這麼想著，沈晞便攤開了手掌。

沈成胥怒道：「先前為父不是給了妳許多銀子嗎？妳不會用完了吧！」

沈晞說：「那不是您賠償我的嗎，是兩碼子事，誰會嫌錢多啊？」

沈成胥氣到心梗，他怎麼會有這樣市儈的女兒，簡直掉進錢眼裡去了，不敢相信趙王會看上她。

沈成胥深呼吸幾次，才將怒意壓下。「等妳跟教養嬤嬤學好怎麼當貴女，為父會替妳找個好婆家。妳也要自重，少與趙王來往。」

沈晞十七歲了，他卻不知她為何至今未婚。一般女子未及笄，就要開始相看，早的及笄後便成婚，再晚的也不會超過十七。他這女兒在鄉下長大，照理說該更早成婚才對。

他忽然想到，他好像從未問過她在鄉下過的是怎樣的日子……

這一刻，身為沈晞親生父親的沈成胥難得生出了一點愧疚。倘若她在他膝下長大，也不至於長成這般粗鄙的模樣，如今這樣，也不能怪她。

沈成胥又想到，他好些日子沒去見沈寶音了。自從身世被揭開後，沈寶音便待在春歇院，連院子的門都沒出。

沈晞道：「我養父母答應我，我若不點頭，絕不會替我訂親。父親，您不會還不如我養父母吧？」

沈成胥斥道：「胡鬧！婚姻是父母之命，媒妁之言，豈容妳兒戲。」

沈晞望著沈成胥。「父親不肯答應我也行，那我下回再見到趙王殿下，便誣衊他輕薄我。他又不喜歡我，被我誣衊，肯定不能認吧，他會如何呢？」

沈成胥不敢置信。「妳敢?!」

沈晞笑咪咪地說：「我鄉下來的，有什麼事做不出來？」

沈成胥驀然想起之前聽她敲鑼哭孝時的恐懼。他或許能關沈晞一時，卻不可能關她一輩子，如今趙王還在關注他府裡，他更不可能對沈晞多做什麼。看她上淮陰侯府時的作為，像是在乎名聲的人嗎？倘若他硬要替她找婆家，她說不定真會誣衊趙王。

他還不知趙王對沈晞是什麼心思，趙王此人又是受不得委屈的，倘若沈晞真誣衊趙王，而趙王又不願意娶沈晞，絕對會把事情鬧大。到時候，丟臉便罷了，宴平帝會以為是他授意而為趙王出氣，他就完了。

思來想去，沈成胥發覺自己真的拿沈晞一點辦法都沒有。

他按捺下情緒，不解道：「妳已經十七歲了，若在家待下去，就成了老姑娘。到時候找不到好的婆家，苦的還是妳自己。」

沈晞挑眉笑開。「父親，您是不是忘記我的身分了？哪怕我是侍郎嫡女，可過去十七年，我在鄉下長大，門當戶對的人家如何看得上我？反正也找不到好人家，那我急什麼？」

沈成胥恍惚，沈晞笑起來的樣子，跟他夫人真的很像，哪怕是在鄉下長大，依然長成明眸善睞的模樣，皮膚白皙嬌嫩。倘若不知道她的底細，完全看不出她是在鄉間長大。

當然，前提是沈晞不要開口。她若願意裝一裝，還是像個貴女，但說話總想把人氣死。

這般好模樣的女兒，本來可以名揚京城的，沈成胥心中又軟了幾分，語氣平和道：「為父可為妳挑個上進的貧寒學子，他不敢嫌棄妳的出身。待他將來高中，便能給妳體面。」

沈晞沈默一下，感覺到沈成胥態度的變化。這一刻，他好像才真有了幾分父親的樣子。

「這不失為一個好辦法。」沈晞說著，見沈成胥因她的話而放下心，忽然話鋒一轉。

「可我會嫌棄啊。我是三品官員的嫡女，憑什麼要嫁個不知道能不能考上的窮書生？我才不要扶貧，能配得上我的，得是韓王世子這樣的。」

這會兒怎麼不說她是鄉下來的了?!沈成胥指著沈晞，半晌氣得說不出話來，好不容易喘勻了氣，才道：「妳少妄想韓王世子。妳的親事，我不管了！」說完，拂袖而去。

沈晞在後頭叫他。「父親等等！」

沈成胥氣惱地回頭，卻見沈晞攤開手，看著他笑。「您還沒給我接待趙王的補償呢。」

沈成胥覺得，再跟沈晞多說兩句，會少活好幾年，氣急敗壞道：「我會讓沈安給妳。」

這回，他是真的拂袖而去，走得飛快，不再給沈晞說話的機會。

快走到夏駐居，沈成胥才反應過來，關於趙王的事，他好像還沒有細問。可一想到沈晞那氣死人不償命的模樣，便不想再去找她。

趙王腦子壞了，才找沈晞這樣的女子回去天天氣他。

晚些時候，沈晞收到沈安送來的一百兩銀子。她也不嫌少，拿出一錠五兩的，拿剪子剪了，給桂園的下人分賞。反正是白得來的銀子，這麼用出去，她也不心疼。

桂園的下人高興得跟過年一樣，嘴裡的吉祥話說個不停。

沈晞想，小翠雖勉強合格了，知道要聽她的，而不是沈成胥的。桂園的其他下人，也該跟小翠一樣才是。

這日，沈寶嵐來了桂園，給沈晞看魏倩的信。信上說，過幾日是今年最後一次的聆園雅集，問她們去不去。

聆園說是園，實則為一片山地邊的平原。聆園主人是位早已致仕的老尚書，年輕時是個風流少年，年紀大了，也愛看活潑的少年少女肆意綻放青春，因此一年總要舉辦幾次雅集。

這雅集不比詩文，比的是騎射、武藝，還有打獵。如今天氣越發冷了，待到真正的冬日，山中就見不到多少獵物，因此這是今年最後一次聚會，下一次便要明年開春了。

有熱鬧，沈晞自然要去，因此沈寶嵐回了魏倩，到時候在聆園見。

並非每一個去雅集的人都會參與比試，不少人是去看少年們比賽的。沈寶嵐興致勃勃地來與沈晞商議穿什麼衣裳去，為了不顯得太過張揚，她想穿俐落的騎裝。

當初韓姨娘替沈晞準備的衣裳裡，包括兩套騎裝，都是秋冬能穿的，一套紅色，一套靛藍。沈寶嵐看過後，賴著要沈晞穿靛藍的，跟她一樣的顏色，才能讓人一眼看出是姊妹。

那日沈成胥被沈晞氣走後，過幾日便備上厚禮去趙王府，說是向趙懷淵賠罪，讓他這幾日不好再找理由來見沈晞。

沈晞心想，在聆園雅集上，大約能見到趙懷淵吧。

這日天朗氣清，中午沈寶嵐跑來沈晞這邊吃午飯，飯後稍作休息，便共乘一輛馬車去城東的聆園。

沈寶嵐很興奮，時不時掀開車簾看看到了何處，口中道：「我早就想來了。先前寶音姊姊不喜歡這樣的集會，我不好來。」

她知道沈晞不忌諱提及沈寶音，此刻隨口說了一句。魏倩會邀沈晞，是她早就跟魏倩提過，她的二姊姊要多參加這樣的聚會，好融入京城的圈子，魏倩才會特意在信中提及。

沈晞聞言，好奇地多問一句。「這些時日，沈寶音日日待在春歇院？」

沈寶嵐點頭。「是啊。我去看過寶音姊姊，感覺還好，大約是怕丟人，不願出門。」

到底做過十幾年的姊妹，沈寶嵐對沈寶音還是有幾分姊妹情的，不過她覺得沈晞還是比沈寶音厲害。沈寶音覺得丟人，便不肯出門，可沈晞什麼都不怕。依她之見，若誰敢嘲笑沈晞，到頭來丟人的只會是那人自己。

沈晞未再說什麼。之前覺得沈寶音可能有些心機，只是沒有證據。如今沈寶音避她的鋒芒，連面都不露，不知是在盤算更大的心思，還是真的想開了，當她的沈家養女。

沈晞自覺是個講道理的人，沈寶音要是不來招惹她，她也不會為難對方。

馬車慢慢駛出了城，城門處人來人往的，很是熱鬧。

在車廂內恰好安靜下來那刻，外頭忽然傳來馬的嘶叫聲，車廂一震，隨即往前衝去。

沈寶嵐尖叫著往後倒，沈晞忙一手攬住沈寶嵐的腰，另一手按下小翠和南珠，在無序顛簸的車廂中護著三人。

馬兒像是瘋了一樣往前衝，車夫死死拉著韁繩，大呼小叫，卻毫無用處，好幾次險些連他自己都被甩下馬車。路上的人見到驚馬，也嚇得大喊。

沈晞冷靜思索，該如何讓馬停下來，卻不露出她的武功。

她在混亂間看到馬屁股上有一支箭，猜測可能有人盯著她這邊，她若出手，勢必暴露。

不知是誰如此明目張膽地要害她，但這會兒她顧不上多想了。

沈晞從靴子中拔出匕首，這是她光明正大當著沈寶嵐的面放的，說是匕首比較配騎裝，沈寶嵐便鬧著也放了一把。

她打算爬出去將繩子割斷，車廂可能會翻，但總比不知被馬帶著撞上哪裡或摔下哪裡的好。她又不是普通千金，身為一個在鄉下生活十七年的農女，有一把子力氣很合理吧？

沈晞剛要出去，便聽到一陣馬蹄聲靠近，緊接著從亂飛的車簾間，她看到一個高大的身影從另一匹馬上飛身躍起，跳上受傷的馬，拉住轡繩，安撫受驚的馬兒。

馬又前衝了數百丈，才逐漸停下。

似是怕馬再次發瘋，不等車子停穩，那人便將馬與馬車分開，隨後俐落地跳下馬，走到馬車前。

「可有受傷？」那人沈聲道。

沈晞認出他是趙之廷，將匕首塞回靴子裡，擺出驚魂未定的表情，掀開車簾。

「原來是世子。多謝您相助，不然我們姊妹不知會如何。」

趙之廷看到車裡的人竟是沈晞，微微一怔，隨即頷首。「沒事便好。」

他頓了頓，又低聲道：「馬身上有一支箭，怕是有人故意為之。」

沈晞看趙之廷一眼，想起那一夜凌厲的一箭，不過這應該跟趙之廷無關，他不可能認出她就是那晚的灰衣人。

沈晞裝作吃驚地捂住嘴。「我才來京城一個月，怎麼會有人要害我？」

她回頭看沈寶嵐。「寶嵐，可是妳的仇家？」

驚魂未定的沈寶嵐紅著眼搖頭。「二姊姊，我不怎麼出門，沒有仇家的。」

於是，沈晞轉過頭看趙之廷，問道：「您看有沒有可能是對方技藝不精，射錯了馬？」

那怕趙之廷沒特意打聽過沈晞的事，也聽聞了她在淮陰侯府的壯舉，覺得這位沈二小姐雖只來了一個月，卻有可能結下一些仇家。

但他只道：「或許吧。」

沈晞好像缺根筋的傻白甜一樣，撫著胸口道：「那我便放心了。今日多謝您，改日我定會上門致謝。」

聽見沈晞說上門二字，趙之廷不由想起她上次去別人家時的事，輕咳一聲。「舉手之勞，不必介懷。」岔開了話。「沈二小姐可是要去聆園？」

沈晞點頭，面露為難。「跟人約好了，總不能不去。可我家的馬受傷了……」說著，瞥了眼趙之廷騎來的馬。

趙之廷眼中閃過些許笑意，這位沈二小姐還真是一點都不客氣。

他客氣道：「我的馬可借沈二小姐一用。」

沈晞面露驚喜。「太好了，世子真是個好人，怪不得那麼多人喜歡您。」

趙之廷一頓，當作沒聽到，示意隨從把他的馬繫上沈晞的馬車，再要來隨從的馬，留下一人處理沈晞家的傷馬。

沈晞後知後覺地問：「世子，您也要去聆園？」

趙之廷頷首。「是。」

上回他沒有在百花宴的正宴上露面，他母親有些不滿，這次定要他去聆園雅集，他雖不願，也只好來。他早已入軍中歷練，跟那些少年比試，勝之不武，只想在一旁待著。

沈晞面露遲疑。「您要上場，是不是有點欺負小孩子了？」

趙之廷淡淡道：「我不上場。」

沈晞失望了。「我在鄉下時，便聽聞您的戰神之名，可惜上回在韓王府見面並不愉快。您說您也要去聆園雅集，我還以為能看到您的風姿呢。」

這一刻，趙之廷忽然明白為何那日見過沈晞後，周嬤嬤會氣成那樣。話都被沈晞說了，教人無話可說。

他只好道：「謬讚。時候不早，再不出發，就晚了。」

馬車繼續上路，沈晞掀開車簾，見趙之廷跟在一旁，忽然說：「世子，您這樣跟我們同行，是不是不太好？外頭關於你我的流言可不怎麼好聽，怕是您跳進黃河都洗不清了。」

趙之廷還未說什麼，他的貼身侍從俞茂終於忍不住，低聲道：「爺，不然留下一人護著沈二小姐，咱們先走吧。」

他聽到「跳進黃河都洗不清」這幾個字便心驚肉跳，這位沈二小姐真是什麼話都敢說啊。他家的爺不在意這些小節，他卻是要為他家的爺考慮。

趙之廷眉峰微蹙，便聽沈晞道：「您放心走吧，我不會昧下您的馬。」

趙之廷哪是擔心馬的事，沈晞這一說，好像是他捨不得馬，才非要陪著一樣。

他看了沈晞一眼，明白她是不願讓他陪著走，遂拱拱手告辭，領人離開。

第二十三章

沈晞見趙之廷遠去，放心地靠在車壁上。

等會兒，她會見到趙懷淵，他多不喜歡趙之廷，她又不是不知道，何必惹他生氣？好歹他們是朋友。

只是她沒能高興多久，剛鬆口氣，便聽到有馬車靠近，隨後聽見外頭有人喊：「沈二小姐，剛剛那韓王世子是不是糾纏妳了？」

沈晞嘆了口氣，掀開窗簾，見趙懷淵坐在馬車上，正掀著車簾，怒氣沖沖地看著她。

趙懷淵很生氣，剛剛他遠遠看到了，趙之廷居然跟沈晞有說有笑的。她明明是他的朋友，明明知道他不喜歡趙之廷，竟背著他跟對方交好。

他來之前，他母親還說，今日趙之廷也會去聆園，讓他好好向趙之廷請教……請教個屁，他又不想參加比試。

沈晞道：「你來的路上，沒看到一匹傷馬嗎？」

「妳不要說別的，回答本王的問題。」趙懷淵冷下臉。若非這會兒還有別人，他就該質問她，明明不想嫁給趙之廷，為何還跟趙之廷如此親近？

沈晞遂道：「剛剛我的馬被人射箭受驚了，是世子幫著攔下，我們才沒有受傷，還借了馬給我。」

趙懷淵愣住，隨即面色大變，仔仔細細地打量沈晞，見她沒有受傷，這才放心。

隨後，他更生氣了，但不是氣沈晞，而是氣動手的人。

「什麼東西，竟敢在京城腳下蓄意謀殺！」趙懷淵越說越後怕，要是趙之廷沒有及時救下沈晞，要是她真有什麼意外……

他不敢想下去了，轉頭吩咐在車前的趙良。「查清楚是誰幹的！京城腳下，有宵小膽敢謀殺三品官員的女兒，何等囂張！」

趙良應下，卻聽趙懷淵催促道：「立刻去，從那傷馬查，別讓人毀了證據。」

趙良只好叮囑他的手下兼車夫照看好主子，隨後跳下馬車，自己去查。

趙懷淵命車夫跟在沈晞家馬車旁，瞥見一個陌生的人也騎馬跟著，從對方的衣著來看，是出自軍中，遂猜是趙之廷留下的人。

那人對趙懷淵方才提及趙之廷的話充耳不聞，只沈默地跟在一旁。

趙懷淵揚聲說：「你去向你的主子覆命吧，這裡不用你了，本王會護好沈二小姐的。」

那人卻拱手道：「世子爺命屬下護送沈二小姐去聆園，恕屬下不能聽從王爺的話。」

趙懷淵早知趙之廷的手下一個個都是執拗性子，只聽趙之廷的話，但真被對方拒絕了，他還是不爽。

他冷笑道：「你是以什麼身分護送她？我那大姪子先前不是恨不得跟沈二小姐劃清界線

嗎，這會兒不怕了？」

趙懷淵說著，發覺有人盯著他，轉頭對上沈晞的目光。

沈晞心道，趙懷淵說的人，怎麼聽起來這麼像他自己呢？再說下去，就要暴露了啊。

趙懷淵一個激靈清醒過來，再多說兩句，真要讓人發覺他跟沈晞的關係了。

他不等對方回答，便浮誇地哼道：「本王早說過會護著沈二小姐，不讓韓王府欺凌，你家主子最好不要多事。」對沈晞眨眨眼，躲回了車廂內。

趙懷淵知道這會兒他護送沈晞也不好，又不能跑了，萬一暗害她的人還沒放棄呢？

他希望沈晞立即回家，聆園裡還要比試騎射呢，要是有人故意衝著她去怎麼辦？

但也只能想想，他早察覺沈晞異常喜歡熱鬧，又膽大得很，他可攔不住她。

沈晞見趙懷淵回了車廂內，便也放下車簾。

這會兒，沈寶嵐幾人也緩過來，兩個丫鬟自然不會亂說話，沈寶嵐也閉緊嘴巴，當作什麼都不知道，實際心裡激動極了。

趙王是在吃醋！她都看出來了，卻不能說，難受極了。

到了聆園門口，沈晞一行人下來時，已沒有任何異狀。

趙懷淵早在快到時便令馬車慢下來，讓沈晞先進去。等他也入了聆園，下車後看到沈晞穿著靛藍騎裝，平添幾分英氣，忍不住多看了兩眼。

今日他不打算參加比賽，穿的是平常的衣裳。

他忽然有些意動，要不要也去換衣服，等會兒露一手給沈晞瞧瞧？他文不行，武也沒那麼行，但騎馬射箭於他來說不難，之前也練過的。

在趙懷淵暗自糾結時，沈晞等人已同魏倩他們會合。

今日魏倩是一身火紅色騎裝，頗為英氣俐落。鄒楚楚沒來，說是偶感風寒，臥床休息。陶悅然則是一身墨綠騎裝，替她溫潤的氣質添了幾分活潑。

幾人正寒暄著，正對趙懷淵的魏倩忽然注意到遠處的目光，不動聲色地側過頭，只當未發覺。

那日去白馬寺的路上，沈寶嵐的反應便令她生疑，如今又見到趙懷淵，且他還老看她們這邊，看的能是誰？自然是沈晞。

因趙懷淵克制隱忍的反應，魏倩感覺到久違的激動。倘若趙懷淵明著親近沈晞求愛，她還會覺得趙懷淵仗勢欺人，說不定只想讓沈晞當他的側妃或侍妾，過去她聽過太多趙懷淵的荒唐事了。

然而，她兩次遇到趙懷淵時，他好似對沈晞並不熱絡，但目光老往沈晞身上跑。這是什麼？這是少年慕艾，想親近卻又不敢。從此，趙王的形象在她心中莫名可愛了起來。

但魏倩深知，有些事不是她該知道的，自不會像沈寶嵐一樣亂說話，只當不知道，暗暗觀察。

幾人往聆園裡走去。魏倩和陶悅然從前來過幾次，遂細細為沈晞和沈寶嵐介紹。

聆園雅集的比試分為兩部分，一是比騎射，分別是定點射靶、騎術比快、馬上騎射；另一個是打獵，半個時辰內，看誰的獵物最多。

聆園裡提供馬匹，來參加比試的人能帶自己的馬，也可以用聆園的。還有一些比較溫順的母馬，對比試沒興趣的小姐們可騎著玩。

魏倩說：「比試尚未開始，要不要去騎馬？」

沈寶嵐看看沈晞，滿臉期待。「二姊姊去嗎？」

這個年紀的小姑娘，怎麼會不喜歡玩呢？從前她跟著沈寶音出去，絕大多數時枯坐著，一點都不好玩。如今跟著沈晞，可以到處玩，覺得過去被壓抑著的感覺逐漸釋放。

沈晞同樣頗有興致。「好啊，我還沒騎過馬呢。」

幾人一拍即合，往馬場走去。

馬場很大，已經有些小姐跟少爺玩起來了。沈晞等人到了一處馬廄，就有下人引導她們去選馬，選的都是又溫順、又矮小的馬。而且，旁邊有許多僕從幫忙牽著，好讓這些小姐跟少爺能感受到騎馬的快樂，又不會有危險。

沈晞選了一匹棕色的母馬，抓起一把草料餵過去。馬兒伸頭來吃，眼神十分溫和。

沈晞有些懷念那些年她騎過的野馬了。

其實她剛才的話沒說完整，她真正沒騎過的是有鞍具的馬。她家後山深處，有一群野馬，她有內功後，便時常去找那些馬玩。起初那些野馬不肯讓她騎，但她仗著一身內功，硬是強馬所難，後來山野間都留下了她騎馬留下的足跡。

沈晞在下人的攙扶下上了馬，扭頭見一旁的沈寶嵐還在遲疑著，不敢上去。

沈晞笑道：「別怕，妳的馬看起來溫順得很，妳又沒有仇敵，不會有事的。」

剛剛經歷了驚馬事故，沈寶嵐雖想騎馬，但一看到馬，又想起剛才的事，難免慌張。聽沈晞這樣說，便咬咬牙，在下人的幫助下上了馬。

她緊張地抓緊韁繩，這會兒才突然反應過來，瞪大了眼看向沈晞。「那二姊姊呢？」

沈晞輕抓韁繩，鞍具令她不用多專心便能穩住身形，任由下人牽著馬進入馬場，笑咪咪道：「要是有人敢在這裡對我下手，不是正好逮住嗎？」

眼看僕人牽著沈晞的馬遠去，沈寶嵐趕緊穩住身形，催促她這邊的人趕緊牽馬跟上。

然而，不等沈寶嵐追上，卻見沈晞那邊的僕從鬆開韁繩，然後她那從未騎過馬的二姊姊便騎著馬，小跑著遠去。

沈寶嵐一臉震驚，大聲喊道：「二姊姊，妳等等我啊！」她連挺直腰桿都不敢，沈晞就能自己騎馬了？

沈晞抬手揮了揮，背影瀟灑極了。

她不想表現得太過突出，騎得並不快。涼風拂面，讓她覺得心情很是不錯，或許之後可以經常出來騎騎馬，跟飛簷走壁的感覺很不同。

騎了一圈後，沈晞才慢下來，看沈寶嵐還在由僕人牽著馬走，沒離開多遠。再往旁邊看去，只見趙懷淵也跟來了馬場，幾個錦衣男子正與他說話。

沈晞耳力好，聽到他們在邀趙懷淵一起騎馬，說是他回京後，就沒跟他們一起玩了。

她掃了那幾人一眼，發覺都像是被酒色掏空身子的模樣，趙懷淵不跟他們玩也挺好。

趙懷淵本是興致缺缺，但目光搜尋到沈晞的身影，發現她正看著他之後，當即攔住了幾人的話頭。

「少廢話。不是要比一場嗎？來啊。」

幾個錦衣男子對視一眼，露出意味深長的笑容，像是怕趙懷淵反悔，擁著他去挑馬。

趙懷淵全然不在意旁人是怎麼想的，克制著不往沈晞的方向看，心中只有一個想法——

等會兒他就露一手，讓沈晞瞧瞧，他也不是什麼都不會！

趙懷淵並未換衣裳，只簡單將寬敞的地方紮好。他並不擅長挑馬，這會兒跟在他身邊的又不是趙良，遂隨意選了一匹看著順眼的。

他騎馬水準尚可，而嚷嚷著跟他比的這些人，水準還不如他呢，他絕對可以贏過他們，在沈晞面前露臉。

趙懷淵眼角餘光瞥見沈晞並未繼續跑馬，只是騎著馬在一旁等待，便知她是在等他比試，頓時鬥志昂揚。

跟在趙懷淵身邊的侍從低聲勸道：「主子，要不要等趙統領來了再說？小人也不擅長選馬，萬一您跟人賽馬時有個磕碰，小人沒辦法向趙統領交代。」

換作往常，趙懷淵根本懶得跟人比，輸了不覺得丟臉，贏了也沒多高興，有這工夫，還不如去找沈晞玩。可今時不同往日，這會兒沈晞在看著呢，加上來的路上發生趙之廷救了沈晞的事，他實在難以放下自己的好勝心。

他得讓沈晞知道，她陷入危險，他也可以救她！

在趙懷淵做準備時，沈晞正在一旁細細觀察。她看到了趙懷淵的興致昂揚，也觀察到了那些想跟他比試的錦衣男子的異常。

她又掃視一圈，趙良尚未趕來，趙懷淵身邊只有一個陌生的侍從。

沈晞知道趙良對她有戒心，可她一直覺得趙良很有本事，有他在，她完全不擔心趙懷淵會遇到陷阱。趙懷淵確實聰明，但有時候過於專注，可能會忽略其他的事。

比如，他似乎從一開始就把她當朋友，所以對她的信任與付出毫無保留。只要她想，隨時可以利用他對她的認同傷害他。

此時此刻，趙懷淵不知為何而充滿鬥志，甚至沒有多觀察那幾個錦衣男子。

沈晞忽然夾了夾馬腹，控制著馬兒，向他們行去。

趙懷淵已騎上高頭大馬，處在中間，握緊了韁繩，等著比賽開始。

這場比試簡單，就是看誰可以先一步跑到盡頭，將紅綢帶回起點。折返時，其他人能中途搶奪紅綢。

趙懷淵的目光從遠處高高掛著的紅綢上收回，便看見沈晞騎著馬到他跟前，不由一愣，忙板著臉道：「本王的比試要開始了，沈二小姐讓讓。」

沈晞笑道：「可以算我一個嗎？」

一旁的綠衣男子嗤笑。「我們大老爺們比試，妳一個姑娘家摻和什麼？」

男子話語中的輕視聽得趙懷淵直皺眉，那是什麼東西，敢跟沈晞這樣說話？他裝不熟的時候都沒這麼凶。

沈晞挑眉一笑。「不會吧，京城的大老爺，還怕跟我一個小姑娘比騎馬？」上下掃視著綠衣男子，滿臉輕蔑。

綠衣男子平常就是仗著身分橫行的紈袴，哪裡聽得了沈晞這樣的話，冷笑道：「好，妳要來便來，倘若受傷了，可別哭鼻子。」

趙懷淵蹙眉，沈晞揚聲道：「好啊，誰學藝不精受了傷，可別怨怪他人。」

幾名錦衣男子看過來，沈晞這個姑娘家都這麼說了，他們這幾個大男人更不能有絲毫怯場。況且，多她一個姑娘而已，礙不了他們的事，遂答應讓沈晞加入。

但趙懷淵不想讓沈晞受傷。他剛剛都看到了，她顯然是沒騎過馬的樣子，一開始還要下人牽著，哪怕她天賦卓絕，很快便能自己跑了，依然是小跑，動作很慢，怎麼能跟他們比？

萬一馬跑得太快，失控了，她受傷怎麼辦？

趙懷淵不怕自己受傷，他一個大男人皮糙肉厚的，休養兩天就好。可他看不得沈晞受傷，剛才來聆園之前，聽說沈晞驚了馬，要不是在外頭，他早跑上她的馬車，好好看看她是不是真沒事了。

因此，他沈著臉道：「不是說跟本王比嗎？多一個姑娘算怎麼回事？」與此同時，悄悄對沈晞眨眼、使眼色，想讓她放棄。

沈晞穩穩地站在中央，完全不理會趙懷淵的眼色，笑咪咪地說：「我還沒跟人比過呢，就想試試。王爺若不答應，那你們也別比了。」

她大剌剌地騎著馬橫在那裡，將幾人的前路擋得嚴嚴實實，大有他們走到哪裡，她就跟到哪裡的架勢，不會任由他們拋下她。

幾個男子互看，他們好不容易才說動趙懷淵比試，怎能讓沈晞攪和，連忙勸趙懷淵。

「王爺，既然沈二小姐想玩，就讓她玩玩。她跑得慢，追不上咱們的，礙不了事。」

這話是當著沈晞的面說的，可她一直笑吟吟的，似乎未放在心上。

趙懷淵知道那人說的是事實，可他聽著那語氣就是不爽。沈晞才剛學騎馬，跑不快又怎樣，難道他們當初剛學騎馬就能飛了？

可他不能當著這麼多人的面為沈晞說太多好話，只能在心裡記了此人一筆。

沈晞確實跑不快，比試開始後，就會被他們拋下，獨自落在後面，應當不會受傷。

其餘人一起勸趙懷淵，沈晞也一副不讓她參加就不走的架勢，趙懷淵只好無奈地答應。
於是，沈晞擠開一人，湊到趙懷淵旁邊。
趙懷淵又看她一眼，不明白她怎麼非要湊這個熱鬧。
沈晞只當沒看到，摸了摸自己騎的乖馬。
跟其餘幾人的俊俏大馬比起來，沈晞的母馬看上去太過溫順，完全構不成任何威脅。
此刻，在一旁等待多時的下人得到少爺們的示意，揮動手中的木槌，狠狠敲在大鑼上。咚的一聲響起，幾匹馬當即衝了出去。
沈晞的馬從一開始便突出地落在後頭，她也不著急，目光落在前方。
另一邊，沈寶嵐正在緊張地由下人牽著她的馬走，卻見魏倩騎著馬過來，面露焦急。
「寶嵐，沈姊姊不知為何，在跟幾個男子比試騎馬呢！」
沈寶嵐一驚，差點從馬上摔下來，慌張地抱住馬頭，目光順著魏倩的指點看去，只見跟她穿著相同顏色騎裝的沈晞騎著馬，緊跟在幾匹駿馬之後，那速度看得她腿肚子都有些軟。
她沒控制住，尖聲叫道：「二姊姊?!她怎麼跑那麼快！」
魏倩道：「裡頭還有個趙王呢。」
之前她還覺得趙懷淵偷看沈晞有些可愛，如今見他竟然不攔著沈晞，頓時認為自己搞錯了，怎麼會有男子捨得讓自己的心上人陷入危險。今日沈晞第一次騎馬，豈能這麼跟他們比試？萬一掉下馬……她想都不敢想。

沈寶嵐也猜不透沈晞要做什麼，從馬上狼狽地翻下來，急匆匆往那邊跑，眼睛都紅了。

二姊姊可不能出事啊……真是的，趙王殿下為什麼不攔一下二姊姊呢？他還想不想當她姊夫了！

這會兒，曾經努力過，但根本攔不住沈晞的趙懷淵一心二用，一邊騎馬狂奔、一邊還要偷偷去看沈晞，怕她從馬上掉下去。

然而，令他吃驚的是，沈晞就在他們身後不遠，好像是經年的老騎手，沈穩而鎮定。

趙懷淵不解，但隨即放鬆下來。不愧是他認定的朋友，連學騎馬都這麼快，剛上手便能跑得這樣好。

他放鬆了心神，收回目光時，瞥見右側有道銀光閃過，隨即感覺到身下駿馬的緊繃。

原本順服的馬兒忽然不受控，而緊追他的幾人瞬間超過他，往前跑去。

情急之下，趙懷淵拉緊了韁繩，然而他的馬卻因此更受刺激，竟人立起來，在嘶吼聲中，險些將他拋下去。

趙懷淵咬牙攀在馬背上，落後一步的沈晞也追上來。

他處於隨時會被馬顛落的危機，卻更擔心沈晞靠近之後會被牽連，忙喊道：「停下！」

可沈晞充耳不聞，控制著母馬迎上前。

母馬好似也被驚著了，往趙懷淵的馬兒身上撞去，而沈晞像是受了驚嚇，慌亂間竟扯住趙懷淵的馬轠繩，隨著她的一聲驚呼，不知怎的，兩匹相撞的馬竟慢慢停下來。

這時，周圍的驚呼聲此起彼伏地響起，其中最淒厲的是一道女聲。「二姊姊——」

沈晞抖了抖，被沈寶嵐那一聲喊叫硬生生叫出了一身雞皮疙瘩。這也叫得太慘了，好像她已經喪生馬蹄之下……

她抬眼，見趙懷淵亦是驚魂未定的模樣，遂先發制人地驚呼。「嚇死我了，我差點以為自己要死了。」

趙懷淵愣愣地看著沈晞，忽然怒氣沖沖。「不是要妳停下嗎，妳追過來做什麼？剛學會騎馬的人，跟別人逞什麼能！」

剛剛沈晞的馬撞上來的瞬間，趙懷淵甚至已經想好了，倘若兩人一起落馬，他要如何抱著沈晞滾落，才能讓她不被馬踩中。

幸虧他們運氣好，身下的兩匹馬都安穩下來，不然不死也要重傷。

後怕襲上心頭，恐慌令趙懷淵沒去管此時此刻的處境，對沈晞發了火。

沈晞心道，要是她不跟上來，這會兒他很可能就缺胳膊斷腿了呀。

但她一點也不生氣，趙懷淵又不知她武功了得，不過是擔心她罷了。

因此，她反倒笑了。「這不是沒事嗎？王爺何必發這麼大的火。」

在旁人聽來，趙懷淵那些話好似在責怪沈晞的莽撞，他們不知道趙懷淵為何會驚了馬，有些人還以為是沈晞害的。

沈晞對趙懷淵眨眼，他才終於從驚怒中回過神來，想起他對沈晞說了什麼，滿心懊惱。

要不是沈晞的馬不慎撞上他的馬，這會兒他已經摔下來，極有可能重傷。若馬蹄一個沒踩好，踩中他的腦袋，甚至可能當場斃命。

不管沈晞是有意還是無意，她明明是救了他，他怎能對她那麼凶？

趙懷淵懊喪得很，偏偏許多關注這場比試的人見他的馬出事，紛紛迎過來，只好將道歉的話憋回去，等之後有機會再私下同沈晞說。

第二十四章

趙懷淵低頭看向已平靜下來的馬兒，想起剛剛那道銀光。

他驀地跳下馬背，果然在右邊的馬腿上看到一處傷痕，非常淺，幾乎沒有血色，可見傷馬的武器有多輕薄。

沈晞也下了馬，站在趙懷淵身邊，看到傷痕，低聲道：「王爺，這些人跟你有仇？」

趙懷淵有些艱難地回想，這次他回京之後，就沒跟這些人混在一起了，有沒有仇，他還真記不得了。以前喝酒玩樂，他也有看不慣這些人的地方，肯定給過他們難堪。

趙懷淵望著沈晞，神情有幾分無辜。「我不記得了。」

他才剛死裡逃生，眼尾有些泛紅，這樣無辜又可憐地看著沈晞，哪怕他真有錯，她也實在無法怪罪他，低聲勸慰道：「那肯定也是他們的錯。」

沈寶嵐早在得知沈晞跟人比試時，便追了過來，這會兒終於跑到沈晞身邊，一把抱住她哭道：「二姊姊，妳嚇死我了！」

沈晞心道，驚馬沒嚇著她，沈寶嵐那一聲嚎，才嚇死她了。

她拍了拍沈寶嵐的背，輕鬆地說：「這不是沒事嗎？放心，我心裡有數。」

這時，跟趙懷淵比試的幾人已跑到紅綢處，綠衣男子搶下紅綢後歸來，在他們身旁停下，張揚地笑。

「趙王殿下，你不行呀，怎麼連馬都控制不了？」

沈晞還在安撫沈寶嵐，卻抬眼盯著那人。他說這話時，明顯心虛，笑容十分勉強。

趙懷淵在面對沈晞時顧忌得多，可面對他人時，立即展現什麼叫「皇帝寵著的任性」。他從馬背上取下馬鞭，恨恨抽在那人腿上，冷喝道：「誰給你的狗膽，敢暗算本王？」

要不是因為擔心沈晞而回頭，他看不到那道銀光，或許真會以為是他久不騎馬，生疏了。如今他全看到了，自然不能放過此人。害他就算了，還差點害了沈晞。

綠衣男子沒想到，趙懷淵根本連證據都不給，二話不說就對他動手。毫無防備之下，一聲慘嚎，疼得從馬上跌落，不知是跌到了哪裡，又是一聲痛呼。

原本抱著沈晞哭的沈寶嵐驚得抖了抖，怯怯地躲到沈晞身後。她偷偷看了眼此刻的趙懷淵，忽然明白過來，往常關於趙王的傳言，其實沒說錯。

在她二姊姊面前的趙王跟少年郎一樣，可眼前的趙王，眼角帶著戾氣，似要吃了那人似的，惡狠狠地盯著對方。

沈寶嵐驚得趕緊又往沈晞背後躲了躲，哆哆嗦嗦地想，以後她定會乖乖喊他姊夫的……

與綠衣男子同來的幾人急忙上前扶起他，可那人跌下馬時折了腿，另一條腿又被趙懷淵抽腫了，兩條腿都有傷的情況下，根本站不穩，只能靠他們撐著。

其中一人大著膽子道：「王爺，輸了一場比試而已，你不會輸不起吧？」

另一人還大聲對圍觀眾人說：「大家都看到了，是趙王自己要與我們比試的，哪知輸了卻不認。」

眾人對趙懷淵十分忌憚，但總有平常不跟他打交道，因此不怎麼怕他的，便在人群中喊道：「輸不起就太難看了吧，又不是被人逼著比的！」

有了第一個出頭的，便有第二個附和的。一時間，不喜趙王往日跋扈作風的人，在這一刻找到了發洩之處。

可趙懷淵理也不理，早八百年前他就不理會旁人是怎麼看他的了，因為傷他最深的人是他最親近的人，根本不可能反駁。相較而言，其他人的言語羞辱對他來說，不值一提。

他提著馬鞭，走近綠衣男子，冷笑道：「行啊，范五，往日看起來不聲不響，真是會咬人的狗不叫。」

平常趙懷淵不樂意跟人太計較，反正多數人不敢招惹他，可這次對方踩到他的底線了。

他冷漠地丟下一句。「此事，本王會告訴皇兄。謀害皇族，你爹是國公都沒用。」

范五聞言，瞳孔劇震，這會兒不但腿軟，連抓著人的手臂都瞬間失去了力氣。

之前他跟趙懷淵一起玩過，不過趙懷淵不是很對他的脾性，這也不准幹，那也不准幹，之前還讓他在佳人面前丟了大臉，他早就想找回場子了。偏偏趙懷淵一聲不吭出了京城，他等了兩個月才等到這機會。

按照往常趙懷淵的脾氣，若吃了虧，當場便會報復回去，根本不會向宴平帝告狀，這也是他敢動手的底氣。而且今日他明明很小心了，原本趙懷淵摔傷後，應該會在一片混亂中被人抬下去救治，別人只會當趙懷淵騎術不精，根本不會怪到他頭上來。

可他沒想到，事情會出了這樣大的紕漏，趙懷淵沒摔，還直接懷疑到他頭上，連個證據都不給，就直接動手，甚至說要去找皇帝告發他。

之前對趙懷淵的判斷，好像瞬間失去了作用，范五心中越發慌亂，他怎麼敢讓此事上達天聽？假如趙懷淵沒發現，或者發現了也沒計較，那就是他們之間的小打小鬧；若趙懷淵真要去找皇帝告狀，那他的罪名就大了，連國公府都會被連累。

范五沒想到，只是想找回場子，卻引發這樣嚴重的後果，卻逞強著說：「王爺，你說我謀害你，要有證據。哪怕皇上看重你，也不能憑你的話就定罪。我只是贏過你而已，你若輸不起，起初便不該答應同我比試。」

趙懷淵懶得與他多說，平常他很少找宴平帝告狀，今日如此，他皇兄自然會知道他不是無的放矢。

范五嘴硬又如何？把這幾個人丟入詔獄，再嚴的嘴也能撬開。

這時，趙懷淵看到匆匆趕來的趙良，對他招手。

「趙良，此人要謀害本王，你把他們統統抓起來，本王會去找皇兄說。」

剛查探完沈家馬匹的趙良瞳孔劇震。什麼情況，他怎麼一會兒不在，主子就出事了?!

趙良快步走近，眼神在一旁的沈晞和沈寶嵐身上輕輕掃過，落在范五等人身上時，只剩下一片陰冷。

趙懷淵道：「馬腿有傷。」

趙良順著趙懷淵的指點看去，一眼就看到傷處，再看自家主子除了有些生氣之外，並未受傷，才鬆下心神，覺得今日真是跟馬槓上了。不過，從手法來看，沈晞跟趙懷淵遇險，並非同一批人所為。

趙良吹了聲口哨，走到范五跟前，笑得一臉邪佞。「范五公子，隨小人走一趟吧。」

接著，眾人便看到，不知從哪裡冒出來的侍衛，將包括范五在內的幾人團團圍住，哪個都跑不掉。

這會兒，其餘幾人也變了臉色。只是個小小的惡作劇罷了，怎麼會鬧成這樣？

范五還想逞強。「你們不能抓我，我爹是安國公！」

趙良笑得陰森。「我家主子還是趙王呢。你在下手之前，怎麼不好好想想？」

范五心道，他明明都想過了，不會有事才那麼做的，怎麼就鬧成這樣？

趙良上前一把扭住范五的手臂，范五驚得一哆嗦。他記起趙良是從哪裡出來的了。

詔獄……進去那種地方，再出來，人就廢了！

范五再也撐不住，本就有腿傷，被趙良一扯之後，便滑倒在地。

可他顧不得了，一起搞事的人嘴軟得很，根本不需要用刑，就會把一切供出來。想到可怕的下場，立時痛哭出聲。

「王爺，我只是一時鬼迷心竅，想著找回場子，並未真想傷了您。您大人不記小人過，放過我吧。」

見范五招了，其餘糾結的同夥們當即一個個全說了，紛紛喊著是范五的主意，他們只是陪著比試而已。

趙良咧嘴一笑。「多謝幾位公子替小人省事了。」

趙懷淵沒被范五的眼淚鼻涕打動。「求饒的話，跟我皇兄說去。」

沈晞救人時不張揚，這時自然也不出聲，望著那幾個人痛哭流涕的模樣，只覺得活該。什麼輕飄飄的找回場子啊，那可是高頭大馬，摔下來可能會死的。這些人做事如此不知輕重，活該受罪。

她再看向冷漠地望著求饒之人的趙懷淵，對他有了新的認識。剛剛他動手挺狠的，難怪他會擔心她怕他。

范五是活該，她怕什麼？而且她只是沒有機會動手而已。若真有人踩到她的底線，她說不定會比他更狠。

趙懷淵下令，趙良便讓手下將這些人帶走了。

趙懷淵要去告狀，擔心沈晞留在這裡會被欺負，又不能明說，遂頻頻往沈晞那邊看。

圍觀的人見識到趙懷淵的狠勁之後，慌忙退開，尤其是剛剛附和過范五的人，恨不得立即消失在趙懷淵眼中。

很快地，趙懷淵身邊只剩下沈晞、躲在沈晞身後的沈寶嵐，以及在不遠處擔心地望著這邊的魏倩、陶悅然和幾個丫鬟。

趙懷淵知道遠處的人都在暗中關注這邊，因此只能假裝無視沈晞，連話都不能跟她多說一句，領著趙良離去。

趙良也把受傷的馬牽走了。這次告狀需要證據，才能叫那幾位公子的家人無話可說。

趙懷淵一走，魏倩等人忙迎過來，小聲道：「沈姊姊可有傷著？」

沈晞攤開手。「沒有啊，我好得很。」再看她的馬，馬兒正低頭悠閒地啃著地上的草，便笑道：「我的馬也沒事。」

沈寶嵐已抱著沈晞哭過，這會兒心情好了些，但面上依然顯露出後怕。

「剛剛看到二姊姊的馬跟趙王的馬撞上，我的心都要跳出嗓子眼了。」

魏倩也是心有餘悸，伸出手。「我也是，這會兒手還發抖呢。」

陶悅然道：「幸好沈姊姊吉人自有天相。」

沈晞微笑著收下所有擔憂。哪有什麼吉人自有天相，不過是事在人為。倘若她沒有橫插一腳，非要一起參賽，便不能緊跟在趙懷淵身後，到時候哪怕她武功蓋世，也來不及救他。

她也有些後怕，晚點得提醒趙懷淵，沒事別把趙良派出去，平日進出一定要帶著趙良。

想到今天趙良是因為她的事而沒能跟在趙懷淵身邊，沈晞心中一嘆。行吧，這算是一報還一報，趙良不在，她頂上也是一樣的。

發生沈晞差點跟人撞馬的事件後，沈寶嵐不敢再騎馬了，還拉著沈晞，不許她再騎。

沈晞哪能讓沈寶嵐留下這樣的陰影，非推著沈寶嵐上馬，親自替沈寶嵐牽著。

「剛剛的事是有人暗害趙王，妳怎可因噎廢食？哪天看到人吃飯太快噎死，喝水太急嗆死，妳也不吃飯、不喝水了？」沈晞一邊慢慢踱步、一邊溫聲道。

沈寶嵐知道沈晞說得有道理，而沈晞牽著馬，馬兒走得又十分平穩，她慢慢從抱著馬脖子到直起腰桿，終於恢復了剛騎馬時的輕鬆愜意。

見沈晞替她牽了這麼久的馬，沈寶嵐不好意思地說：「二姊姊，我已經沒事了，妳不用管我，自己去玩吧。但是，不要再騎那麼快了。」

嗚嗚嗚，二姊姊怎麼對她這麼好啊，還幫她牽馬。換成沈寶音，那是完全不敢想像的。

沈晞見沈寶嵐神情正常，便將轡繩交給下人，回去騎自己那匹母馬。

這母馬的脾氣真的很好，哪怕剛剛沈晞帶著牠撞了別的馬，也一點都沒有記恨，乖乖地任由沈晞坐上牠，帶著她繼續跑。

馬場上的事鬧得挺大，然而因為發生得快，結束得也快，趙懷淵又離開了，自然沒有影響到聆園雅集，也沒人多注意沈晞。

沈晞暢快地跑了幾圈之後，魏倩找到她，說騎射比試快開始了。

聆園很大，不止一個馬場。騎射比試需要佈置場地，並不在此處。因為距離有些遠，幾人直接騎著馬過去。

還未到比試的地方，沈晞便聽見歡呼聲，似乎已經開始了。

等她騎馬走近，果然見佈置好的馬場上，已開始了第一場比試。

馬場附近有高高的看臺，此刻看臺上已坐了不少人，沈晞一眼便瞧見趙之廷。

趙之廷身邊坐著一個鬚髮皆白的老人，魏倩低聲告訴沈晞等人，那位正是老尚書。

除了看臺上，看臺下也有人聚在賽場圍觀。

第一場比試是定點射靶，五個人一輪，每人十箭，看誰射中靶心的箭數多。

剛剛的歡呼聲是送給一位不過十四、五歲的少年郎，他射了五箭，箭箭射中靶心。

看臺上，老尚書笑著對趙之廷道：「果真是英雄出少年。老夫記得，趙將軍十二、三歲時，便有這等臂力和準頭了。」

趙之廷微微頷首，眼角餘光瞥到剛剛牽著馬入場的沈晞。另一邊馬場發生的事，他已聽侍從俞茂稟告過，見她並未受傷，遂收回目光。

老尚書撫著鬍鬚道：「趙將軍真不去露兩手？老夫倒再想見見你百步穿楊的英姿啊。」

趙之廷不語，想起先前沈晞也曾說過要見識他的風姿。

他淡淡道：「我使的已是殺人技，不宜出現在這樣的場合。」

看臺上以及賽場上、賽場邊，都是些沒見識過戰場殘酷的少年少女，風中傳來各種各樣的香氣，以及歡快的低語、興奮的期待。

其實，他也不屬於這裡。

老尚書哈哈大笑，拍了拍趙之廷的肩膀。「確實，你是雄鷹，他們只是雛鳥。你若下場，是勝之不武。」

趙之廷坐如鐘，老尚書的拍打，沒有影響到他挺直的坐姿。

賽場外，魏倩滿眼放光地對沈晞低聲道：「沈姊姊妳看，每次都射中靶心的，是錦衣衛指揮使家的小兒子奚扉。」

沈晞望過去，那是個依然面帶稚氣的俊秀少年，已在射最後一箭，前九箭全射中靶心。若是換作常人，比試時必定有些緊張，但奚扉面目沈靜，沒有瞄準太久，抬箭架弓，幾個呼吸間便射出這一箭。

在眾人屏息中，箭不偏不倚正中紅心。

現場再次響起歡呼聲，沈晞也很給面子地鼓掌。過去她曾有機會騎野馬，但沒有練過射箭，因為沒必要，她隨便拿什麼東西丟出去，準頭都很好，不用隨身攜帶弓箭那麼麻煩。

想到此處，她不禁看向看臺上的趙之廷。今年上半年，他才滿十八，比趙懷淵還小兩歲，但若兩個人站在一起，旁人會以為趙之廷更年長。

她還記得趙之廷箭術過人，不知他若下場跟奚扉比試，哪個會更勝一籌？只怕兩人都會是十箭全中靶心，要分出勝負，還得多加點花樣提升難度。

不知何時，魏倩已擠掉沈寶嵐，站在沈晞身旁。在奚扉射中最後一箭後，激動地抓住了沈晞的手臂，只是還顧及著女兒家的矜持，沒有跟其他人一樣高喊出聲。

沈晞忽然問道：「妳會射箭嗎？」

魏倩一怔，赧然道：「準頭一般。」

沈晞指指靶場。「我見另一人十箭中有五箭脫靶，妳只要比他好，就該上去一試。」

沈寶嵐在一旁道：「是啊是啊，倩倩去試試吧。」

陶悅然淺笑。「倩倩不必自謙。妳不是時常在家練習，十箭中至少三箭能中靶心？」

魏倩忙搖頭。「跟奚扉比起來，我那箭術算什麼？」

沈晞湊過去，低聲道：「上場好歹能被看見。」

魏倩瞪大雙眼看沈晞，沈晞衝她眨了眨眼。魏倩的面龐霎時紅了，知道沈晞看穿了她的心思。

沈晞推她。「上吧。機會要靠自己爭取，想讓人記住妳，總要先被人看見。」

魏倩遲疑一瞬，終究咬牙點頭應下。沈晞說得沒錯，她若永遠在場下，人家便永遠不會認得她。

但她還是有些緊張和不安，拉著沈晞的手道：「沈姊姊，妳可以陪我去嗎？」

沈晞一手一個，拉上陶悅然和沈寶嵐。「當然是我們幾個一起去啊。」

陶悅然和沈寶嵐從來沒碰過弓箭，一臉懵地被沈晞和魏倩拉到靶場邊。

這邊擺放著不同大小的弓，見沈晞和魏倩興致勃勃地挑選，陶悅然和沈寶嵐對視一眼，更是一頭霧水。她們又不會，過來做什麼，當靶子嗎?!

沈晞幫沈寶嵐和陶悅然選了拉力最小的弓，隨後自己選了個稍大一些的。她沒打算拉著沈寶嵐和陶悅然上場，讓她們拿弓玩玩而已。

要上場比試的，只有魏倩。

魏倩細心挑選如她往常拉力近似的弓。本來她家有趁手的，但這次她本不想上場，自然沒帶，只好湊合著用。

定點射靶無須報名，五人一組，排隊上場即可。沈晞看了一會兒，女子上場的人數大概占一成，而且沒看到特別突出的。

沈晞本是想在場外陪伴，見狀問魏倩。「妳一個人上場可以吧？」

魏倩的目光不覺掃向看臺，完成比試後，奚扉便去了看臺，正在觀看其餘人的表現。

她驀地捏緊手指，深呼吸片刻，才點頭道：「我可以的。」又笑道：「多謝沈姊姊不同時上場搶我風頭。」

沈晞也笑。「我沒有射過箭，上場就是丟人。」

魏倩忍不住腹誹，先前沈晞也說從未騎過馬，但還不是很快便騎得不錯了。

沈寶嵐插嘴道：「二姊姊，妳該不會這會兒說不會射箭，轉頭就跟人比試去了吧？」雙眸亮晶晶地盯著沈晞。她可沒忘記之前沈晞是如何嚇到她的，都快把她嚇死了。

沈晞乾笑。「真的不會。」

幾人以懷疑的目光看沈晞，沈晞忙推著魏倩去排隊。「倩倩去等著吧，我們在旁邊玩。緊張的話，便看我，我一直在。」

說是玩，那就真的玩。沈晞觀察別人是怎麼拿弓箭的，依樣畫葫蘆，還真有幾分樣子。沈寶嵐和陶悅然見沈晞興致勃勃，也湊到她身邊，妳幫我看看，我幫妳瞧瞧，沒一會兒都有模有樣起來。

這時候，終於輪到魏倩上場，沈晞等人便安靜地看魏倩的表現。

魏倩十分緊張，目光不敢再往看臺那邊挪，時不時看沈晞這邊一眼，似乎在確認她們是不是一直在。

在魏倩看過來時，沈晞便揮手，給她力量。

魏倩深吸口氣，站在靶子對面，舉起手中的弓箭。

這一刻，她再也聽不到別的聲音，眼中只剩下那個塗紅的靶心。

滿弓，瞄準，深吸，放手。

箭倏忽射出，迅速飛過中間的十丈距離，噗的一聲刺入靶心。

歡呼聲驟然響起，魏倩鬆了口氣，又取下第二支箭搭在弓上。

這時她才感覺到手有些抖，深吸口氣，想起沈晞說的，緊張便看她，於是側頭看去。

沈晞正含笑看著她，對她豎起大拇指。

魏倩的緊張好似散去了一半，剛剛射中靶心不是錯覺，定了定神，又射出第二箭。

第二箭落在靶心邊。

魏倩又看了沈晞一眼。沈晞依然笑著看她，好似不管她射得如何，沈晞都覺得她很棒。

魏倩終於徹底鎮定下來，一箭接著一箭射出。

十箭結束，七箭射中靶心。

下人揚聲宣佈結果，魏倩面上露出燦爛笑容，這成績比她往常都要好。而跟她同一組的人裡，她的成績是最好的。

魏倩終於敢往看臺上看去，她心悅的少年正望著她的方向，雖不知是不是在看她，她依然紅了臉，飛快離開了靶場。

她這樣的成績排不上前幾名，但或許已能讓他留下些許印象，那便夠了。

第二十五章

魏倩回到沈晞等人身邊，不知是緊張還是害羞，面色依然泛紅。

三人相繼恭喜了她，隨後離開這邊，尋了個稍顯空曠的位置，對著一棵樹練習射箭。

沈寶嵐和陶悅然連弓都拉不開，兩張小臉脹得通紅，才將將拉開。

沈晞以十七年在鄉下務農的人設，輕鬆拉開了弓，對著樹射出一箭，故意脫靶。等到了第二箭，才堪堪擦著樹皮飛過去。如此「練習」了五箭，才讓自己射中樹幹。

三個姑娘都非常捧場，見沈晞這麼快就能射中，哪怕距離近，射中的位置也偏，依然不吝給予讚嘆。

沈晞輕咳一聲，受之有愧。當年剛跟著王不忘練外家功夫時，她的準頭可差了，花了很長時間，再加上一夜擁有強悍內功，才能指哪打哪。

四人正鬧得歡快，卻有一道不和諧的聲音響起。「一群土包子！」

沈晞瞥了一眼，知道是在說她們，但其餘的人正鬧得開心，並未注意到，因此她也當沒聽見，還指點起沈寶嵐，道：「回去之後，妳每日拉弓一萬次。」

沈寶嵐大驚。「為什麼啊？」

沈晞道：「瞧妳這拉不開弓的虛弱樣子，在我們老家那裡，是要被人嫌棄的，到了二十歲都嫁不出去。」
沈寶嵐心想，她不用種地，不需要那麼身強體壯，但聽沈晞說會嫁不出去，又遲疑了。她還指望著今後沈晞替她找個好姻緣呢，倘若沈晞看不上她的虛弱，不肯幫她怎麼辦？從小她就指望著能嫁個好男兒，因而討好沈寶音，如今是沈晞作主，就得讓沈晞喜歡她。
因此，短暫的猶豫後，沈寶嵐正色道：「好，今日回去後，我便日日拉弓一萬次。」
其實沈晞只是跟沈寶嵐開個玩笑，沒想到她不但答應了，還這麼認真，遂摸摸她的腦袋，笑道：「二姊姊跟妳說笑呢，真拉一萬次，妳的胳膊要廢了。慢慢來，從一日一百次開始就好。」多動動，強身健體也不錯。
秉承著二姊姊說的都是對的，沈寶嵐用力點頭。「我記住了。」
魏倩和陶悅然對視一眼，倘若沈晞對沈寶嵐這個庶妹有壞心，沈寶嵐非得被她賣了，還幫忙數錢不可。
四個姑娘自顧自說得開心，一旁被忽略的人不高興了。
有些話說出去有氣勢，但要是被人無視，就有些尷尬，尤其是此人身邊還跟著旁人時。
彭丹脹紅了臉，扭頭搖了搖自家兄長的手臂。「哥哥，你看，她們故意不理我。」
彭琦只比彭丹大不到兩歲，往常最寵這個妹妹，見妹妹生氣了，揚聲道：「呵，妳們就這點水準，也好意思來此丟人現眼？」

一般來說，勛貴男子不會跟女子過不去，如此難免顯得小家子氣。然而彭琦不管這個，誰欺負了他的妹妹，他就要讓對方付出代價。

彭琦的聲音大，魏倩等人這才注意到他們。

魏倩皺眉，拉長了臉喊人。「表哥，表妹。」

彭丹冷哼。「誰是妳表妹？」

魏倩不吭聲了，喊人是她的禮數。對方接不接受，與她無關。

陶悅然和沈寶嵐顯然認識他們，陶悅然道：「彭大公子，彭二小姐，你們也來玩啊？」

彭琦呵呵一笑。「難道只許妳們來？」

沈晞眉頭一揚，火藥味還真重。

彭丹陰陽怪氣地說：「以前沒見妳上場比試啊，今日怎麼上了？該不會是想給奚哥哥看吧？妳別作夢了，他根本不知妳是哪根蒜，哪會注意到妳。」

魏倩脹紅了臉，私密心思被人拿出來在大庭廣眾之下議論，恨不得找個地洞鑽進去。

沈晞卻是微微一笑，接過了話。「倩倩是因我的攛掇才上場，與妳說的有什麼關係？心眼髒的人，看什麼都髒。」

彭丹氣急。「妳說什麼?!」

彭琦也皺眉瞪著沈晞，冷冷地說：「妳就是從鄉下回來的沈家土包子吧？我妹說話，有妳插嘴的分嗎？」

沈晞笑咪咪地說：「嘴長在我身上，我愛怎麼說便怎麼說。你管得好寬呀，我鄉下老家連野狗生小狗都要去看看公母的老太太，都沒你這麼多管閒事。」

彭琦氣紅了眼。「不愧是鄉下來的，粗鄙！」

沈晞捂嘴，驚訝道：「京城裡的人都這麼無理取鬧嗎？你能說旁人是土包子，就不許人反駁你？連我家村頭的瘸腿老頭都沒這麼不講理。」

彭琦真要氣死了，這人怎麼每句話都不離她老家，他堂堂總督之孫，她憑什麼拿他跟那些賤民相提並論？

彭琦氣歸氣，好歹不至於跟貴女動手，但他說不過這個從鄉下來的粗鄙之人，要就此離去，他也不甘願，瞧見魏倩手上的弓後，冷笑一聲。

「小爺不與妳廢話。妳們不是會射箭嗎？還牽了馬來，正好等會兒就比騎射，我們比一場如何？」

彭琦的目光在沈晞和魏倩身上打轉。

沈晞看看魏倩，發覺她聽到彭琦的話之後，神情尚算鎮定，知道她不怕，遂笑道：「倩倩，要比嗎？」

她出聲，只是不想讓魏倩在大庭廣眾之下被揭穿心思。她這個人不要臉面，但身邊這群小姑娘還是要的，她得多關照關照。如今見彭琦主動岔開話，她樂得輕鬆。

往常魏倩也練過騎射，只是不好意思在大庭廣眾之下表現而已。今日既開了頭，便無懼地應下。
「好，我跟你們比。」她頓了頓，又道：「只有我與你們。沈姊姊和寶嵐、悅然都是今日第一次摸到馬。」
沈晞一笑，不等她開口，彭丹就搶先道：「其他兩人可以不參加，沈晞必須跟我們比，她剛剛不是玩得挺好嗎？」
彭丹自然不是真心誇沈晞，她恨沈晞剛剛說話不給他們兄妹臉面，想讓沈晞丟個大臉。
魏倩皺眉，沈晞已笑著道：「好啊。」
她一個今日才接觸騎射的鄉野之人，不小心射歪了射到別人，也很合理吧？
見沈晞一口答應，彭琦和彭丹並不想給她們反悔的機會，轉頭便走。
魏倩面露焦躁。「沈姊姊，他們在騎射上的表現都不俗，今日妳才剛摸到弓箭和馬，如何跟他們比？而且，不知他們會出什麼陰招。」
沈寶嵐也道：「對啊。二姊姊，萬一他們傷到了妳，該怎麼辦？」
這會兒趙懷淵不在，沈晞真被人傷到了，還沒人替她作主。彭家兄妹可是總督家的人，品秩比她父親高，哪怕對方不在京城，依然很受皇帝重用，旁人不會隨意招惹那對兄妹。
陶悅然若有所思地說：「沈姊姊可是有對策？」覺得沈晞不是衝動蠢笨之人，也不會讓自己吃虧。
沈晞笑得意味深長。「我是新手呀，聽說新手是有好運的。」

沈寶嵐滿臉疑惑。「真的嗎，我怎麼沒聽說過？」

魏倩還是擔心。「沈姊姊，妳貿然答應，真的太草率了。不如我去說……」

沈晞抬手攔住魏倩。「他們怎麼可能讓我們反悔？與其擔心，妳不如跟我說說他們的情況，以及騎射的規則。」

魏倩說不動沈晞，加上騎術比試已經開始，騎射就是下一項，時間不多了，只好強迫自己冷靜，將知道的和盤托出。

聆園的騎射規則一直以來都沒變，所有參賽的人一同上場，獵取放入場上的活雞，以一炷香為限，誰獵得多就是贏家。

如此，場地相對比較混亂，但敢上場比試的人，都有幾分真本領，至今沒有出過什麼互相傷害的事。

今日沈晞上場，便是個例外，她得藉此提醒聆園主人，辦比賽可要有完善的安全條例。

至於彭家兄妹，確實跟魏倩是親戚，但關係不好。彭家家主前兩年外放當了浙省總督，正二品大員，很受宴平帝器重。魏倩的母親是總督家的庶女，還是完全不受寵的那種。

說到當年她母親與父親的婚事，魏倩有些語焉不詳，只道她家與母親娘家一直不親，那對兄妹也完全不想要她這樣的親戚，遇到了也常以言語羞辱，只能生受。

彭琦自小受寵愛長大，彭總督不在京城時，越發無法無天，但家裡有背景，倒是沒什麼人去招惹他。彭丹是跟彭琦一母同胞的妹妹，兩人自小一道長大，感情很好，彭丹有什麼不高興，彭琦都會幫她出氣，哪怕他們才是惹事的一方。

沈晞想，京城不愧是京城，仗著自家有權勢橫行的紈袴還不少，只要彼此別遇上，就各自橫行各自的。遇上就要看情況了，總有紈袴一時衝動，做出害了家裡的事，比如非要招惹趙懷淵的范五。

在沈晞一邊等比試開始、一邊想著趙懷淵那邊不知是何情形時，趙懷淵見到了宴平帝。早在趙懷淵怒氣沖沖地進宮後，便有侍衛知道他的來意，飛快去通報宴平帝。

趙懷淵到了太和殿側殿，宴平帝已得知事情大致經過，一見到他便走下御案，皺眉拉著他的手打量。

「可有傷著？」宴平帝沈聲問他。

趙懷淵氣憤地說：「沒傷著我的身體，傷著我的魂了。」

宴平帝擰眉盯著趙懷淵。

趙懷淵惱怒道：「當時那馬完全不受控制，若非我運氣好，皇兄說不定見不著我了。」

宴平帝斥責他。「童言無忌，可不許說這樣不吉利的話。」

趙懷淵說：「皇兄，我要討回公道！誰來說都沒用，范五跟他的同黨都要付出代價！」

宴平帝盯著趙懷淵，感覺趙懷淵今日的怒氣格外濃。以往有什麼事，趙懷淵跟人打一場架也罷了，有趙良在，吃不了虧。倘若對方腦子不清楚，來找他告狀，他也不會客氣。

宴平帝從趙懷淵出生不久便看著他長大，印象中他主動告狀的事少之又少，卻不知為何此次會如此憤怒。

他像是不經意地問：「可還傷了他人？」

趙懷淵看了一圈，側殿內只有他，以及宴平帝的心腹何壽，照實道：「傷是沒傷著，但當時沈晞在我身旁，也嚇壞了，驚魂未定。」不知沈晞還怕不怕，反正說得嚴重些就對了。

宴平帝聽到這個名字，有些愣住，隨即想起是救過趙懷淵的女子，沈成胥剛換回來的親生女兒。之前他讓何壽去查了，沒查出什麼，沈成胥的心機也沒那麼重。

聽說沈晞這小丫頭在京中鬧出幾件事，不過畢竟是從鄉下回來的，倒也不意外。

既然無甚異狀，宴平帝沒再多關注，趙良是他替趙懷淵千挑萬選的侍從，有趙良在，趙懷淵出不了事。至於男女情愛之事，倒無所謂，趙懷淵也二十歲了，多鬧騰鬧騰無妨。

趙懷淵又提醒宴平帝。「等會兒范五的家人來了，皇兄可別提沈晞。」

宴平帝白他一眼。「你倒是護著她。」

趙懷淵咧嘴，露出兩排大白牙，像是炫耀似的說：「皇兄不知道，要找個這樣的朋友多不容易。我真恨不得她是個男子，好與她日日廝混在一起。」

宴平帝聽著好笑，之前他還想過沈晞那小丫頭是不是想嫁給趙懷淵，如今看來，哪怕她想，也無法成事。趙懷淵這小子，居然希望一個嬌滴滴的小姑娘變成男子。

他指了指趙懷淵，提醒道：「你拿她當朋友，她未必如此。」

趙懷淵不服氣了。「我這樣的朋友不好嗎？我真心拿她當朋友，她怎麼會不以真心待我？皇兄定是嫉妒我。反正我與她好著呢，皇兄少挑撥離間。」

宴平帝哭笑不得。「好好好，朕不說了。」

這時，內侍在殿門口稟告，說是安國公和幾位大人來了。

宴平帝斂下笑，恢復以往威嚴的模樣，回到御案後坐下，示意趙懷淵少安勿躁，讓何壽宣他們進來。

安國公一進來便跪下，老淚縱橫道：「皇上，是臣無能，沒教好自己的兒子，做出這等禍事，請皇上嚴懲！」

安國公已經五十多歲，范五是他的老來子，自然從小寵上了天。此刻他涕淚橫流，一點國公的威嚴都沒有，只是個可憐的老父親。

宴平帝知道安國公這老狐狸是以退為進，板著臉道：「是該好好罰罰。何壽，把趙良叫進來，給安國公看看人證物證。」

何壽領命出去，安國公臉色微變。

他一來就不問緣由，直接認錯，是以退為進，好讓這事像是小孩子們之間的胡鬧，不然真鬧大了，就是謀害王爺，討得了好嗎？

偏偏宴平帝不吃這套，非要把人證跟物證全擺上來。

趙良手上的證據確實充分，人證包括趙懷淵本人，他看到了那道銀光，以及范五和那些少爺們的口供。物證則是被傷了的馬，以及嵌在范五鞋尖的薄刃。

趙良把所有證據擺在堂上，甚至不知何時弄好了范五等人簽字畫押的認罪狀。

安國公看著被丟在自己跟前的認罪狀，忽然嚎啕大哭。

「皇上，是微臣的不是。念及小兒出生後不久生母早亡，從小過於寵溺，才讓他長成如此不知天高地厚的模樣……求皇上懲罰微臣，千錯萬錯，都是微臣沒教好兒子的錯。」

范五跟班的家人都是來打醬油的，不來肯定不行，但來了也說不上話，只能在安國公哭的時候，跟著一臉悔恨地抹眼淚。

宴平帝冷眼看著安國公唱作俱佳的表演。安國公正是仗著他戰功赫赫，將來邊疆再有戰事需要指望他，才能如此挾制他這個皇帝。

趙懷淵冷笑一聲。「罰你做什麼，謀害本王的事，又不是你做的。謀害一個宗室王爺而已，到不了誅九族的地步。安國公放心，你的國公之位穩得很。」

宴平讚賞地看趙懷淵一眼，當即嘆道：「小五說得是，安國公為大梁屢立戰功，朕又怎會因此罰你呢？是你兒子做錯了事，朕還是信任你的。」

趙懷淵附和道：「皇兄說得對。依本王之見，安國公便回去吧，這跟你沒什麼關係。至於范五，按照大梁律來辦好了。」

所謂按律辦事，謀害王爺，至少要判斬立決。萬一主審的官員再受上級指使，來個凌遲，犯人被折磨三天三夜才死，也不是不可能。

安國公咬咬牙，他自然不可能就這樣回去。宴平帝還會給他面子，可若趙王在一旁敲邊鼓，他兒子說不定真保不住了。

他忽然想起一事，大聲道：「微臣願以銀贖罪！按照大梁律，我兒可免死。」

宴平帝看趙懷淵一眼，趙懷淵並不是嗜殺的人，聞言道：「也不是不行。」

趙懷淵伸出手，正反比劃了下。「鞭笞八十，再賠十萬兩銀子，便了了。」

十萬兩？你怎麼不去搶！

包括安國公在內，其他人心中都不由冒出這樣的念頭。況且趙王不是一點事都沒有嗎，怎麼如此獅子大開口？

宴平帝也有些不贊同，看了趙懷淵一眼。

趙懷淵一臉堅定，他這是替自己要的嗎？當然不是，裡頭還包含了沈晞的分。她被牽連，一道受了驚嚇，賠她五萬兩不過分吧？

安國公遲疑道：「王爺，十萬兩是否有些……」相較來說，八十下鞭笞雖然重，也顯得微不足道了。

不等安國公說完，趙懷淵搶先道：「拿不出來就算了，反正本王不缺這點銀子，讓范五抵命吧。」

聽出趙懷淵一點改口的意思都沒有，安國公只得看向宴平帝。

宴平帝正低頭看著御案，發覺御案上不知何時多了一道劃痕，這還了得，晚點得找何壽問問。

安國公見宴平帝不知看什麼看得入神，根本不搭理他，便知要麼給出十萬兩，要麼丟掉兒子的一條小命，只得咬咬牙道：「微臣願以十萬兩贖小兒的罪。」

趙懷淵氣死人不償命地說：「還有鞭笞一百下。」

安國公擰眉。「剛才不是說八十？」

趙懷淵道：「鞭笞一百二十下，禁足三年。」

安國公不敢吭聲了，怕再多一句嘴，兒子還要再受更多的罪。

趙懷淵滿意了，對宴平帝道：「皇兄，催債的事，麻煩您幫我盯著，我可不敢去找安國公要錢。」

宴平帝挑眉，當著人家的面說要殺了人家的兒子，還說不敢催債？

看出趙懷淵急著走，宴平帝揮揮手。「朕會幫你盯著的，你下去吧。」

趙懷淵當即喜上眉梢。「是，微臣告退。」

他想早點去找沈晞，跟她說這個好消息。鞭笞一百二十下，足以讓范五躺在床上好幾個月，死肯定是不會死的，因為他皇兄不可能真把安國公的兒子打死，行刑的人會放水。

看人付出代價，他們還有進帳，多痛快啊？

他猶記得當日他將皇兄賞賜的折現銀票拿去給沈晞時，她臉上那一閃而過的愉悅，想必聽說有這五萬兩銀子，她會更歡喜吧。

這回，他跟她都受驚了，一人各拿五萬兩，也算是同甘共苦，同生共死過了。

范五等人被綁在殿外，何壽領了令，尋來行刑的人，范五和他的跟班一個都沒有放過。范五要挨一百二十下，而他的跟班每人八十下。

趙懷淵沒有立即走，欣賞了范五等人痛哭流涕、哭爹喊娘的狼狽模樣一番，才心滿意足地離去。

太和殿側殿內，趙懷淵離開後，宴平帝從御案後走出，親自扶起安國公，嘆了一聲。

「不是朕狠心，實在是朕也心疼啊。方才小五哭哭啼啼跑來找朕，說他險些死於馬下，朕真是後怕。他尚在襁褓中時，朕便看著他長大，不是親子，卻勝似親子，怎麼捨得他受這等委屈？」

安國公聽著兒子的慘叫，卻還要懂事地說：「微臣明白。皇上對趙王的拳拳愛護之心，令微臣動容。」

宴平帝拍了拍安國公的手臂，勸慰道：「安國公不必太憂心，你的小兒子經此一事，自會長大，遲早能繼承你的衣缽。」

安國公寵溺范五，除了因為他是最小的兒子，還因為安國公之前生的兒子不是病懨懨，就是早死了。將來國公之位，或許真得傳給范五。

安國公緊了緊頭皮，明白宴平帝這是在敲打他，忙道：「今日起，微臣一定好好教導兒子，定不會再讓他出來惹禍。」

宴平帝欣慰道：「那便好。安國公需要幾日準備罰銀，三日可夠？」

三日?!他可拿不出如此多的現銀，其他產業都只能貶值賣出去，虧大了。

可安國公只能打落牙齒和血吞，道：「足夠了，微臣會按時交上。」

宴平帝滿意了。

——未完，待續，請看文創風1242《千金好本事》2

流浪貓狗介紹所

為流浪貓狗加油 和貓寶貝 狗寶貝 廝守終生(一定要終生喔！)的幸福機會

對人來說，貓寶貝狗寶貝只是生活的一部分，但妳（你）對牠們來說，卻是生活的全部，領養前請一定要考慮清楚——

▲ 樂天的豆豆先生——小飛飛

性　　別：男生

品　　種：米克斯

年　　紀：2歲

個　　性：親人乖巧、隨和穩定

健康狀況：已結紮，已施打十合一、狂犬病、萊姆病疫苗

目前住所：基隆市暖暖區（中途志工家）

本期資料來源：珠式會社粉絲專頁 https://www.facebook.com/doggieInc.tw/

『小飛飛』的故事：

降落新竹飛鳳山的慢飛天使小飛飛，孤身跟著登山客走了七個小時十三公里，最後大家完成行程下山了，卻徒留小飛飛在山上徘徊，當時牠全身皮包骨，血尿、連排便都摻雜樹枝和碎石，經好心人士接獲通報後才將牠救援下來。

小飛飛五五身材，體型不大不小剛剛好十六公斤，很愛吐小舌頭，個性隨和親人，可任人搓揉而不生氣，也像貓一樣會亦步亦趨跟著人走動，但不會主動撒嬌。即使前半生風風雨雨，導致腳部神經受傷，走路像跳八家將一樣，甚至下樓梯動作較慢需要人耐心等待，可牠還是用自己幽默的方式來對待這個世界。

親人的小飛飛看到人會十分興奮，尤其是對狗狗友善的人士或熟人；洗澡、剪指甲、吹乾非常乖巧；喜愛玩玩具，會自己玩得很嗨；對喜愛的零食會護食，且吃東西及休息時不喜歡人打擾；會坐汽機車、游泳，愛看電視；外出時喚回表現很棒，不太會暴衝，也沒有吠叫問題。

重獲新生的孩子，正等待一個安穩的家和一輩子的幸福，您願意跟我們交棒嗎？歡迎聯繫珠式會社粉專，或是陳依庭小姐0921064760，交換彼此通往幸福的門票，將歡樂帶回家中。

認養資格：

1. 認養人須年滿20歲以上，且經同住家人全體同意，
   由於樓梯若太窄小飛飛會沒辦法行走，所以希望是住一樓或有電梯的家庭。
2. 不關籠、不放養，全戶外大小便，一天必須散步2-3次。
3. 須同意簽認養寵物切結書。
4. 須同意送養人日後之追蹤探訪，對待小飛飛不離不棄。

來信請說明：

a. 個人基本資料：姓名、性別、年齡、家庭狀況、職業與經濟來源等。
b. 想認養小飛飛的理由。
c. 過去養寵物的經驗，及簡介一下您的飼養環境。
d. 若未來有結婚、懷孕、出國或搬家等計劃，將如何安置小飛飛？

文創風
1241

千金好本事 1

國家圖書館出版品預行編目資料

千金好本事 / 青杏著. --
初版. -- 臺北市 : 狗屋出版社有限公司, 2024.03
冊 ; 公分. --（文創風 ; 1241-1243）
ISBN 978-986-509-504-8（第1冊 : 平裝）. --

857.7　　113000937

著作者　青杏
編輯　安愉
校對　陳依伶
發行所　狗屋出版社有限公司
地址　台北市104中山區龍江路71巷15號1樓
電話　02-2776-5889～0
發行字號　局版台業字845號
法律顧問　蕭雄淋律師
總經銷　知遠文化事業有限公司
電話　02-2664-8800
初版　2024年3月
國際書碼　ISBN-13　978-986-509-504-8

本著作物由北京晉江原創網絡科技有限公司授權出版

定價290元
狗屋劃撥帳號：19001626
網址：love.doghouse.com.tw　E-mail：love@doghouse.com.tw